Guardian Shadows
Neubeginn

Bibliografische Information der Deutschen Nationalbibliothek: Die Deutsche Nationalbibliothek verzeichnet diese Publikation in der Deutschen Nationalbibliografie; detaillierte bibliografische Daten sind im Internet über dnb.dnb.de abrufbar.

Umschlaggestaltung: magicalcover.de
Bildquelle: Depositphoto

Herstellung und Verlag:
BoD – Books on Demand, Norderstedt

ISBN: 9783750480971

Sarah Bendix

GUARDIAN SHADOWS

NEUBEGINN

KAPITEL 1
EIN NEUER ANFANG

Veränderungen können beängstigend sein.
Aber nichts ängstigt mehr,
als etwas zu bleiben,
was man nicht wirklich ist.

Ich hasste Neuanfänge, ich hasste Unerwartetes, ich hasste Überraschungen. Und deshalb war das, was mir gerade passierte genau das, was meinem persönlichen Alptraum gleichkam. Ein Neuanfang stand mir bevor – und was für einer. Betrübt blickte ich aus den Fenstern des typisch schwarzen englischen Taxis, das mich durch den Regen fuhr – hinein in eine mir nahezu unbekannte Welt. Der Taxifahrer, ein alter grauhaariger Opatyp mit Schnauzer, war mir mit seiner ruhigen und zurückhaltenden Art auf den ersten Blick sympathisch gewesen. Besonders gefiel mir, dass er nicht versuchte, mich in irgendein Gespräch zu vertiefen. Wahrscheinlich war mir meine trübe Stimmung schon auf zehn Meter Entfernung anzusehen, was wahrscheinlich der Grund war, warum er mir nach dem Einladen meiner beiden kiwigrünen Koffer und des kitschigen Schildes mit meinem Namen „Nelinda Roseanne White" nur ein aufmunterndes Lächeln zugeworfen hatte und dann schweigend hinter sein Steuer geklettert war um leise die Musik anzustellen und im gemäßigten Tempo loszurollen.

Etwas über vier Stunden war ich nun unterwegs. In den ersten drei Stunden im Linienbus von London nach Lancaster hatte ich wirklich versucht, mich mit meiner neuen Situation abzufinden. Aber recht gelungen war es mir nicht. Nach dem Umsteigen, einer weiteren Busfahrt nach Kendal und der Zeit jetzt im Taxi war mir klar geworden, dass so sehr ich mich auch bemühen würde, ich einfach nicht viel Gutes an der Situation finden würde. Ein Jahr... Ich würde es schon irgendwie schaffen: Die Schule rumkriegen, einen möglichst guten Abschluss machen, mich nachmittags im Haus verkriechen und warten, bis die Zeit umging. Das Haus... Ja, das war tatsächlich etwas Positives. Grandma lebte in einem riesigen Haus – Anwesen könnte man eher sagen – mit dem klangvollen Namen „Backingshire Manor", einem typischen altenglischen Landsitz. Auch die Queen hätte sich wahrscheinlich dort wohl gefühlt. Das Haus war uralt und sah aus, als wäre es direkt am Set eines Historienfilms abgebaut und in dem kleinen Ort Wickershan wieder aufgestellt worden. Meine Familie war schon immer sehr wohlhabend gewesen. Dad hatte oft gescherzt, dass wir einen ziemlich noblen Adelstitel tragen würden, wenn wir nur dazu ständen, und dass man sich deshalb in dem Haus meiner Großeltern mit Manieren aus dem 19. Jahrhundert herumschlagen müsste. Ob an dem Adelstitel etwas dran war konnte ich nicht sagen, aber streng waren meine Großeltern nie gewesen. Eher ziemlich verrückt. Nicht viele konnten von sich behaupten, Großeltern zu haben, die noch mit über 60 mit dem Rucksack durch Australien gewandert waren. Erst nach

6

Grandpas Tod vor zwei Jahren war Grandma etwas ruhiger geworden und hatte sich auf ihr Anwesen zurückgezogen, wo sie nun mit meiner Großtante Maggie, einem Zwergpudel namens „Schalk" und einigen wenigen Bediensteten wohnte. Das Haus hatte für mich allerdings einen ziemlich großen Nachteil. Es war in dem kleinen Ort die Sehenswürdigkeit schlechthin. Ein Teil war sogar als Hotel ausgebaut, was jedem, der in diesem Haus wohnte, sicherlich die Aufmerksamkeit eines bunten Hundes einbrachte und mir meinen Start in der neuen Schule wahrscheinlich nicht gerade erleichterte. In meiner letzten Schule war ich genau das gewesen, was man eine „graue Maus" nennen würde. Mit meinen blonden langen Haaren, den grauen Augen, einer mädchenhaften Figur und einer blassen durchscheinenden Haut war ich wohl nicht gerade hässlich, aber einfach völlig unscheinbar. Und wenn ich ehrlich war, war mir das bisher nur recht gewesen. Ich hatte noch nie im Mittelpunkt stehen wollen und war immer damit zufrieden gewesen, am Rande zu stehen und mir die Geschehnisse eher aus der Ferne anzusehen. Das wollte ich hier in meinem letzten Schuljahr nicht unbedingt ändern. Ärgerlich schob ich den Gedanken an die neue Schule beiseite. Das konnte noch eine Woche warten.

Es wurde Zeit, Mum eine Nachricht zu schicken und ihr zu schreiben, dass es mir gut ging und ich auf den letzten Kilometern war. Wenn ich erst unter die Fittiche meiner Großmutter geraten war, würde ich wahrscheinlich so schnell keine Zeit mehr dafür finden. Meine Mutter hatte ein ziemlich schlechtes Gewissen, weil sie nun für ein

Jahr in die Staaten zog, um dort einen Job als Lektorin bei einem großen Verlag anzunehmen. Aber ich hatte sie schlussendlich überzeugen können, dass es eine einmalige Chance war, dass ich nun schon alt genug war und dass es mir nichts ausmachte, meine Schule in einer anderen Stadt zu beenden. Ich wollte ihrem Glück nicht im Wege stehen. Nachdem sie und mein Dad sich getrennt hatten als ich vier war, hatte sie viel auf sich genommen, um mir alles zu ermöglichen und Zeit für mich zu haben. Sie war immer zu stolz gewesen, um Geld von der Familie meines Vaters anzunehmen, auch wenn sie sich mit meinen Großeltern von Anfang an gut verstanden hatte. Ich war ihr unendlich dankbar für alles, was sie für mich getan hatte und wollte mich nun endlich einmal revanchieren und es ihr ermöglichen, dieses einmalige Angebot anzunehmen. Und schließlich teilten wir die Liebe zu Büchern, auch wenn sie eher welche las und ich eher welche schrieb. Ich wusste, dass ihr nach dem Jahr in Amerika hier in England alle Wege offenstehen würden. Außerdem hätte ich ebenso die Möglichkeit gehabt, zu meinem Vater nach Southhampton zu ziehen. Doch da mein Dad eine geradezu winzige Wohnung bewohnte, hätten wir uns in dem Fall gemeinsam eine neue Wohnung suchen müssen. Mit diesem Wissen im Hinterkopf und der Erinnerung daran, dass ich diesen Neuanfang für meine Mutter machte, setzte ich mich daran, ihr eine möglichst fröhliche und zuversichtliche Nachricht zu schicken. Das Regenwetter erwähnte ich lieber nicht.

Gerade als ich auf „senden" drückte, passierte das Taxi das Ortschild von Wickershan. Zwei Jahre war ich nicht mehr hier gewesen. Das letzte Mal zur Beerdigung meines Großvaters – auch damals hatte es geregnet. Dennoch hatte sich hier anscheinend nicht viel verändert. Viele kleine Geschäfte reihten sich entlang der Hauptstraße aneinander. In den Seitenstraßen standen kleine, gepflegte Wohnhäuser. Große alte Bäume prägten das Bild und alles in allem machte es einen verschlafenen, aber gemütlichen Eindruck. Keine Hochhäuser, keine riesigen Einkaufsläden wie ich es von London gewohnt war. In dieser Kleinstadtidylle nicht aufzufallen würde nicht leicht werden.

Dieser Gedanke verstärkte sich, als das Taxi nach rechts abbog und man „Backingshire Manor" am Rande des Ortes, leicht erhöht auf einem Hügel, liegen sah. Die Mauern waren hellgrau, die dunkelbraunen Mahagonifenster hoben sich edel von ihnen ab und rund um das ganze Haus rankten rote und weiße Kletterrosen ein Stück die Mauern hinauf. Der Hauptteil des Hauses war etwas höher als die beiden nach vorn auslaufenden Seitenflügel. Vor dem rechten Seitenflügel spannten sich vier große gelbe Sonnenschirme – das Café des Hotels hatte bereits geöffnet. Wanderer, die sich die wunderschönen Seen und Wälder des anliegenden Lake Districts anschauten, kamen hier häufig vorbei, um sich vor der Weiterreise zu stärken. Unwillkürlich musste ich lächeln… Ja, das hier war auffällig. Eigentlich sollte es nicht zu mir passen. Dennoch hatte ich mich hier, in dem Haus, das seit Generationen von meiner Familie bewohnt wurde, immer zu Hause und willkommen gefühlt. Ich liebte es mit seiner Geschichte, dem verwilderten Garten mit den uralten, verwachsenen Bäumen, dem Weinkeller, den Zimmern mit den hohen Decken, dem Kaminzimmer und dem riesigen Dachboden. Der Taxifahrer fuhr auf die Auffahrt und lenkte seinen Wagen um das Rondell mit der alten knorrigen Eiche im Innenhof und das Knirschen des Kieses unter den Reifen kratzte unangenehm an meinen ohnehin schon angespannten Nerven. Ich atmete tief ein und zwang mich, meine Ängste fürs Erste beiseite zu schieben und mich ganz auf das Wiedersehen mit meiner Grandma zu freuen.

Schon riss jemand oben auf der Treppe des Hauptportals die Tür auf und meine Oma stürmte die Stufen hinunter, Schalk, den Zwergpudelmischling, dicht an ihren Fersen. Auf der drittletzten Stufe kam sie ins Schlingern, drehte sich einmal auf dem Absatz, fing sich gerade noch rechtzeitig und kam genau vor meiner Autotür zum Stehen. Sie hatte sich kaum verändert, seit ich sie das letzte Mal gesehen hatte. Sie hatte schneeweiße Haare, die ihr in einem Kurzhaarschnitt wild vom Kopf abstanden, war eingehüllt in etwas, das aussah wie die Hippieversion eines Kimonos und sie war … klein… einfach unglaublich klein. „Nelly", kreischte sie und hüpfte vor meiner Autotür auf und ab. Kaum kamen die Reifen zum Stehen, riss sie die Autotür auf, zog mich auf die Füße und warf sich mir um den Hals – naja, bei ihrer Größe kam sie gar nicht so hoch. Ich schloss sie in meine Arme und war in diesem Moment einfach nicht fähig, irgendetwas zu sagen. In meiner selbstverordneten Weltuntergangstimmung, bei allem, was mich in den nächsten Wochen an Ungewissheit erwartete, war sie mein Fels in der

Brandung, das einzig wirklich Vertraute in dieser neuen Welt. Schalk sprang laut bellend an uns hoch, anscheinend empört darüber, dass er nicht standesgemäß zuerst begrüßt wurde. „Hi Granny!", murmelte ich in Grandmas wuschelige Haare. Diese unglaubliche, starke Frau, die schon immer ein bisschen verrückt und schusselig gewesen war, aber ein großes Herz hatte, schien nie wirklich in die Vorstellung zu passen, die Außenstehende wahrscheinlich von den Bewohnern eines solch alten englischen Landhauses haben würden. Ich vermutete, dass die Familie meines Grandpas sicher nicht sehr begeistert von seiner Wahl gewesen war, als meine Großeltern geheiratet hatten. Grandma Roseanne hatte mit ihrer lustigen, wilden Art nicht nur das Herz meines Großvaters erobert, sondern auch Leben in die verstaubten Traditionen des alten englischen Adels gebracht. Ich hatte großen Respekt vor ihr und liebte sie sehr.

Nun schob diese kleine starke Frau mich auf Armeslänge von sich weg und betrachtete mich mit kritischem Blick. „Nelly, du bist blass. Sicher hattest du eine anstrengende Fahrt! Ich bitte Anton, uns sofort einen Tee zu bringen. Der Fahrer kann dein Gepäck hinaufbringen. Anton wird ihn bezahlen."

Tee, sicher, das Allheilmittel meiner Großmutter. Und Anton… Ein paar Bedienstete hatte meine Grandma nach dem Tod ihres Mannes behalten. Daran würde ich mich Wohl oder Übel gewöhnen müssen. „Danke, Grandma, es ist so schön, dich zu sehen, aber ich kann selbst bezahlen, Mum hat mir Geld mitgegeben, damit ich…"

„Papperlapapp", unterbrach sie mich und schüttelte so heftig den Kopf, dass ihre Haare und ihre großen Ohranhänger wild um ihren Kopf wackelten, „Das kommt gar nicht in Frage. Ich hätte dich selbst abgeholt, aber du weißt, wie ungern ich fahre. Wir regeln das schon. Komm erstmal hinein, es regnet ja schon wieder."

Gemeinsam sprangen wir die Stufen hinauf – unfallfrei diesmal. Drinnen schüttelte sich Granny wie ein Pudel, der frisch aus der Hundewaschanlage kam. Schalk tat es ihr gleich. Einen Augenblick später wurde ich an der Hand quer durch die schwarz-weiß gefliese Eingangshalle gezogen, die mich als Kind immer an ein überdimensionales Schachbrett erinnert hatte. Dann ging es weiter nach links in den langen Korridor, der in den östlichen Seitenflügel führte, bis hinein in imposante Küche, deren Größe ausgereicht hätte, eine ganze Kaserne zu bekochen. Schalk schien begeistert, zu dieser Zeit noch einmal in die Nähe der Küche zu kommen. Er wartete aber brav an der Türschwelle. Ich wunderte mich kurz über diese vorbildhafte Erziehung des kleinen Pudels, der seinen Namen von dem deutschen Dienstmädchen bekommen hatte. Dies war wohl Großtante Maggys Verdienst. An der Arbeitsfläche stand ein glatzköpfiger, dicklicher Mann in rot-weiß karierten Stoffhosen und einer weißen Schürze und schnitt mit einem großen Messer Tomaten in Stücke. Das Auffälligste an ihm war die schier unglaubliche Größe seiner Nase, woraufhin er mich sofort an Gerard Depardieu in den Asterixfilmen erinnerte – nur halt ohne Haare. Als er sich umdrehte und mich anlächelte, strich ich mir verlegen die Haare hinter die Ohren.

„Miss Melinda", sagte er und klang ehrlich erfreut, „Wie schön, dass Sie gut angekommen sind. Ihre Großmutter sagte, Ihr Lieblingsessen wäre Gemüselasagne. Ich hoffe, das ist Ihnen für den heutigen Abend angenehm. Ich habe einen frischen Tomatensalat dazu hergerichtet." Anton strahlte über das ganze Gesicht.

„Oh, Vielen Dank, das ist großartig. Aber es wäre doch nicht nötig gewesen. Und... äh, … Nelinda... mit N. Oder sagen Sie einfach Nell.", stotterte ich schüchtern. Schon unzählige Male hatte ich Menschen wegen meines Namens berichtigt. Was hatten sich meine Eltern nur dabei gedacht, mir einen Allerweltsnamen zu geben und dabei einfach den Anfangsbuchstaben zu tauschen?

Anton lächelte entschuldigend: „Natürlich, Miss Nell!"

Ich spürte Wärme in meinen Wangen aufsteigen und wusste, dass mein Gesicht auffallend rot geworden war. Schon wieder. Warum war ich bloß so verdammt schüchtern? Anton schien wirklich nett zu sein und ich war durch seine zuvorkommende Geste ganz gerührt.

Da mischte Granny sich ein: „Anton, wir benötigen zwei Tassen starken schwarzen Tees mit Milch und dazu Gebäck. Wir werden ihn im Kaminzimmer trinken. Das Essen können Sie auch dort servieren. Meine Enkelin ist sicher hungrig."

„Sehr wohl, Mrs. Backingshire. Ich bringe es gleich hinauf."

Während wir den Weg zurück durch die Eingangshalle gingen und die breite Treppe hinauf in den zweiten Stock

13

bis ins Kaminzimmer, überlegte ich, wie Grandma und Tante Maggy es jeden Tag aushielten, mit Menschen unter einem Dach zu leben, die ihnen bei allen alltäglichen Dingen halfen, mit denen der Umgang aber immer förmlich bleiben würde. Ich wusste jetzt schon, dass es mir unangenehm bleiben würde, die Hilfe der Angestellten anzunehmen und beschloss, dies während meines Aufenthalts auf einem unumgänglichen Minimum zu halten. Schalk hatte wohl beschlossen, dass es bei uns nicht mehr spannend werden würde und hatte sich Richtung Keller verzogen, wahrscheinlich wild entschlossen, der ein oder anderen Maus den Schreck ihres Lebens zu verpassen. Unterdessen redete Grandma ohne Punkt und Komma über den Regen, den alten, wahrscheinlich senilen, aber durchaus charismatischen Postboten, der die Briefe ständig im falschen Haus abgab und ein neues Ölbild, an dem sie seit zwei Wochen arbeitete und an dem das Lila scheinbar nicht ihren Vorstellungen entsprach. Ich war dankbar, dass ich nicht viel reden musste.

Das Feuer im Kamin hatte irgendjemand schon angezündet. Die Feuerstelle nahm tatsächlich einen großen Teil des Raumes ein. Sie war aus Natursteinen gemauert und fügte sich trotz ihrer Größe perfekt in den Rest des Raumes ein. Drei dunkelgrüne Ledersofas standen u-förmig davor und waren übersät von Kissen und Deckchen in allen nur erdenklichen Farben. Die Wände waren bis an die Decke mit Regalen voller Bücher versehen. Alte, in Leder gebundene Wälzer und dünne, in buntes Glanzpapier gebundene Taschenbücher standen nebeneinander. Die Sammlung in diesem Raum schien mehrere
14

Jahrzehnte zu umfassen. Eigentlich hätte das Zimmer eher den Namen „Bibliothek" verdient. Überall erkannte ich den Stil meiner Großmutter – an den Kissen und Deckchen auf den Sofas, an den kleinen bunten Porzellantieren auf den storchenbeinigen Beistelltischen und den bunten Flickenteppichen auf dem alten Dielenboden. Der ganze Kitsch schien auf den ersten Blick zu den kostbaren alten Möbeln zu passen wie Schlagsahne zu Brathering, aber es verlieh dem großen Raum auch etwas Anheimelndes und Gemütliches. Mir kam der irrwitzige Gedanke, dass Grandma in ihrem bunten wallenden Gewand auf dem Sofa zwischen den Decken einfach verschwinden könnte.

„Komm, Nelly, nun machen wir es uns erstmal gemütlich! Und dann hast du sicher viel zu erzählen. Maggy ist noch unterwegs. Sie sagt, sie wäre bei der Sitzung des Handarbeitsclubs. Aber wenn du mich fragst trifft sie sich mit Timothy McDouthen im alten Eichenpark. Der hat ihr schon beim letzten Herbstball des Historienvereins schöne Augen gemacht und … äh... huch!" Grandma sprang von dem Sofa auf, auf das sie sich gerade setzen wollte und nahm ein helles Buch mit einem schwarz-weiß Foto eines einsamen Kindes auf dem Einband, das zwischen den Decken verborgen gewesen war. Es sah aus, wie ein Geschichtsbuch. „Oh, ich denke, das muss ich gestern Abend hier liegen gelassen… es ist nichts Wichtiges… nur… wie dem auch sei." Sie ließ das Buch hektisch unter die Falten ihres Gewandes gleiten. Etwas zu schnell, wie mir auffiel.

Ich wunderte mich über ihre hektische Reaktion, wollte jedoch nicht nachfragen.

„Und nun zu dir, Nelly! Erzähl, wie geht es dir damit, dein letztes Schuljahr in der abgelegenen englischen Provinz zu verbringen? Ich war sehr überrascht zu hören, dass du zu uns kommst. Erfreut natürlich, das ist klar, dieser alte verstaubte Kasten kann etwas junges Leben nur zu gut gebrauchen und ich alte Schachtel umso mehr. Aber ich kenne dich, Nelly, es muss dir schwerfallen, hierher zu ziehen."

Ich musste lächeln. Meine Grandma hatte noch nie ein Blatt vor den Mund genommen Sie hatte schon immer frei heraus gesprochen was sie dachte.

„Granny, ich bin dir wirklich dankbar, dass ich bei dir und Tante Maggy wohnen darf. Es ist nur für ein Jahr und glaube mir, ich bin wirklich froh, wieder hier zu sein. Ich freue mich auf die Zeit mit euch und es soll hier einen wirklich guten Literaturkurs geben..." Ich gab mir Mühe, zuversichtlich und positiv zu klingen.

Die tiefblauen Augen meiner Großmutter, die trotz ihres Alters nicht an Eindringlichkeit verloren hatten, schauten mich skeptisch an. Es war eindeutig, dass sie mir nicht glaubte. Doch in diesem Moment kam Anton herein. Er stellte ein Tablett mit Tee, dem Abendessen und zwei Gedecken auf einen der Storchenbeintische, warf dabei zwei rosa Porzellanpudel um, die er mit seinen dicken Fingern umständlich wieder aufstellte, und wünschte uns einen guten Appetit.

Nach dem Abendessen brachte Grandma mich auf mein neues Zimmer. Bei meinen letzten Besuchen hatte ich

16

immer in einem der offiziellen Gästezimmer im Seitenflügel geschlafen. Aber diesmal führte Grandma mich bis in das oberste Stockwerk des Haupthauses. Direkt unter dem Dachboden war hier tatsächlich ein völlig neues Zimmer für mich eingerichtet worden. Der alte Dielenboden war abgeschliffen worden und besaß nun eine warmgoldene Farbe, links stand ein urgemütliches braunes Sofa vor einem niedrigen dunklen Tisch, gegenüber auf dem Boden lag ein dunkelroter Sitzsack. An der gegenüberliegenden Seite des Zimmers stand ein dazu passender Schreibtisch. Zwei große Stehlampen tauchten den ganzen Raum in ein warmes Licht. An der Kopfseite des Zimmers war der Fußboden etwas erhöht, so dass man zwei Stufen auf eine zweite Ebene hinaufsteigen musste, auf der ein großes Bett stand. Von der Decke hingen zwei dünne weiße Vorhänge links und rechts des Bettes bis auf den Boden. Neben dem Schreibtisch blickte man durch eine Glastür auf einen kleinen Balkon und den Garten mit den vielen hohen Bäumen. Ich war schon einmal hier oben gewesen, aber das letzte Mal war hier ein Abstellraum für alte Möbel, Porzellankatzen, Zinnteller und jede Menge in Decken eingehüllte Ölbilder gewesen.

„Grandma, dieses Zimmer… Es ist einfach perfekt! Unglaublich! Ich bin wirklich sprachlos! Ich bin dir so dankbar!" Mir hatte es tatsächlich die Sprache verschlagen.

Grandma machte einen ziemlich zufriedenen Eindruck.

„Es ist wichtig, dass du einen Ort hast, an den du dich zurückziehen kannst und an dem du in Ruhe deine Aufgaben für die Schule erledigen kannst. Meiner Meinung nach hätte der Raum ein paar mehr bunte Farben vertragen", sie rümpfte die Nase, „aber Maggy meinte, ihr jungen Leute mögt es etwas … dezenter! Maggy war sowieso ganz versessen darauf, dass es dieses Zimmer sein musste. Sie meinte, es würde sie an ihre Jugend erinnern. Nun ja, das wird sie dir wohl selbst erklären müssen. Du bist sicher müde. Ich lasse dich jetzt allein. Silvester hat dein Gepäck schon hochgebracht. Traditionell waren hier im Obergeschoss schon immer die Kinder- und Jugendzimmer eingerichtet. Deshalb ist gegenüber im Flur ein Badezimmer für dich frei. Es ist nicht besonders modern, aber es ist alles frisch gereinigt worden. Ich hoffe, du fühlst dich wohl! Schlafe gut, Liebes!" Sie kam zu mir und ich schloss sie erneut in meine Arme.

„Granny, du bist fantastisch! Ich danke dir! Glaube mir, ich weiß all das was du für mich tust sehr zu schätzen!"

Nachdem meine Grandma in ihr Schlafzimmer verschwunden war, das ein Stockwerk tiefer lag, schaute ich mich noch einmal genau in meinem neuen Zimmer um, in dem ich nun das nächste Jahr wahrscheinlich viel Zeit verbringen würde. Ich rechnete nicht damit, hier im Ort Freunde zu finden oder meine Freizeit anderweitig als in diesem Zimmer zu verbringen – wie sehr ich mich doch darin irrte.…

KAPITEL 2
ALARMIERT

Die beiden Koffer auszupacken dauerte nicht besonders lang. Ich hatte nur wenig Kleidung, weil ich mir aus den neuesten Modeerscheinungen nicht viel machte. So hatte ich bald alles in dem Kleiderschrank neben dem Bett verstaut. Mit meiner Kulturtasche stapfte ich über den Flur ins Bad und brachte auch dort meine wenigen mitgebrachten Dinge unter. Grandma hatte Recht behalten. Die Fliesen waren braun mit angedeuteten orangenen Blumen und stammten eindeutig aus den geschmacklichen Verwirrungen der 70er Jahre. Anders als im Rest des Hauses hatte man hier oben wohl nicht viel Wert auf eine dem Stande der Familie angemessene Ausstattung gelegt, sondern war den modischen Wünschen der hier wohnenden Jugendlichen nachgekommen. Ich fand es himmlisch.

Zurück im Zimmer zog ich mir meinen hellblauen Schlafanzug mit den kleinen weißen Sternen darauf an, kämmte mir die langen Haare vor dem Spiegel und band sie mir zum Schlafen zu einem lockeren Zopf zusammen. Dann ging ich barfuß auf den kleinen Loggia-Balkon und blickte auf den mittlerweile schon fast völlig im Dunkeln liegenden Garten hinunter. Hier auf der Rückseite des Hauses hatte jedes Zimmer im ersten und zweiten Stock einen kleinen Balkon. Unter dem Dachboden waren wegen der Schräge kleine Loggias eingebaut worden. Die Zimmer aus dem Hoteltrakt hatten keinen Blick auf diese

Rückseite. Darüber war ich gerade heilfroh, denn ich war nicht besonders erpicht darauf, einem der Hotelgäste in einem Sternchenschlafanzug zuwinken zu müssen. Durch das schwindende Licht und die hohen Bäume lag der Rasen komplett im Dunkeln. Aber die Hügel und Wälder des Lake Districts waren noch deutlich zu erkennen und der See Grasmere spiegelte das letzte Abendlicht. Ich atmete tief durch. Ich musste zugeben, der erste Abend war gar nicht so übel gewesen. Grandma war klasse. Anton schien auch sehr nett zu sein und dieses Zimmer übertraf meine kühnsten Wünsche. Aber der schwerste Teil des Neubeginns lag noch vor mir. Ich holte mein Handy vom Schreibtisch und trat wieder nach draußen. Mum hatte geantwortet und mir eine Teils besorgte und Teils begeisterte Nachricht geschrieben und berichtete mir, dass ihr zweiter Arbeitstag an ihrer neuen Stelle aufregend und besonders interessant gewesen sei und dass sie mir mindestens drei neue Bücher empfehlen müsse. Ich lächelte. Bücher… Aus dem Leben von mir und meiner Mutter waren sie nicht wegzudenken. Auch wenn ich nur zwei Koffer mitgebracht hatte, meine allerliebsten Lieblingsbücher hatten mich auf meiner Reise begleitet und lagen nun auf zwei niedrigen Stapeln neben meinem neuen Bett.

Ich war gerade in eine Antwort-SMS an meine Mutter vertieft als ich etwas Ungewöhnliches spürte. Ein merkwürdiges Gefühl legte sich mir auf den Magen; eine Mischung aus dunkler Vorahnung, dem beängstigenden Gefühl beobachtet zu werden und… freudiger Erregung. Verwirrt schaute ich mich um. Hatte ein Geräusch meine

Aufmerksamkeit erregt? Mein Zimmer war leer und nach dem Zähneputzen hatte ich es abgeschlossen. Es war nicht so, dass ich meiner Grandma und Maggy nicht traute. Ich wollte nur nicht Gefahr laufen, dass Silvester der Butler morgen in aller Frühe mit Tee vor meinem Bett stand. Ich wusste nicht, wie die Gepflogenheiten in diesem Haus waren, aber ich war mir sicher, dass Silvester so eine übertriebene Zuvorkommenheit zuzutrauen wäre. Bei meinem vorletzten Besuch vor drei Jahren hatte er vor meiner Ankunft im ganzen Gästezimmer Spielsachen verteilt. Ich war durchaus gerührt gewesen – nur war ich zu dem Zeitpunkt fast 14 Jahre alt gewesen. Ich blickte hinunter in den Garten. Bis auf das Rascheln der Blätter im Wind und das leise Geräusch der letzten von den nassen Bäumen fallenden Regentropfen war nichts zu hören. Und doch… Irgendetwas stimmte nicht. Dort unten war jemand. Das spürte ich nun ganz genau. Und mit derselben Sicherheit konnte ich sagen, dass dies nicht ein verirrter Hotelgast oder Anton bei seinem Abendspaziergang war. Nein, wer auch immer dort unten war, er beobachtete mich. Und da sah ich ihn. Aus dem Schatten einer hohen Eiche trat ein Mann. Ich konnte nur einen dunklen Umriss erkennen. Er schien groß zu sein und hatte breite Schultern. Sein Gesicht war in Schwärze verborgen. Nun blieb er stehen und schien direkt zu mir hinauf zu schauen. Ein dunkles Grollen ging von ihm aus und drang zu mir hinauf. Ein kalter Schauer lief mir über den Rücken und ich wich rückwärts in mein Zimmer und schloss hastig die Türen zum Balkon. Auch hier drehte ich den Schlüssel um. Die Vorhänge zog ich rasch zu.

Waren meine überspannten Nerven mit mir durchgegangen? Hatte die Aufregung mir einen Streich gespielt? Nein, es war als hätte ich diesen Mann spüren können. Als hätte mein Unterbewusstsein seine Anwesenheit angezeigt wie ein Kompass. Fröstelnd schüttelte ich den Kopf. „Nell, du bist wirklich durch den Wind", flüsterte ich mir selbst beruhigend zu. Dort draußen war kein abgesperrter Bereich. Viele Menschen hatten Zugang zum Garten. Jeder, der im Haupthaus wohnte, konnte durch die große Flügeltür in der Eingangshalle nach draußen gelangen. Wahrscheinlich hatte Silvester nur eine letzte Zigarette vor dem Schlafengehen geraucht, nachdem Granny hier im Haus striktes Rauchverbot verhängt hatte. Ich versuchte, meinen hämmernden Puls zu beruhigen und atmete mehrmals tief durch. Was hatte mich nur so verängstigt? Eine Person war im Garten. Na und? Besonders ungewöhnlich war dies sicherlich nicht. Nach den zu jeder Tages- und Nachtzeit überfüllten Straßen von London war ich einen ruhigen Garten wohl schlichtweg nicht mehr gewohnt. Ich schüttelte noch einmal den Kopf über mich selbst und stieg dann die zwei Stufen hoch zu meinem Bett. Heute war wirklich ein anstrengender Tag gewesen. Den ersten Schritt in mein neues Leben hatte ich geschafft.

KAPITEL 3
BÜCHER UND BAUCHGEFÜHL

Beim Frühstück am nächsten Morgen waren alle dunklen Gedanken an einen Mann im Garten gänzlich verflogen. Im gemeinsamen Esszimmer umarmte mich Großtante Maggy herzlich und ich drückte mich dankbar an sie. Sie war eine große, gutaussehende Frau, mit langen grauen Haaren, die sie kunstvoll am Hinterkopf zusammengesteckt hatte. Ihre grünen Augen strahlten noch immer jugendlich und sie sah mit ihrer geraden Nase und ihrer schlanken Figur wunderschön aus. Mein Vater hatte schon mehrmals angemerkt, wie ähnlich Maggy und ich uns sehen würden. Ich hatte ihn dafür immer ausgelacht. Im Gegensatz zu mir strahlte Tante Maggy eine Aura der Selbstsicherheit und Erhabenheit aus. Sie war einfach von Kopf bis Fuß elegant – das Gegenteil meiner Großmutter. Und leider auch von mir. Tante Maggy war ihr Leben lang alleinstehend gewesen, was mir schon immer Rätsel aufgegeben hatte, denn wenn man sich die alten Fotos im Haus ansah, war sie in ihrer Jugend eine einzigartige Schönheit gewesen und auch heute sah sie immer noch umwerfend aus.

Es war sehr amüsant, Granny und Maggy beim Frühstück zu beobachten. Sie waren grundverschieden – elegant und voller englischer Tradition die eine, quirlig und etwas zerstreut die andere.

Tante Maggy setzte gerade ihre Kaffeetasse ab: „Ich denke, Silvester sollte wirklich schnell einen Ersatz für

Enrique finden, neben dem Hotelgarten sieht unser Vorgarten aus wie der reinste Dschungel. Wir können nicht noch vier weitere Wochen warten bis Enriques Bein vollends verheilt ist."

„Oh, Liebes, der Vorgarten ist großartig. Ich habe gerade gestern wilde Brennnesseln links neben den Rosenstauden entdeckt. Sie sind noch sehr klein, aber ich werde Anton bitten, sie zu pflücken sobald sie größer sind", entgegnete Granny verträumt, „Ich liebe Brennnesseltee… Huch, meine Serviette." Und schon kroch Granny auf allen Vieren unter den großen Eichentisch.

Maggy schüttelte nur lächelnd den Kopf. Schalk hob kurz erwartungsvoll die Schnauze von seinem kleinen roten Samtkissen, seufzte jedoch resigniert und schlief ebenso schnell wieder ein. Ich konnte mir beim Anblick der beiden Frauen ein Grinsen nicht verkneifen.

Tante Maggy nahm meine Hand: „Nell, wie möchtest du deinen ersten Tag hier verbringen? Sollen wir dir ein paar Dinge zeigen? Neben Jonathans Angelshop hat ein entzückendes neues Café aufgemacht, wir könnten später eine Tasse Kaffee zusammen trinken."

Sie wurde von einem lauten „Autsch" unterbrochen und Granny kroch mit der Hand an der Stirn unter dem Tisch hervor. „Heute ist Mittwoch, Maggs, das „Sit in" hat heute Ruhetag."

Ich räusperte mich: „Das macht nichts, Tante Maggy, wir können das Café ein anderes Mal besuchen. Ich wollte heute in die Bücherei. Mum sagte, dass dort angebaut wurde und ich würde mich gern ein wenig umsehen und ein paar Bücher ausleihen. Ich konnte nicht viele hierher mitnehmen."

Das stimmte. Ich wollte mir die Bücherei wirklich ansehen. Aber vorrangig wollte ich den beiden von Anfang an zeigen, dass sie sich für mich kein Beschäftigungsprogramm ausdenken mussten. Sie hatten mit der Malerei, Maggys Stiftung und dem Unterhalt dieses Anwesens genug zu tun und ich wollte ihnen keine Umstände machen. Zum anderen war ich schon immer gut allein zurechtgekommen und freute mich auf ein wenig Ruhe zwischen den Büchern.

So machte ich mich nach dem Frühstück mit meiner großen Umhängetasche über der Schulter zu Fuß auf in Richtung Ortsmitte. Ich wusste von meinen vorherigen Besuchen noch ungefähr, wo ich die Bücherei finden konnte und vertraute darauf, mir notfalls die Richtung erfragen zu können.

Der Weg war jedoch länger als ich ihn in Erinnerung hatte. Dafür war die Bücherei wirklich gut ausgestattet für die Größe des Ortes und so machte ich mich erst nach 12 Uhr wieder auf den Heimweg. Das Stöbern zwischen den Buchreihen, der Geruch des Papiers, das Eintauchen in verschiedene Geschichten hatte mir ein vertrautes Gefühl geschenkt und hatte mir gutgetan. Und schlussendlich hatte ich mir sechs Bücher ausgeliehen, viele verschiedene Genres, von englischer Klassik bis zum modernen Thriller war alles dabei und ich freute mich darauf, mir heute Abend einen gemütlichen Leseabend auf dem neuen Sofa zu gönnen.

Zum Glück regnete es heute nicht, aber wegen der schweren Bücher war ich dennoch froh, „Backingshire Manor" am Ende des Weges näher rücken zu sehen. Plötzlich hörte ich ein unangenehmes Reißen, der Riemen meiner Umhängetasche gab an der Naht nach und die Tasche mitsamt der schweren Bücher glitt an meiner Seite hinab. Ich versuchte noch, sie zu packen, aber es war zu spät, die Bücher purzelten aus der Tasche auf den gepflasterten Boden. Leise fluchend hockte ich mich hin und begann, die Bücher einzusammeln und wieder in die Tasche zu stecken. Da spürte ich ein Kribbeln im Nacken. Dasselbe Gefühl wie am vorherigen Abend auf dem Balkon überkam mich. Doch diesmal nicht in dunkler Umgebung, sondern hier, mitten auf einem Bürgersteig in der nur durch einige Wolken verdunkelten Mittagssonne hatte ich erneut das Gefühl, beobachtet zu werden. Ein Schauer lief mir über den Rücken und ich spürte es wieder – die Präsenz von jemandem … oder von … Etwas. Ich versuchte, mich unauffällig umzusehen. Einige Meter hinter mir schob eine junge Mutter ihren Kinderwagen über den Gehweg und auf der anderen Straßenseite zog eine Kindergartengruppe mit ihren zwei Erzieherinnen vorüber. Kein Schatten, keine dunkle Gestalt war zu sehen. Und doch wurde ich das merkwürdige Gefühl nicht los. Was mich am meisten wunderte war, dass sich auch dieses Mal eine unerklärliche freudige Erregung in mir ausbreitete. Ich ging weiter, die Tasche nun mit beiden Händen vor meinen Bauch geklemmt, ertappte mich aber dabei, wie ich nach schweren Schritten lauschte, hinter Büsche schaute und entgegenkommende

26

Personen genau betrachtete. Alles schien normal. Wie konnte es nur sein, dass meine Nerven mir zweimal in 24 Stunden einen derartigen Streich spielten? Ich versuchte, vernünftig zu denken und setzte meinen Heimweg fort. Das merkwürdige Gefühl ließ sich aber nicht abschütteln. Es verfolgte mich bis zur Haustür. Zum zweiten Mal innerhalb von wenigen Stunden schüttelte ich den Kopf über mich selbst. Na großartig! Nun wurde ich auch noch paranoid.

An den nächsten Tagen verbrachte ich viel Zeit mit meinem Laptop im Garten oder im Kaminzimmer, genoss die letzten Ferientage so gut es ging, ohne an die neue Schule zu denken und schrieb an meinem neuen Buch. Bisher hatte noch nie jemand anderes meine Bücher gelesen als meine Mum, sie gab mir Tipps und half mir weiter, wenn ich mit einer Geschichte ins Stocken geriet. Sie hatte mir geholfen, meinen eigenen Schreibstil zu finden, Wörter in Bilder zu verwandeln, in Geschichten einzutauchen, ihrem Zauber zu erliegen und sich von ihnen tragen zu lassen, bis ihre Geheimnisse mich fortzogen und ich beim Schließen des Laptops wie aus einem Traum erwachte. Oft kam mir das reale Leben fremder vor als die fiktiven Geschichten, die ich mir ausdachte oder die ich in Büchern las.

Die aktuelle Geschichte war jedoch anders als meine bisherigen. Ich hatte nicht geplant, wie sie ausgehen würde. Kein plotten, keine Charakterstudie. Ich war vor drei Wochen einfach einer Eingebung gefolgt, hatte ein neues Dokument auf meinem Laptop geöffnet, einen kurzen Moment auf die leere Seite gestarrt und losgeschrieben.

Jedes Mal, wenn ich mich erneut an die Geschichte setzte, war ich selbst gespannt, wohin sie mich führen würde und fieberte mit den Protagonisten mit. Ich wusste noch nicht, wie es weitergehen würde, doch die Geschichte schien einfach aus mir heraus zu fließen. Zum allerersten Mal schrieb ich eine Liebesgeschichte. Sie drehte sich um einen Jungen, düster, unheimlich und geheimnisvoll, der sich in die Schulsprecherin seiner Schule verliebte, sich aber aufgrund seiner kriminellen Vergangenheit nicht traute, sie anzusprechen. Dieser düstere Junge mit seinen dunklen Augen, seinen dunkelbraunen kurz geschorenen Haaren und dem durchdringenden Blick hatte mich in meiner zweiten Nacht in Backingshire Manor sogar bis in meine Träume verfolgt. Verwirrt und beschämt war ich aufgewacht und hatte mich gefragt, ob ich mir vielleicht meine eigenen Sehnsüchte in diesem Buch von der Seele geschrieben hatte. Ich war noch nie richtig verliebt gewesen. Bisher waren mir die Jungs in meinem Alter oft zu albern erschienen. Außerdem stand ich definitiv nicht auf Partyhelden, die sich an jedem Wochenende Alkohol hinter die Binde kippten. An meiner alten Schule waren diese unsympathischen männlichen Exemplare leider weit verbreitet gewesen und ich hatte wenig Hoffnung, dass dieser Umstand an meiner neuen Schule anders sein könnte.

KAPITEL 4
STECHENDE BLICKE

Am Samstagnachmittag saß ich gerade wieder im Garten, um Notizen für mein Buch zu machen. Die riesige massive Holzschaukel aus meiner Kinderzeit war in den letzten Tagen zu „meinem" Platz geworden war. Unter dem Hintern hatte ich meine Jacke auf der Schaukel drapiert, da das Holz hier nie ganz trocken zu werden schien. Mir gefiel dieser romantische Platz. Außerdem erinnerte er mich an meinen Grandpa, der hier oft Zeit mit mir verbracht hatte als ich noch ein kleines Kind gewesen war.

Granny trat mit Schalk auf den Fersen aus der großen Flügeltür des Hauses. „Ich dachte mir, dass ich dich hier finde, Nelly! Ich wollte dich fragen, ob du mit mir einen Tee im Café des Hotels trinken möchtest. Ich habe gerade mein Acrylbild beendet und möchte einen Moment verschnaufen, bevor ich mit meinem nächsten Auftrag beginne."

Ich freute mich über diese Ablenkung. Seit ich hier war hatte ich noch recht wenig Zeit mit meiner Grandma verbracht und ich hatte deshalb ein etwas schlechtes Gewissen. Außerdem drängte sich seit gestern immer mehr der erste Schultag in meine Gedanken, der nun übermorgen vor mir lag und mich zunehmend nervöser machte. Deshalb sagte ich ihr lächelnd zu und wir gingen durch das Haus und durch die Vordertür zum rechten Flügel des Anwesens, der komplett durch das Hotel eingenommen wurde. Wir mussten diesen Umweg durch das Haus nehmen, da der Garten Richtung Hotel durch eine mit Efeu bewachsene Mauer abgetrennt war. Soweit ich wusste, hatte das Hotel einen ziemlich guten Ruf und war trotz seiner recht hohen Preise und seiner gehobenen Ausstattung sehr gut besucht.

Wir setzten uns draußen an einen mit einem weißen Tischtuch bedeckten Tisch auf zwei sehr bequeme Polsterstühle und bereits nach wenigen Sekunden brachte ein Kellner uns zwei Karten. Er grüßte meine Großmutter sehr freundlich und erkundigte sich nach ihrem Befinden. Während die beiden sich über die neuen Teesorten des Hauses unterhielten, spürte ich ein merkwürdiges Kribbeln in meinem Bauch. Dieses Kribbeln hatte ich schon auf meinem Balkon und auf dem Weg von der Bücherei nach Hause gespürt, als ich das Gefühl gehabt hatte, verfolgt zu werden. Mein Blick schwenkte über die Tische auf der mit gelben Sonnenschirmen bedeckten Terrasse. Bis auf zwei Ausnahmen waren alle Tische belegt - meist von älteren Touristenpaaren, die die ersten Sonnenstrahlen des Mais nutzten, um die Wanderwege des Lake Districts zu erkunden. An einem Tisch jedoch saß ein großer Junge mit dunkelbraunen, fast schwarzen, Haaren und leichtem Bartschatten, etwa in meinem Alter, vielleicht auch etwas älter. Er las in einer Zeitung und hatte vor sich auf dem Tisch eine Cola stehen. Das alles war nicht ungewöhnlich, aber als ich ihn ansah überkam mich blitzartig dasselbe Gefühl wie am ersten Abend auf meinem Balkon. Ein warnendes Ziehen in der Magengegend gemischt mit unerklärlicher Vorfreude. Und noch

30

etwas erregte meine Aufmerksamkeit. Ich wusste nicht warum, aber ich war mir absolut sicher, dass der Junge nicht wirklich las. Er starrte auf die Seiten seiner Zeitung, hatte aber einen hoch konzentrierten Gesichtsausdruck, seine lässige Haltung wirkte wie erstarrt, seine Muskeln an den Armen waren angespannt, was unter seinem schwarzen T-Shirt gut zu sehen war. Seine Hände hielten die Zeitung verkrampft fest und er erweckte den Eindruck, dass er am liebsten sofort die Flucht ergreifen würde. Was regte diesen Jungen so auf?

„Nelly? Bist du damit einverstanden?"

Ich schreckte auf. Dass ich neben meiner Großmutter saß hatte ich beim Anblick des Jungen völlig vergessen. Ich blickte in ihr erwartungsvolles Gesicht. „Entschuldige, Granny, was hast du gesagt?"

„Mr. Blayton hat uns Erdbeertorte mit Minzblättern und dazu einen milden Earl Grey mit Minzaroma und einem Schuss Milch empfohlen. Ich denke, das klingt sehr verlockend."

„Danke, Granny, das klingt es wirklich. Es wäre köstlich!", erwiderte ich halb zu ihr, halb zu dem Kellner Mr. Blayton.

Zum Glück war meine Großmutter zu sehr ins Gespräch vertieft gewesen, um den Grund meiner Ablenkung zu erraten.

Mr. Blayton ging zufrieden davon und Granny begann sofort mit einer detaillierten Beschreibung ihres vollendeten Bildes und aller Schwierigkeiten, die sich während des Malens ergeben hatten und deren Auflösung, bis hin zu dem vollendeten Werk. Sie gestikulierte dabei so schwungvoll, dass sie beinahe das kleine Blumengesteck auf dem Tisch umfegte. Obwohl ich die Kunst meiner Großmutter wirklich mochte und sie in der vergangenen Woche einige Male in ihrem Atelier im ersten Stock besucht hatte, konnte ich ihrer Erzählung nicht mit voller Konzentration lauschen. Mein Blick schweifte wieder an den Tisch, vier Meter entfernt von uns. Die Haltung des Jungen hatte sich um keinen Zentimeter verändert. Er saß dort in seiner aufgesetzt lässigen Körperhaltung mit unveränderter Anspannung. Er schien sich sichtlich schlecht zu fühlen, ja sogar wütend zu sein. Was ihn wohl derart beunruhigte? Und warum ging er nicht woanders hin, wenn er sich hier nicht wohl fühlte? In diesem Moment hob er seinen Kopf und sah mir direkt in die Augen. Himmel, war dieser Typ gutaussehend. Er hatte strahlend blaue Augen und einen schon fast schmerzhaft stechenden Blick, der mich herausfordernd und fast boshaft ansah und irgendwie...traurig?! Keuchend sog ich die Luft ein. Ich fühlte mich beim Beobachten ertappt und mein Magen spielte verrückt. Mir schoss die Röte ins Gesicht und schnell wand ich mich wieder meiner Grandma zu, die mit ihren Erzählungen inzwischen bei dem neuen Auftrag eines wohlhabenden alleinstehenden Herren angekommen war und ihren Überlegungen, welche Themen in ihr Werk einfließen sollten. Granny nahm zwar Aufträge an, ließ sich jedoch nie vorschreiben, was sie malen sollte. Ich versuchte, mich in das Gespräch einzubringen aber meine Gedanken waren bei diesem Blick, der mir bis in meine Seele gegangen zu sein schien. Ich schaute nicht mehr an den Nebentisch,

32

aber ich konnte die Präsenz des Jungen regelrecht körperlich spüren und auch eine unerklärliche Anziehungskraft, die von ihm auszugehen schien. Ich war davon überzeugt, dass ich diesen Jungen irgendwo schon einmal gesehen hatte. Doch so sehr ich auch nachdachte, ich wusste nicht, woher ich ihn kennen sollte.

Als der Kellner kam und uns Tee und Torte brachte war ich dankbar dafür, etwas in der Hand zu haben, doch als ich die Teetasse in die Hand nahm zitterte sie leicht. Dieser große, düstere Junge mit seinem merkwürdigen Verhalten und seinem stechenden Blick hatte mich eingeschüchtert. Während des Essens versuchte ich das völlig irrationale Gefühl und die Einschüchterung abzuschütteln und unterhielt mich mit Granny darüber, was ich mir von meinem neuen Literaturkurs erwartete. Über das Schreiben zu sprechen fiel mir leicht und so war ich tatsächlich ein wenig gelöster als der Kellner eine dreiviertel Stunde später kam, um unser Geschirr abzudecken und nach dem Rechten zu fragen. Als Grandma bezahlt hatte und wir unsere Jacken anzogen schaute ich noch einmal möglichst unauffällig zu dem Jungen. Er hatte sich vorgebeugt, das Kinn auf die Fäuste gestützt und blickte mich direkt an. Schnell schreckte ich zurück und schaute weg. Wie peinlich! Sicherlich hatte ich ihn vorhin so offensichtlich beobachtet, dass er sich von mir gestört fühlte und war nun verärgert über die neugierigen Blicke. Ich beeilte mich, Granny zu folgen, das Café zu verlassen und zurück ins Haus zu flüchten.

KAPITEL 5

AUßER ATEM

Drei Etagen weiter oben im Haus, als ich mit angezogenen Beinen auf meinem neuen Sofa saß, war das merkwürdige Ziehen im Bauch verschwunden. Ich rief mir den Blick des Fremden noch einmal ins Gedächtnis. Ich mochte die letzten Tage durch den Wind gewesen sein, vielleicht angespannte Nerven haben, aber dieses Gefühl, das die Anwesenheit dieses Mannes in mir ausgelöst hatte, war kein Hirngespinst gewesen. Das hatte ich mir nicht eingebildet. Ich konnte mich genau daran erinnern, wie ich seine Anwesenheit gespürt hatte, seine Präsenz quasi vor meinem inneren Auge gesehen hatte. Wie konnte das sein? Ich versuchte mich zu erinnern, aber dieses Gefühl hatte ich noch niemals vorher gespürt. Es sollte mir Angst machen. Dieses Ziehen im Magen, diese angespannte Körperhaltung des Jungen, der stechende, feindselige Blick, dass er mich so direkt angesehen und vielleicht sogar beobachtet hatte… All das war tatsächlich beängstigend. Aber da war noch diese unerklärliche Freude, die ich bei seinem Anblick gespürt hatte. Fröstelnd schloss ich die Balkontür und hüllte mich in eine dunkelrote Wolldecke ein. Ich zwang mich, wieder zur Tagesordnung überzugehen. Übermorgen würde ich meinen ersten Tag in einer neuen Schule verbringen und ich hatte andere Sorgen als einen gutaussehenden Fremden, der aus unerfindlichen Gründen voller

Anspannung in einem Café saß und mir, wahrscheinlich genervt von meinen Beobachtungen, feindselige Blicke zuwarf.

Um mich abzulenken zwang ich mich, meinen Rucksack für die Schule zu packen. Meinen Laptop würde ich lieber zu Hause lassen. In London waren einige Schüler mit Laptop oder Netbook im Unterricht gewesen, aber hier war ich mir da nicht so sicher. Ich puzzelte noch ein wenig hier und da herum, konnte die Anspannung in meinem Zimmer dann jedoch nicht mehr aushalten und ging, auf der Suche nach etwas Ablenkung, hinunter in die Eingangshalle. Aber das Haus schien wie ausgestorben. Das Esszimmer, das Kaminzimmer und sogar die Küche waren leer. Auch Schalk lag weder auf seinem Kissen im Esszimmer noch stand er vor der großen Flügeltür zum Garten, wie er es so oft tat, wenn er draußen Kaninchen witterte. Wahrscheinlich waren Grandma und Tante Maggy mit ihrer Arbeit beschäftigt und ich wollte sie nicht stören.

Zum Schlafen war es noch zu früh und weil ich nicht wusste, wie ich die restlichen Stunden verbringen sollte, ging ich nach draußen und schlenderte ohne bestimmtes Ziel auf dem Pfad am Hotel vorbei in Richtung Wald. Da Backingshire Manor auf einem sanften Hügel lag, führte der Weg die ersten 200 Meter bergab. In der Senke war der Weg von hohen Traubeneichen gesäumt, zwischen denen man einen schönen Blick über den See und die weitläufigen Felder hatte, die durch niedrige Natursteinmauern gesäumt wurden. Einige hundert Meter weiter stieg der Weg wieder an und führte in den Wald.

Durch die niedrigere Lage war es hier in der Senke schon dunkler als es oben am Haus gewesen war und ich bereute, dass ich nicht noch einmal in mein Zimmer gegangen war, um meine Jacke mitzunehmen. So zog ich nur meine dünne Strickjacke etwas enger um meinen Oberkörper und ging weiter. Das Gehen tat gut. Auch wenn Granny und Maggy mich liebevoll und herzlich aufgenommen hatten, vermisste ich meine Mum sehr und auch unsere täglichen Telefonate konnten das nicht ändern. Außerdem stand mir die nächste Woche bevor. Ich würde in dem laufenden Schuljahr nach den Frühjahrsferien in bereits bestehende Kursgruppen kommen. Ich machte mir nicht viel Sorgen um den Unterrichtsstoff, in meiner alten Schule hatte ich nie Probleme gehabt, dem Stoff zu folgen, es fiel mir einfach leicht, neue Themen zu verstehen und die Unterrichtsinhalte zu behalten. Meine Sorge war, dass ich bisher nirgendwo in Gruppen von Menschen meines Alters dazu gepasst hatte. Gleichaltrige waren mir oft fremd. Ich machte mir nichts aus den neuesten Modetrends, den aktuellen Sportergebnissen und schwärmte auch für keinen der berühmten Hollywoodstars. Das prädestinierte mich nicht gerade für die typischen Schulcliquen. An meiner alten Schule hatte es einige Mädchen und Jungs gegeben, mit denen ich mich gut verstanden hatte und mit denen ich mich mal auf einen Kaffee oder zum Lernen getroffen hatte. Aber eine richtige Freundschaft, in der man Sorgen und Nöte hätte teilen können, war nie daraus geworden. Und meine Begegnung mit dem Fremden heute im Café zeigte mir einmal mehr, dass ich auf Jugendliche meines Alters wie ein

Freak wirken musste, den man fassungslos und abwertend anstarrte. Hier diesen Weg entlangzugehen, weg von dem Haus, weg von dem Ort, tat gut. Es war, als könnte ich vor meinen Sorgen davonlaufen. Ich blieb stehen und kramte in meiner Hosentasche nach einem Taschentuch. Mir waren Tränen über das Gesicht gelaufen. Es tat gut, endlich zu weinen. Die letzten Wochen hatte ich es mir immer versagt, wollte stark und fröhlich wirken, für meine Mum, meinen Dad, meine Grandma und Maggy. Ich setzte mich einfach an den Wegrand und ließ meinen Tränen das erste Mal freien Lauf. Ich wusste nicht, wie lang ich dort saß aber nach einiger Zeit fühlte ich mich besser, befreiter, als wenn dieser Zusammenbruch, diese Ehrlichkeit gegenüber meinen Ängsten, schon lange nötig gewesen war. Schließlich trocknete ich meine Tränen mit dem inzwischen schon ziemlich ruinierten Taschentuch, atmete tief durch und versuchte, mir ein Lächeln auf das Gesicht zu zwingen. Ich hatte einmal gelesen, dass ein Lächeln, auch wenn es nur aufgesetzt was, tatsächlich die Stimmung verbessern konnte. Ich sah sicher großartig aus, dachte ich ironisch. Eins war klar. Ich würde mein neues Zuhause wie ein weltweit gesuchter Meisterdieb betreten müssen. Ich musste ausschließen, dass mich irgendeiner der Bewohner so sah. Seufzend stand ich auf. Meine Beine waren steif gefroren und ich fühlte mich erschöpft aber seltsamerweise auch gefestigter als vorher. Ich sah mich um. In der Zwischenzeit war es fast vollständig dunkel geworden. Ich hoffte, dass sich Granny und Maggy keine Sorgen machten, weil ich nicht zum Abendessen erschienen war. Ich wickelte mich wieder fester in meine Strickjacke ein und wollte grade den Weg zurück zum Haus einschlagen, als ich es wieder spürte. Da war sie wieder, diese Sicherheit, dass jemand in meiner Nähe war, nur war es diesmal bedrohlicher, unangenehmer. Und diesmal versetzte mich dieses Gefühl in echte Panik. Denn hier auf diesem verlassenen Weg und zu dieser Stunde an einem Samstagabend wollte ich definitiv lieber niemandem begegnen.

Ich hatte schon immer ein feines Gespür für andere Menschen gehabt. Ich konnte zwischenmenschliche Gefühle leicht wahrnehmen - ob jemand traurig war und es zu überspielen versuchte, versteckte Abneigungen oder auch wenn jemand log. Genau deshalb fiel es mir so schwer, mit den Jugendlichen meines Alters befreundet zu sein. So wenig von dem was sie sprachen war echt.

In meinem ganzen Leben hatte ich aber noch nie einen Menschen „gespürt", seine Anwesenheit wahrgenommen, ohne ihn zu sehen, bis zu dem Moment auf dem Balkon. Dann hatte ich es wieder auf dem Rückweg von der Bücherei gespürt und heute Nachmittag im Café. Doch jetzt war es anders. Dieses Gefühl kroch mir eiskalt in die Glieder und ließ Angst und Panik in mir aufsteigen. Es legte sich kalt auf meine Eingeweide und ließ mich mit einem Gefühl der Übelkeit zurück. Hier war jemand, und es war nicht der Fremde aus dem Café. Aber warum versteckte sich hier jemand auf einem dunklen Wanderweg?

Ich sah mich um. Ich stand in der Mitte des Weges, aber durch die ersten hohen Bäume des nahe liegenden

Waldes lagen viele Teile des Weges in uneinsehbarer Dunkelheit, sodass hinter jedem Busch, hinter jedem Stamm jemand hätte lauern können. Warum war ich nur so lange hier sitzen geblieben? Warum hatte ich mich so gehen lassen und saß jetzt nicht in meinem Lieblingspyjama auf meinem neuen Sofa und schaltete gelangweilt durch das Fernsehprogramm? Ich versuchte, klar zu denken. Selbst wenn ich nicht allein war: Bisher hatte sich niemand in meiner Nähe gezeigt. Rein rational war nichts Gefährliches passiert. Wenn mir jemand hier auflauerte hatte er während meines Weinanfalles genug Zeit gehabt, mich zu überrumpeln. Also musste ich nicht unbedingt in Gefahr sein. Dies wiederholte ich immer wieder in meinem Kopf und begann, den Weg zurück zum Haus anzutreten. Doch innerlich spürte ich, dass es nicht stimmte.

Ich ging zügig, aber ich rannte nicht, obwohl mir nach Wegrennen zumute war. Immer wieder sah man im Fernsehen, dass Täter ihre Opfer angriffen, sobald diese anfingen wegzulaufen. Außerdem war das was mich hier so beunruhigte ein rein subjektives Gefühl. Wenn es stimmte, dass jemand hier war, dann wusste ich nicht, wo er sich verbarg und ob ich nicht genau in seine Arme lief.

Möglichst zügig ging ich den Weg entlang, meine Arme um meinen Oberkörper geschlungen, die dünne Wolljacke fest um mich gehüllt – doch vergeblich. Meine Arme waren taub vor Kälte und ich zitterte am ganzen Körper. Doch nicht nur vor Kälte, auch aus Furcht. Irgendetwas stimmte hier ganz und gar nicht. Ich war sonst kein zimperliches Mädchen, das im Dunkeln hysterisch wurde. Ich hatte meine Hände zu Fäusten geballt. Wenn mich tatsächlich jemand angreifen würde, würde ich versuchen mich zu wehren, dem Angreifer in die Augen stechen und auf die Nase schlagen, um die eine unwahrscheinliche Chance zu bekommen, ihn zu verwirren und losrennen zu können. Ich war alles andere als stark – aber ich war schnell. Ich hatte die Hälfte des Weges zum Haus zurückgelegt und schöpfte langsam Hoffnung, dass mir mein verheultes Unterbewusstsein tatsächlich nur einen makabren Streich gespielt hatte. Doch da spürte ich es erneut. Hier war jemand. Etwas Gefährliches, etwas … Brutales. Und ich fühlte, dass es näherkam. Diese Gewissheit legte sich wie eine Schraubzwinge um mein Herz und die Panik siegte über die mühsame Beherrschung. Nun begann ich doch zu rennen. Meine Beine hatten angefangen zu sprinten, bevor mein Kopf es realisieren konnte. Mein Blick war nach vorne gerichtet und ich starrte mit zusammen gekniffenen Augen in die Dunkelheit, um den Weg zu erkennen und nicht über Steine oder Baumwurzeln zu fallen. Ich war nun aus dem Wald herausgekommen und der Weg lag in den offenen Feldern. Mein Atem ging stoßweise und mein Hals war so zugeschnürt, dass ich kaum Luft bekam. Und ich zwang mich, kurz anzuhalten und zu Atem zu kommen. Ich sah mich um. In nur einem Bruchteil einer Sekunde versteifte sich jeder Muskel in meinem Körper. Etwa zwanzig Meter vor mir trat jemand mitten auf den Weg. Gegen den dunklen Himmel zeichneten sich nur die Umrisse eines gigantischen Wesens ab. Es hatte massige Schultern und

40

einen breiten Stiernacken. Der Rest des Körpers wurde anscheinend von einem riesenhaften Mantel oder Umhang verhüllt.

Ich hatte tatsächlich Recht gehabt. Ich hatte gespürt, dass sich etwas vor mir verbarg. Mit dieser Gewissheit war die Starre in mir verschwunden. Fieberhaft dachte ich nach, wie ich diesem riesenhaften Mann entkommen konnte. Dies war kein einsamer Wanderer auf einem nächtlichen Spaziergang. Der Riese stand bewegungslos da, nur sein Mantel bewegte sich im Wind. Einer Eingebung folgend wandte ich mich nach rechts und sprang über einen Wassergraben. Auf der anderen Seite rutschte ich an dem nassen Gras aus und fiel keuchend auf die Knie, fühlte kalten Schlamm an meinen Händen, rappelte mich aber sofort wieder hoch und lief so schnell ich konnte geradewegs in die Wand aus Dunkelheit. Auf freiem Weg durch die Felder konnte ich den Boden vor meinen Füßen nicht mehr erkennen, daher stolperte ich immer wieder, blieb mit den Schuhen in dem sumpfartigen Boden hängen, der durch die Regenfälle der letzten Tage durchweicht war und teilweise unter Wasser stand. Ich lief wie ich noch nie im Leben gelaufen war. Was mich trieb und mich in Todesangst versetzte waren schwere, stampfende Schritte hinter mir, die mir zeigten, dass der Riese mich verfolgte. Und er kam näher. Ich wagte nicht, mich umzusehen. Unvermittelt stieß ich mit dem Knie gegen etwas Hartes, fiel über kalten Stein, spürte einen stechenden Schmerz an meinem rechten Bein und schlug schmerzhaft hin. Bevor ich wieder auf die Beine kommen konnte packte mich eine große Hand hart an meinem rechten Oberarm und riss mich hoch. Ein großer Arm, so breit wie ein gut trainierter Oberschenkel umfasste mich an meiner Taille und hob mich hoch. Ich wurde rücklings an einen steinharten Oberkörper gepresst und eine grobe Hand umfasste meinen Kiefer und drückte ihn zusammen.

„Hallo, Mädchen!", sprach mir eine tiefe Stimme direkt ins Ohr. Ich konnte feuchten Atem direkt an meiner Wange spüren und dichtes langes Haar, das über meinen Nacken fiel. Ich versuchte, mich zu befreien und wand mich, aber der Arm hielt mich wie ein Schraubstock fest.

KAPITEL 6
LICHT IM DUNKELN

Ich war noch nie ein besonders draufgängerischer Mensch gewesen. Mum hatte sich deshalb in den verschiedenen Phasen meiner Pubertät häufig völlig ratlos gefühlt. Wenn es nach ihr ging, gehörten „Abwege zum Leben", wie sie es nannte. In meinem Alter hatte sie schon einige Jungsfreundschaften und diverse kleinere Vergehen hinter sich, wie sie nicht müde wurde zu betonen. Weniger betonte sie allerdings, was mit diesen „kleineren Vergehen" gemeint war. Aber von Mums Freundin Sarah wusste ich, dass zumindest das „Ausborgen" eines fremden Bootes in ortseigenen Hafen ihres Geburtsortes und das nächtliche Verkleiden einer lebensgroßen Bronzestatue vor dem Stadttheater in traditionelle

42

bayrische Volkstracht dazugehörten. Sarah kam schließlich aus Deutschland. Bestätigt hatte Mum diese Aussagen jedoch nie. Wahrscheinlich machte sie sich einfach Sorgen, ich könnte etwas verpassen, doch durch mein ängstliches Wesen war ich nie besonders scharf darauf gewesen, gewisse Dinge auszuprobieren. Die Angst, die ich in diesem Augenblick spürte, stelle jedoch alles Bisherige in den Schatten.

„Was wollen Sie von mir?", presste ich hervor. Mein Kiefer schien unter dem Griff des Mannes fast bersten zu wollen. Ich hatte kein Geld dabei, besaß nicht Wertvolles. Ich war lediglich ein Mädchen, allein mitten zwischen abgelegenen Wäldern und Feldern. Bei dem Gedanken, was der Mann mit mir anstellen könnte wurde mir übel.

„Wir haben nicht erwartet, dass du uns so schnell eine Chance bietest. Und wie ich spüre haben wir recht gehabt. Er kommt. Und er ist schnell. Komm mit!" Und ein zweiter Arm packte mich grob um die Schulter und der Angreifer trug mich anscheinend mühelos weiter zurück über die Wiese in Richtung Wald. Was um alles in Welt redete dieses Ungeheuer da?

„Lassen Sie mich los!" Ich wollte schreien aber meine Stimme klang seltsam hoch und zittrig.

„Wenn du schreist werde ich nicht zögern, dich daran zu hindern. Wir brauchen hier keine Menschen. Also hör auf, dich zu wehren, wir haben nicht mehr viel Zeit bis er kommt."

Verzweiflung kroch in mir hoch. Ich wurde von einem riesenhaften Mann mit Muskeln wie Stahlträgern verschleppt, es war stockdunkel und zu Hause dachte wahrscheinlich jeder, ich würde schlafen. Der Wald lag direkt vor uns und vor morgen früh würde niemand bemerken, dass ich nicht seelenruhig in meinem Bett lag. Was zur Hölle wollte dieser Fremde von mir? Wenn er sich an mir hätte vergreifen wollen hätte er es hier direkt auf der Wiese tun können. Weit ab von jedem bewohnten Haus und in völliger Dunkelheit hätte ich mir die Seele aus dem Leib schreien können und niemand hätte mich gehört oder gesehen. Aber hatte der Riese nicht eine weitere Person erwähnt? Jemand, der schnell war? Vielleicht war noch ein Jogger hier in der Nähe. Aber um diese Uhrzeit war das äußerst unwahrscheinlich! Erneut versuchte ich, um Hilfe zu rufen, aber die große Hand griff noch härter zu und ich bekam keinen Ton heraus. Stattdessen schossen mir Schmerzenstränen in die Augen. Als ich im Kopf krampfhaft versuchte, einen Ausweg aus meiner Not zu finden, spürte ich erneut ein Ziehen in meinem Bauch. Ein Gefühl, dass mir inzwischen bekannt zu werden schien und dass mir in meiner Panik wie ein Licht am Horizont vorkam. ER war hier. Der Fremde aus dem Lokal konnte nicht weit sein. Es wunderte mich nicht einmal, was er hier um diese Uhrzeit machte und ich machte mir auch keine Sorgen, dass er uns nicht bemerken könnte. Ich wusste einfach, dass er auf dem Weg hierher war – zu mir - und dass er mir helfen würde. Aber ein weiteres Gefühl mischte mich in meine Hoffnung auf Rettung. Angst. Angst, dass sich der dunkelhaarige Fremde mit den stechendblauen Augen in Gefahr bringen könnte. Die Größe des Entführers war monströs und trotz meines Gewichts und obwohl er

44

zügig und mit großen Schritten durch sumpfiges Gebiet schritt war sein Atem ruhig und gleichmäßig. Plötzlich ließ er mich herunter, drehte mich zu sich und beugte sich zu mir herunter, so dass sein Gesicht meinem ganz nah war.

„Wir sind nun weit genug weg. Glaub mir, Mädchen, du wirst nicht fliehen können. Er wird dich nicht retten können." Und er riss meinen linken Arm hinten auf meinen Rücken und bog ihn schmerzhaft nach oben. Ich keuchte auf. „Ich hätte nicht gedacht, dass ES schon so stark ist, aber er hat dich gefunden. Vielleicht hat er aber auch nur dein Blut gerochen." Er bückte sich blitzschnell nach unten, griff nach meinem rechten Bein und Schmerz wallte in mir auf. Ich zuckte zusammen und schrie auf. Der Riese hatte irgendetwas mit meinem Knöchel angestellt. Ich sackte zusammen und Schmerz umnebelte mich.

„Sieh nur!", raunte er direkt in mein Ohr und ich roch stinkenden Atem. „Nun kannst du nicht mehr davonlaufen.

Das vertraute Ziehen an meinem Bauchnabel wurde stärker und der Riese riss mich herum, wirbelte mich mit einer Hand hinter sich und zog mit der anderen ein Messer unter seinem Mantel hervor. Er beugte die Knie und nahm eine Angriffshaltung ein. Ich sackte zusammen und versuchte, mich auf allen Vieren von ihm fort zu schieben. Aber der Riese hatte Recht. Die Schmerzen trieben mich schon nach wenigen Metern vollends zu Boden und ich tastete nach meinem Knöchel und legte schützend meine Hände darum. Der Nebel um mich schien dichter zu werden und Schwärze drohte, sich aus dem Rand meines Blickfeldes über meine Augen zu schieben. Ich hörte Laufschritte auf uns zukommen. Viel zu schnelle Schritte. Der Riese stieß ein tierisches Grollen aus. Er schnellte herum, doch da sprang ihn etwas mit solcher Geschwindigkeit von der Seite an, dass er umgeworfen wurde.

Was danach passierte konnte ich in der Dunkelheit kaum ausmachen. Die beiden Männer kämpfen mit absoluter Verbissenheit. Eins war sicher, hier ging es um Leben und Tod. Immer wieder hörte ich das beängstigende Grollen, gemischt von einem Knurren, wie ich es von einem Menschen noch nie gehört hatte. Es hörte sich an, als würden Hunde aufeinander losgehen.

Ich versuchte erneut aufzustehen, sank aber sofort wieder zusammen. Ich biss die Zähne zusammen, da der Schmerz mir wieder Tränen in die Augen trieb und kroch vorwärts, weg von den beiden wilden großen Männern, die miteinander rangen und sich gegenseitig auf den Boden drückten. Ich dachte an das Messer und hoffte, dass mein Helfer nicht verletzt werden würde. Aber bei der unglaublichen Größe und Muskelkraft meines Angreifers schien mir der Kampf aussichtslos. Ich wünschte mir fast, der Fremde wäre mir nicht zu Hilfe gekommen. Nun würde er wie ich verletzt werden oder sogar sterben. Ich konnte ihn nicht einfach dem Schicksal überlassen. Ich taste den Boden um mich herum ab und suchte nach etwas, was ich als Waffe benutzen konnte. Es musste doch irgendwo ein Ast oder ein Stein zu finden sein. Aber bis auf nasses Gras und tiefe Pfützen spürte

46

ich nichts. Doch dann stießen meine Fingerspitzen auf etwas Hartes. Ich tastete weiter – es war eine der typischen nordenglischen Steinmauern, eine Dry Stone Wall, mit denen die Bauern schon seit Generationen ihre Felder einfassten. In manchen Feldern dieser Gegend wurden sie aber leider nachgebaut und nicht wie die traditionellen Mauern mit losen Steinen eingedeckt, sondern fest mit Mörtel verankert. Fieberhaft tastete ich weiter. Es musste doch einen losen Stein geben, eine Lücke, die ich mit den Fingern aufbrechen konnte. Und tatsächlich: ein Stein war locker. Er lag oben auf und ließ sich leicht bewegen. Mit den Fingerspitzen krallte ich mich in den feinen Riss und zog daran. Doch ich rutschte ab und merkte, dass meine Finger bluteten. Ich versuchte es erneut. Der Riese lag im Kampf nun oben und stieß ein triumphierendes Geheul aus. Er sprach etwas in einer fremden Sprache. Er klang triumphierend und bedrohlich. Ich zog fester an dem Stein und ignorierte den Schmerz in meinen Fingern. Schließlich gab der Stein nach und ich verlor das Gleichgewicht. Schnell rappelte ich mich auf und kroch in Richtung der kämpfenden Männer so schnell es mein Knöchel zuließ. Als die beiden nur noch einige Schritte entfernt waren, stellte ich mich mit Mühe auf mein unverletztes Bein und ignorierte, dass mir erneut schwarz vor Augen zu werden drohte. Der Riese kniete nun auf den Oberarmen des jüngeren Mannes und versuchte gegen die Gegenwehr seines Opfers, das Messer in dessen Richtung zu drücken. „Du lässt es nicht zu. Du stehst nicht dazu. Das macht dich schwach. Du würdest lieber sterben. Das ist gut, denn das wirst du. Endlich!"

Ich hob den Stein über meinen Kopf und schlug mit all meiner Körperkraft auf den Kopf des Riesen. Doch anstatt zusammen zu sacken schrie er lediglich auf, drehte sich um und schlug mit einer Hand nach mir. Für den Bruchteil einer Sekunde schaute ich ihm direkt in sein großes Gesicht und in der Dunkelheit glommen seine Augen gelb, als wären sie von innen beleuchtet. Seine Hand traf meine Brust und ich flog rückwärts durch die Luft. Dann schlug ich auf und ein stechender Schmerz fuhr mir durch den Kopf. Ein dumpfes Summen setzte sich auf meine Ohren und die Schwärze umgab mich endgültig.

KAPITEL 7

SOG

Ich schwamm in der Dunkelheit und trieb auf Wellen sanft hin und her. Ich spürte Wärme an meiner Wange, warmes weiches Wasser, das mich umspülte. Ich roch einen wunderschönen und seltsam bekannten Geruch. Nach einiger Zeit veränderte sich das Wasser. Es war nicht länger warm und weich. Die Wellen drückten unsanft gegen meinen Kopf. Ich musste die Wellen stoppen… Irgendwie… Sie zogen mich hinunter… Etwas stimmte nicht…

Mit großer Anstrengung versuchte ich, die Augen zu öffnen. Mein Kopf schmerzte und in meinem rechten Bein fühlte ich ein scharfes Stechen. Es war noch immer dunkel und die Wellen wiegten mich auf und ab. Nein, keine Wellen, ich wurde getragen. Jemand trug mich. Panik stieg in mir auf und ich durchbrach die Wasseroberfläche. Erschrocken zuckte ich zusammen und versuchte, mich zu befreien.

„Schht, es ist gut. Du bist in Sicherheit, ich bringe dich nach Hause." Die Stimme war leise und sanft und dicht an meinem Ohr.

Ich begriff. Es war nicht der Riese, der mich verschleppte. Der Fremde aus dem Café trug mich. Er hatte den Kampf gewonnen und hatte mir geholfen. Eine Woge der Erleichterung schwappte über mich hinweg. Ich wusste, dass er die Wahrheit sprach, ich war in Sicherheit.

„Was ist passiert? Wo ist der Mann mit dem Mantel? Verfolgt er uns? Ist er… ist er vielleicht tot?" Panik ergriff mich. Ich war unendlich froh, dem Riesen mit den unheimlichen gelben Augen entkommen zu sein, aber vielleicht hatte ich ihn mit dem Stein doch schlimmer verletzt als es den Anschein gehabt hatte… Vielleicht hatte ich ihn getötet. Ich keuchte auf.

„Nein, Nell, beruhige dich. Er ist nicht tot. Ich habe ihn auf dem Feld liegen lassen. Ich konnte mich jetzt nicht um ihn kümmern. Er wird sich bis morgen früh wieder erholen. Aber jetzt kann er uns nicht folgen. Du hast mir mit deinem Eingreifen tatsächlich geholfen. Es war mutig… aber auch sehr leichtsinnig. Kaum auszudenken, was hätte passieren können." Er presste die Lippen zusammen und schwieg. Er machte den Eindruck, als wäre er aus irgendeinem Grund ziemlich sauer auf sich selbst.

Ich zitterte am ganzen Körper wie Espenlaub. Mir war so unendlich kalt. Und etwas übel. Aber meine Gedanken überschlugen sich. Ich hatte so viele Fragen. „Woher kennst du meinen Namen?", war das Erste, was ich hervorbrachte. Meine Stimme klang rau und etwas zu hoch. Doch der Fremde schwieg.

Ich sah einige hundert Meter vor uns die Lichter von Backingshire Manor näherkommen. Es war mir unangenehm, dass der Unbekannte mich noch so weit tragen sollte. Mein Gewicht schien ihn zwar nicht zu stören, denn er atmete ruhig und gleichmäßig und er schien entspannt zu gehen, aber er hatte schließlich einen schweren Kampf hinter sich. „Bist du eigentlich verletzt? Ich kann selbst laufen.", brach es aus mir hervor und ich versuchte, mich aus seinem Griff zu befreien.

„Nein", war alles, was er sagte, aber etwas an meiner Frage schien ihn zu amüsieren. Doch dann wurde er ernst. „Aber du bist es!"

Unwillkürlich fasste ich mir an meinen Hinterkopf. Er war heiß unter meinen eiskalten Fingern. Ich erinnerte mich. Der Schlag gegen meine Brust, das Stechen an meinen Rippen, der Aufschlag auf dem Boden, der Schmerz an meinem Kopf. Und dann hatte ich das Bewusstsein verloren. Hatte ich mich ernsthaft verletzt? Hatte ich mir vielleicht sogar etwas gebrochen? Ich versuchte nacheinander, meine Arme und Beine zu bewegen und tastete nach meinem Kopf. Mein rechtes Bein und meine Brust taten mir weh. Aber ich konnte alles bewegen. Mein Kopf hatte eine dicke Beule und ich konnte verkrustetes Blut spüren. Auch meine rechte Hand war aufgekratzt, es schien jedoch nichts gebrochen zu sein. Ich seufzte erleichtert und dann bat ich noch einmal: „Ich kann selbst laufen!"

Der Junge blieb stehen und zögerte kurz. Mein Wunsch schien ihm definitiv nicht zu gefallen, deshalb strampelte ich mit den Beinen, um ihm Nachdruck zu verleihen. Und schließlich stellte er mich neben sich auf den Boden. Er hielt mich noch kurz um die Taille, wie um zu prüfen, ob ich nicht gleich wie eine leere Hülle in mich zusammensacken würde. Als er jedoch merkte, dass ich sicher stand, rückte er zwei große Schritte von mir ab. Seltsam. Ich prüfte vorsichtig, ob ich mein rechtes Bein belasten konnte. Ein dumpfer Schmerz zog durch meinen Knöchel, aber ich konnte gehen. Ich wunderte mich. Wie lange war ich ohnmächtig gewesen? War ich nicht eben noch auf allen Vieren gekrochen, um überhaupt vorwärts zu kommen?

Der Junge schien meine Gedanken zu lesen: „Es wird schneller heilen als du vielleicht denkst. Du wirst keinen Arzt brauchen."

Ich blickte skeptisch in seine Richtung. Wie sollte er das bitte bei der Dunkelheit beurteilen? Besaß er etwa einen ultimativen Röntgenblick? Das geht schnell vorbei. Schon klar. Ich kannte mich. Ich bekam ziemlich schnell blaue Flecken. Und so wie sich mein Körper anfühlte bestand ich gerade vollständig daraus. Außerdem schleppte ich Kratzer und Schnitte oft wochenlang mit mir herum bis sie verheilten. Es war vielleicht grotesk, aber ich dachte erst einmal nur daran, wie es wohl auf meine neuen Mitschüler wirken musste, wenn ich verbeult und zerkratzt an meinem ersten Schultag in den Klassenraum gehumpelt kam. Sicherlich würde man mich als ein neues bedauernswertes Opfer häuslicher Gewalt betrachten. Aber darüber würde ich mir morgen Sorgen machen. Nun wollte ich erst einmal nur nach Hause. Eine Weile humpelte ich schweigend neben meinem Retter her, der einen eindeutigen Sicherheitsabstand zu mir einhielt und auch sonst keine Anstalten mehr machte, auch nur irgendein Wort mit mir zu wechseln. Als wir auf den Parkplatz des Hotels traten blieb ich stehen. „Du wohnst hier, oder?"

Es kam mir unwirklich vor, dass ich den verschlossenen, wortkargen Jungen heute Nachmittag auf der Caféterrasse gesehen hatte. All das schien so weit entfernt zu sein.

Er zögerte. „Ja, für einige Zeit," sagte er unbestimmt.

„Danke!", platzte es endlich aus mir heraus. „Danke, dass du mir geholfen hast. Ich wäre ohne dich…" Meine Stimme brach, der Gedanke war zu furchteinflößend.

Ich wollte mich bereits wegdrehen, um endlich ins Haus und in mein Bett zu kriechen, als er mich bei meinem Namen rief. Verdammt, woher zur Hölle kannte er eigentlich meinen Namen?

„Nell! Ich… Ich hätte eine Bitte an dich." Er stand plötzlich direkt vor mir. In der Außenbeleuchtung des Hotels konnte ich ihn das erste Mal an diesem Abend deutlich sehen. Er war einen ganzen Kopf größer als ich und so musste ich meinen Kopf leicht in den Nacken legen, um ihm ins Gesicht sehen zu können. Seine Augen leuchteten so unwahrscheinlich blau und in ihnen lag dasselbe Stechen wie heute Nachmittag. „Ich weiß, das wird dich sehr verwirren, aber ich möchte dich bitten, wegen heute Nacht nicht die Polizei zu verständigen. Und… ehrlich gesagt möchte ich, dass du auch sonst niemandem davon erzählst."

Ich schnappte nach Luft. Wie stellte er sich das vor? Warum um alles in der Welt sollte ich diesen Vorfall verheimlichen? Schließlich war der Mann, der mir aufgelauert hatte noch da draußen. Er könnte schon in der nächsten Nacht einem anderen Mädchen auflauern. Und wie sollte ich das überhaupt anstellen? Sicherlich sah ich aus, als ob mich der Weltmeister im Wrestlen persönlich und eigenhändig durch einen Fleischwolf gedreht hätte. So fühlte ich mich jedenfalls. Wie sollte ich das erklären? Sicherlich, ich hatte tatsächlich auf dem Weg hierher nur an mein Bett gedacht und an Ruhe und Wärme. Schließlich zitterte ich am ganzen Körper und die nachlassende Übelkeit ließ nur überwältigende Müdigkeit zurück. Aber spätestens morgen würde ich mich den besorgten Fragen meiner Großmutter und Großtante stellen müssen. Ich schnaubte laut und verächtlich durch die Nase.

„Nell", sagte er eindringlich. „Es ist wichtig. Ich kann es dir nicht erklären. Versuche mir zu vertrauen."

Vertrauen? Ich schaute ihm in die blauen Augen, die für einen Augenblick die Härte verloren hatten und die mich fast flehend ansahen. Dieser Junge hatte mir vor einigen Stunden das Leben gerettet.

„Ich versuche es", kamen die Worte aus meinem Mund, ohne dass ich noch länger darüber nachdenken konnte.

„Danke." Er trat zwei Schritte zurück und schon trat dieselbe Distanziertheit und Verschlossenheit in sein Gesicht zurück, die mich heute Nachmittag derart eingeschüchtert hatte. „Und geh verdammt noch mal nie wieder allein in der Nacht spazieren, hörst du? Schaffst du den restlichen Weg allein?"

Ich war einen Moment sprachlos. Wie konnte mich ein Mensch in der einen Sekunde so eindringlich ansehen, dass es mich bis in mein Herz traf und in der anderen Sekunde so distanziert, ja fast feindselig, sein? Und was fiel ihm ein, mich so herumzukommandieren? Und wie um meine Gedanken zu unterstützen trat mein Lebensretter noch zwei Schritte von

mir weg. Doch ich hatte im Moment ganz andere Sorgen. „Ja, vielen Dank, das werde ich gerade noch schaffen!", gab ich wütend zurück und humpelte weiter Richtung Eingangstür. Ich kramte in meiner verdreckten Hosentasche nach dem Schlüssel, der wie durch ein Wunder noch an seinem Platz war und schloss auf. Ich lauschte in die dunkle Eingangshalle, zog meine Schuhe aus, wobei ich bei dem rechten Schuh umständlich lange brauchte damit es nicht zu sehr schmerzte, und wollte gerade die Tür schließen als mein Blick nach draußen fiel. Dort in einiger Entfernung stand dieser große, undurchschaubare Junge und beobachtete mich. Schaute er tatsächlich, dass ich sicher bis hinein ins Haus kam? Ein schlechtes Gewissen überkam mich. Er hatte mich gerettet und mich sicher nach Hause gebracht und ich hatte ihn nur angefaucht.

54

Ich würde morgen im Hotel nach ihm fragen und mich entschuldigen. Da fiel mir auf, dass ich nicht einmal seinen Namen kannte. Doch bevor ich ihn danach fragen konnte war der Junge verschwunden. Mit gemischten Gefühlen schloss ich die Tür. In dem großen Hause fühlte ich mich plötzlich wie ein Eindringling. Ich schlich auf Socken die Treppen hinauf, bis vor mein Zimmer. Auf der Türschwelle lag Schalk, den Kopf erhoben und die Ohren gespitzt und sah mich vorwurfsvoll an, als hätte er sich Sorgen gemacht und als wäre ich ein Heimkehrer nach einer durchzechten Nacht. Ich öffnete die Tür und schaltete gedämpftes Licht ein und der Pudel flitzte durch das Zimmer, sprang auf mein Bett und rollte sich dort ein. Ich schaute auf die Uhr. Es war viertel nach Drei. Ich zog mich aus, wobei ich bei meiner Jeans kurz aufkeuchte, weil der Schorf an meinem Bein sich mit dem Stoff verkrustet hatte und sich die Wunde an einer Stelle wieder öffnete. Das Bein sah ziemlich übel aus. Ein Schnitt zog sich schräg über das Schienbein, aber es blutete nur noch an einer kleinen Stelle. Mein Knöchel war dick und hatte eine lila Farbe angenommen. Schlaftrunken kramte ich Desinfektionsmittel aus meiner Handtasche unter dem Bett hervor und pumpte es großflächig über das ganze Bein und über meine Hände. Es brannte kaum. Oder ich war einfach zu müde, um es zu spüren. Schließlich drückte ich ein altes Top von der Sofalehne auf mein Bein und krabbelte in mein Bett. Als ich mich zudecken wollte merkte ich, dass ich oben herum immer noch meine klitschnassen Sachen anhatte und zog mich komplett aus. Dann verkroch ich mich in meine dicke

Decke und legte auch noch eine Wolldecke über mich. Es dauerte eine Ewigkeit, bis meine verkrampften Glieder sich langsam lösten und wohltuende Wärme durch meinen Körper floss. Eigentlich wollte ich noch ins Bad gehen, um die Verletzungen vor dem großen Spiegel näher zu begutachten und mich im besten Fall sogar zu waschen, doch ich war zu erschöpft um noch einmal aufzustehen. Kurz bevor ich in einen traumlosen Schlaf fiel, erinnerte ich mich, woher mir der Junge im Café bekannt vorgekommen war. Ich hatte ihn in dem Traum von meinem eigenen Buch gesehen.

KAPITEL 8

ROSTROT

Am Sonntagmorgen wachte ich auf, weil ich schrecklichen Durst hatte. Mein Mund war wie ausgetrocknet. Ich griff nach dem Wasserglas auf dem Nachttisch und trank es in einem Zug aus, obwohl es abgestanden schmeckte. Ich legte mich zurück auf die Matratze und wunderte mich einen kurzen Moment, warum sich mein Körper bei der einfachen Bewegung so steif anfühlte. Da tauchte alles wieder vor meinem inneren Auge auf, der Weinkrampf, der Unheimliche, der mir aufgelauert hatte, meine Flucht, wie er mich eingeholt hatte, wie ich weggeschleppt wurde in Richtung Wald, der Junge aus dem Lokal, der uns gefunden hatte, der Kampf, wie ich dem Riesen mit dem Stein auf den Kopf geschlagen hatte, der

Schlag, mein Sturz und wie ich schließlich in den Armen dieses merkwürdigen Jungen aufgewacht war und wie wir uns so kurze Zeit nach meiner Rettung vor unserem Haus gestritten hatten. Ich hatte wirklich eine Vorahnung gehabt, bevor er gekommen war um mir zu helfen. Ich hatte gespürt, dass er in der Nähe gewesen war. Und es irritierte mich, dass mich dieses Gefühl durch den Schlaf begleitet hatte und nun, da es verschwunden war kam ich mir seltsam leer und allein vor.

Ich mochte mich noch nicht rühren. Ich war verletzt worden und konnte gerne noch ein paar Minuten darauf verzichten, die Schmerzen aus dem Tiefschlaf zu erwecken. An je mehr Details des gestrigen Abends in mich erinnerte, desto mehr Fragen tauchten in mir auf. Konnte ich nun wirklich fühlen, wenn andere Menschen in meiner Nähe waren? Das war schier unmöglich. Und schließlich konnte ich ja auch nicht fühlen, wenn ich im Garten saß und Granny zu mir kam. Funktionierte das also nur, wenn ich in Gefahr war? Und was hatte der Junge aus dem Café so spät am Abend in den Feldern abseits des Wanderweges gesucht? Himmel, ich musste wirklich seinen Namen herausbekommen. Und warum überhaupt kannte er meinen? Ich überlegte kurz, ob Granny mich in dem Café bei meinem Namen genannt hatte, aber sie nannte mich eh Nelly und nicht Nell. Außerdem hatte ich seine kryptischen Andeutungen nicht verstanden. Warum sollte ich nichts von der Nacht erzählen? Warum war er sich sicher, dass ich keinen Arzt benötigen würde? Was hatte der Angreifer, dieses animalische Wesen mit den fürchterlichen gelben Augen, mit „Du lässt es nicht zu, das schwächt dich!" gemeint? Mein Kopf fing schon wieder an zu dröhnen. Vielleicht sollte ich das Nachdenken bis nach einer warmen Dusche verschieben. Ich setzte mich langsam auf und schwang die Beine über die Bettkante. Ich wartete einen Moment ab. Doch statt wie erwartet starke Schmerzen in Kopf, Brust und Beinen zu bekommen fühlte sich mein Körper nur seltsam taub an und irgendwie steif, wie an dem Tag nachdem meine Mum diese grandiose Idee gehabt hatte, uns für drei Stunden in eine Squash-Halle zu einem „Mutter-Tochter-Trainingstag" anzumelden. Damals hatte sich herausgestellt, dass meine Mutter mich lediglich mit dem jungen Trainer mit der braunen Wuschelfrisur verkuppeln wollte, denn kurz nach ihrem zweiten Aufschlag vertrat sie sich „durch unglückliche Umstände" den Fuß und war den Rest des Trainings nicht mehr in der Lage gewesen, mehr als zwei Schritte zu gehen. Deshalb hatte sie Mr. Wuschelfrisur gebeten, für sie einzuspringen. Das Ende vom Lied war, dass ich weitere zwei Stunden lang panisch versucht hatte, mit dem Schläger Bälle abzuwehren (was mir nur mäßig gut gelang und mich wie ein verschrecktes Eichhörnchen wirken ließ) und meine Mutter, kaum dass wir das Sportstudio verlassen hatten, fröhlich auf zwei gesunden Beinen ihrer Freundin entgegen gelaufen war um sich mit ihr für den Abend zum Kino zu verabreden. Am nächsten Tag hatte ich mich ungefähr so gefühlt wie heute, mit dem Unterschied, dass ich damals noch eine unerwünschte Essenseinladung von Mr. Wuschelfrisur an der Backe gehabt hatte. Sportliche

Ausflüge mit meiner Mutter waren seitdem für mich gestorben.

Ich stand auf. Mein Knöchel ließ sich glücklicherweise wieder protestfrei belasten. An meinem Schienbein klebte immer noch mein Top. Ich zog eine Grimasse. Vorsichtig löste ich den Stoff von meiner Haut. Darunter war alles mit getrocknetem Blut verklebt. Auch meine Fingerknöchel hatten eine Schorfschicht aufzuweisen. Ich seufzte und hüllte mich in meinen grauen Bademantel. Ich musste zuerst das alte Blut abwaschen und die Wunden säubern bevor ich sehen konnte, wie sie zu versorgen waren. In meinem braun-orangen 70er Jahre- Revival-Badezimmer drehte ich die Dusche auf und wartete, bis das Wasser warm geworden war. Dann trat ich mit zusammen gebissenen Zähnen unter den Wasserstrahl. Nur wenige Sekunden später färbte sich das Wasser in der Duschwanne braun von der lehmigen Erde, die mir in den Haaren und an den Armen klebte. Etwas später wurde das braun rostrot von dem getrockneten Blut, das ich vorsichtig mit den Fingerspitzen von Händen und Beinen wusch. Nach zwei Ladungen Fruchtduschgel, Shampoo und Spülung fühlte ich mich schon besser. Ich blieb aber noch lange in der Dusche stehen und ließ die Wärme meine Muskeln entspannen und die Panik dämpfen, die durch die Erinnerungen an den gestrigen Abend aufzusteigen drohte.

Als ich schließlich aus der Dusche trat waren meine Finger schon schrumpelig. Ich hüllte mich in eins der riesigen türkisen Duschhandtücher und stellte mich seufzend vor den Spiegel. Es wurde Zeit, den Schaden zu begutachten. Ich trocknete mich Stück für Stück ab und schaute nach den Verletzungen. Mein Gesicht war ok. Ich hatte dunkle Augenringe, aber das kam sicherlich von dem wenigen Schlaf heute Nacht. Falls ich Blut in meinen Haaren gehabt hatte war alles herausgewaschen und an meinem Hinterkopf ertastete ich nur eine kleine Beule. Auf meiner Brust war ein gelber Fleck, wo der Gelbäugige mich bei seinem Schlag getroffen hatte. Meine Hände waren nur ein wenig rot an den Knöcheln, anscheinend hatte es gar nicht geblutet. Als mein Blick auf mein rechtes Schienbein fiel wurde ich stutzig. Eine dunkele Linie zog sich schräg über mein Bein. An der Linie war die Haut gerötet und empfindlich. Aber … Dies sah aus wie eine Narbe nach einer Woche der Heilung. Wie konnte das sein? Meine Hose war blutverkrustet gewesen und auch heute Morgen hatte Schorf auf der Haut geklebt. Merkwürdig! Auch mein Knöchel sah besser aus als befürchtet. Die Schwellung hatte sogar schon etwas nachgelassen.

Ich ging zurück in mein Zimmer und zog mir einen bequemen blauen Pullover und eine alte Jeans an. Meine noch nassen Haare bürstete ich grob durch und flocht sie dann im Nacken zu einem langen Zopf zusammen. Dann ging ich hinunter. Ich musste die Polizei anrufen. Es war unverantwortlich, dass ich dies nicht schon gestern Nacht getan hatte. Hier in der Gegend lief ein riesiger Mann mit Muskeln wie Stahl herum und lauerte Mädchen auf. Gestern Nacht hatte ich es tatsächlich verdrängt. Nein, wenn ich ehrlich war, hatte der merkwürdige, gutaussehende Junge diesen Einfluss auf mich gehabt. Er hatte mich gebeten alles für mich zu behalten. Pah, wie sollte ich mir je verzeihen, wenn nun in der Gegend ein weiteres Mädchen angegriffen werden sollte?

Als ich in die Eingangshalle trat hörte ich Grandma und Großtante Maggy schon vor der Esszimmertür.

„Es sollte wirklich wieder verschwinden, Rose. Es ist mir unangenehm jeden Tag auf dem Weg in mein Zimmer daran vorbei zu laufen. Ich kann mir wirklich nicht erklären, warum du es aufgehängt hast."

„Es ist Kunst und es hat mir gefallen. Es ist wirklich sehr intelligent gemalt, der Künstler muss ein Naturtalent gewesen sein. Außerdem hatte ich ein schlechtes Gefühl, es noch weitere Jahre in einem Leinentuch eingehüllt in irgendeinem leeren Zimmer herumstehen zu haben. Mit meinen Recherchen bin ich ja immer noch nicht vorangekommen. Das sind wir ihr schuldig."

„Ja, das denke ich ja auch. Wir sollten einen würdigen Ort finden. Aber…"

Als ich in die Tür trat verstummten die beiden. Sie saßen am Küchentisch und lächelten mich an. Granny hatte einen Klecks Marmelade an der Wange.

„Nelly, Liebling, wir dachten, du würdest heute bis zum Mittag schlafen. Tun das Jugendliche in deinem Alter nicht so? Warte, ich rufe Silvester, er soll dir noch ein Gedeck bringen und neuen Tee kochen. Wir haben schon alles ausgetrunken", berichtete Grandma gutgelaunt und war mit wehendem langem Rock schon auf dem Weg zur Tür.

„Danke, Granny, heute nehme ich lieber einen großen Kaffee." Ich setzte mich und atmete tief durch. Tante

Maggy sah mich prüfend an, sagte aber nichts. Vielleicht dachte sie, ich hätte meine dunklen Augenringe einem nächtlichen Wegschleichen mit anschließender wilder Party zu verdanken. Resigniert dachte ich, dass dies bei jedem normalen Jugendlichen meines Alters wohl auch der Fall gewesen wäre.

Als Grandma sich wiedergekommen war und sich gesetzt hatte nahm ich meinen Mut zusammen und flüsterte: „Ich muss euch beiden etwas erzählen!"

KAPITEL 9

DOPPELT ANGESCHLAGEN

Ich berichtete, was gestern Abend vorgefallen war. Meinen Heulkrampf, die Vorahnung, den übernatürlich starken Schlag auf meine Brust und die leuchtenden Augen ließ ich aber lieber aus. Sowieso versuchte ich, der Geschichte etwas weniger Dramatik zu verleihen, da ich mir sicher war, dass die beiden alten Frauen auch so schon außer sich sein würden. Das waren sie auch. Aber ganz anders als ich befürchtet hatte. Es war schlimmer. Statt wild aufzuspringen, durcheinander zu reden und sofort die Polizei zu rufen saßen beide stocksteif auf ihren Stühlen und hörten mir schweigend zu. Besonders Maggy war totenblass geworden und sie tauschte besorgte Blicke mit meiner ebenfalls erschütterten Großmutter aus. Als ich fertig war blieb es stumm im

Esszimmer. Ich war verblüfft. Diese Reaktion hatte ich nicht erwartet. Glaubten sie mir etwa nicht?

„Wir müssen die Polizei rufen", sagte ich. Und es klang merkwürdig gereizt.

„Ja, natürlich, Schatz! Du hast Recht. Wir müssen wohl… Oh Liebes, bist du verletzt? Was können wir tun?", erwachte Granny aus ihrer Starre.

In diesem Moment kam Silvester mit einem Frühstücksgedeck und einem großen Milchkaffee in einer schüsselartigen Tasse ins Esszimmer. Ich nahm beides dankend entgegen.

„Silvester, rufen Sie die Polizei an. Sie müssen sofort einen Beamten schicken. Meine Enkelin ist heute Nacht überfallen worden", ordnete sie an.

Silvester blickte erschrocken zu mir, wie um sich zu vergewissern, ob ich überhaupt noch am Leben war oder ob er lieber gleich ein Bestattungsunternehmen rufen sollte, verschwand dann aber in Richtung Büro, um die Polizei zu verständigen.

„Nelly, es wird alles gut werden. Die Polizei wird den Täter sicher schnell finden. Und du wirst nicht mehr allein aus dem Haus gehen, hörst du? Ich werde dich morgen zur Schule bringen."

Sie redete noch eine ganze Weile in dieser Art auf mich ein. In mir breitete sich ein ungutes Gefühl aus. Würde ich nun von morgens bis abends überwacht werden? Konnte ich gar nicht mehr allein aus dem Haus? Und ich wollte morgen früh sicherlich NICHT in Begleitung meiner Großmutter meinen ersten Tag an der neuen Schule antreten.

Großtante Maggy saß immer noch regungslos auf ihrem Sitz. Sie war wirklich sehr blass. Ich wunderte mich, denn sie war eigentlich sie Souveräne von den beiden.

Grandma schien Maggys Schockstarre auch zu bemerken, doch merkwürdig beiläufig schickte Granny meine Großtante hinaus, um die Polizei in Empfang zu nehmen. Sie musste sie zwei Mal ansprechen, bevor Maggy zombieartig den Raum verließ. Dieses Verhalten sah ihr gar nicht ähnlich.

Ich redete noch einige Zeit beruhigend auf Grandma ein und berichtete den zwei älteren Polizisten, die wenig später eintrafen, von allen Geschehnissen. Auch hier ließ ich jedoch alles aus, was ich mir selbst nicht erklären konnte. Als die Polizisten mich baten, mein Bein zu zeigen, um die Schwere der Verletzung auf Beweisfotos festzuhalten und ich daraufhin meine Jeans hochkrempelte, hörte ich Maggy keuchen. Als ich sie anblickte hatte sie die Augen geschlossen und machte ein schmerzverzerrtes Gesicht. Sah es wirklich so schlimm aus? Ich fand, dass der rote Striemen schon ziemlich gut verheilt war. ZU gut verheilt, wenn ich ehrlich war. Dieser Ansicht schienen die Polizisten auch zu sein. Sie fragten noch einmal genau nach, wie das passiert sei und tauschten einen zweifelnden Blick aus. Da kamen mir plötzlich die Worte meines Retters wieder in den Sinn. Es wird schneller heilen als du vielleicht denkst. Er hatte es gewusst.

Die Polizisten stellten noch ein paar letzte Fragen. Sie schienen nun tatsächlich skeptischer zu sein und fragten mich, ob ich gestern Abend Alkohol getrunken oder irgendwelche halluzinogene Substanzen eingenommen hätte. Ich fand sie zunehmend unverschämter und war froh, als sie versprachen, eine Suchmeldung herauszugeben und dann Richtung Hotel davongingen, um meinen Retter zu befragen. Augenblicklich überkam mich ein schlechtes Gewissen. Er hatte mich gerettet und mich danach nur um eine Sache gebeten – NICHT die Polizei zu rufen. Doch mein Verstand wusste, dass es richtig gewesen war und man den unheimlichen Riesen unbedingt fangen musste bevor er noch mehr Unheil anstellen konnte. Doch ich vermutete, dass die Polizei damit nicht viel Glück haben würde. Bei dem Gedanken, wie die zwei mäßig bewaffneten Kleinstadtpolizisten sich diesem … Ding… nähern würden wurde mir schlecht.

Ich trank meinen Kaffee aus, aß ein halbes Brötchen und beruhigte meine Grandma noch einige Zeit. Dann sagte ich ihr, dass ich etwas Ruhe bräuchte und ging auf mein Zimmer. Tante Maggy war mit den Polizisten verschwunden und nicht wieder aufgetaucht. Draußen schien die Maisonne das erste Mal seit meiner Ankunft strahlend hell. Ich öffnete die Balkontüren, setzte mich auf den Holzboden des Balkons und zog die Knie an. In der Helligkeit und bei dem Vogelgezwitscher hier draußen kam mir die letzte Nacht unwirklich vor. Ich sollte unter Schock stehen, doch wie die Schnitte auf meiner Haut war auch die Panik und die Angst der Nacht schneller verblasst als ich es für möglich gehalten hatte. Ich nahm mir vor, in einer Stunde nachzusehen, ob das Polizeiauto verschwunden war und dann an der Hotelrezeption nach einem dunkelhaarigen Jungen in meinem

Alter zu fragen, der allein eingecheckt hatte um mich bei ihm zu entschuldigen. Ich stutze. Warum sollte ich mir sicher sein, dass er allein reiste? Vielleicht war er mit seinen Eltern dort. Oder mit seiner Freundin.

Ich lehnte mich gegen das Holzgeländer, schloss die Augen und genoss die Wärme auf meinem Gesicht. Die Sonnenstrahlen taten gut. Ich musste eingeschlafen sein, denn als ich die Augen wieder öffnete war die Sonne verschwunden. Ein Ziehen hinter meinem Bauchnabel hatte mich geweckt. Ein Gefühl, als würde man Achterbahn fahren, nur angenehmer. Ich fröstelte und stand langsam auf und… erstarrte. Er saß direkt vor mir. Als ich meinen Blick hob schaute ich direkt auf den gutaussehenden Jungen, der mit verschlossenem Gesicht auf dem Geländer meines Balkons saß. Ich schrak zurück und stieß unsanft gegen die Türzarge. Stöhnend rieb ich mir den nun doppelt angeschlagenen Hinterkopf, was ihn sichtlich zu amüsieren schien.

„Was um Himmels Willen machst du hier? Warum erschreckst du mich so? Und wer hat dich überhaupt reingelassen?", schnauzte ich ihn an.

„Niemand hat mich hereingelassen, ich bin von dort gekommen." Er zeigte mit dem Daumen hinter sich Richtung Garten. „Ich wollte sehen, wie es dir geht!"

Ich war baff. Wie kaltschnäuzig musste er sein, um mich hier beim Schlafen zu beobachten. Und wie war das? Er kam aus dem Garten? Er wollte hier hochgeklettert sein? War der Typ vollends verrückt?

Er schien meine Gedanken zu erraten: „Nell, wir sind hier im zweiten Stock, an der Rückseite des Hauses sind

66

überall Balkone. Es ist keine akrobatische Meisterleistung hier hoch zu kommen." Er schaute mir direkt in die Augen.

„Nicht?", stotterte ich nur. Ich nahm mir vor, von nun an noch mehr darauf zu achten, die Balkontür immer abzuschließen und die Vorhänge abends vorzuziehen.

„Nein", sagte er bitter. „Ich wollte nach dir sehen. Wie geht es dir?"

„Danke, es geht mir viel besser als ich gestern Nacht gedacht hätte", entgegnete ich sanfter. Ich wollte mich nicht schon wieder mit ihm streiten. Ich hatte unendlich viele Fragen an ihn und außerdem hatte ich ihm viel zu verdanken.

„Das dachte ich mir!", flüsterte er nur geheimnisvoll und plötzlich sah er sehr traurig aus und schaute zu Boden.

„Wie heißt du?", platzte es aus mir heraus. Auch wenn ich sauer auf diesen Jungen war, weil er mich derart erschreckt hatte und weil er einfach in mein Zimmer, naja, auf meinen Balkon, geplatzt war, tat es mir merkwürdig weh, ihn traurig zu sehen.

Er zögerte kurz: „Mein Name ist Logan."

Lässig sprang er vom Geländer und lehnte sich dagegen. Er hatte eine verwaschene Jeans an und ein marineblaues T-Shirt. Ich musste einfach bewundern, wie durchtrainiert seine Oberarme waren und wie sich die Muskeln seines Oberkörpers unter dem dünnen Stoff abhoben. Logan sah tatsächlich so aus, wie sich die normalen Mädchen in meinem Alter ihren Traummann vorstellten. Durchtrainiert, groß, dunkle Haare, die ihm wild vom Kopf abstanden und blaue Augen, die einen sicherlich um den Verstand bringen konnten. Nur war ich kein normales Mädchen.

Er schien mich genauso intensiv zu betrachten wie ich ihn. Ich wurde rot. Ich sah sicherlich verschlafen aus, war ungeschminkt und der alte verbeulte Pullover war nicht gerade das, was man heutzutage so trug. Ich verschränkte die Arme vor meinem Bauch, wie um mich hinter ihnen zu verstecken.

„Warum hast du die Polizei gerufen, Nell? Du hast mich in Schwierigkeiten gebracht!", er fragte dies leise, aber bestimmt und sah mir dabei eindringlich in die Augen. Diese Augen… Wie sollte man bei diesem Blick klar denken? Ob es jedem so ging, der mit ihm sprach? Und überhaupt: in Schwierigkeiten? Was meinte er damit? Hatte er eine kriminelle Vergangenheit und wollte deshalb nichts mit der Polizei zu tun haben?

Nun sah ich auf meine Füße, um seinem Blick zu entkommen. „Ich wollte nicht, dass dieses… Ding… noch anderen Mädchen auflauert", sagte ich trotzig. Was dachte er sich eigentlich dabei, mir Dinge verbieten zu wollen?

Logan schwieg. Doch dann seufzte er. „Du möchtest also andere beschützen?" Wieder war er eine lange Zeit still. Ich blickte erneut in sein Gesicht und sah eine unerwartete Wärme darin. Ich nickte.

„Darum musst du dir keine Sorgen machen, Nell. Er wird niemand anderen angreifen. Nicht, solange wir die ganze Sache nicht zu sehr an die große Glocke hängen."

Was meinte er nun damit schon wieder? „Heißt das, dass er es speziell auf mich abgesehen hatte?"

„Das habe ich nicht gesagt!", entgegnete er verstimmt. Meine Frage schien ihm unangenehm zu sein. Er wandte sich ab. „Ich muss nun gehen. Aber wir werden uns nun wohl häufiger sehen. Ich bin ab morgen Gastschüler auf der Wickershan-Comprehensive-School um dort im Sommer meine A-Levels zu machen. Du wirst sicherlich auch dort anfangen, oder? Vielleicht haben wir ein paar Kurse zusammen"

Ich war überrascht über diese Neuigkeit. Ich dachte, er wäre schon aus der Schule heraus. Wie alt mochte er sein? Er sah kaum älter aus als ich - ein oder zwei Jahre vielleicht. Und doch wirkte er erwachsener als alle anderen in meinem Alter.

„Ok, dann sehen wir uns vielleicht morgen.", meine Stimme klang krächzend. Warum hatte er bloß diese Wirkung auf mich? Ich war doch sonst nicht so aufgeregt wie andere Mädchen, wenn sie einen gutaussehenden Jungen sahen. Bisher hatten mich Jungs im Allgemeinen eigentlich immer ziemlich kalt gelassen. „Ich bringe dich runter."

„Danke, das ist nicht nötig, ich gehe durch den Garten." Er schaute mir noch einmal tief in die Augen. „Bis morgen, Nell!"

Und ehe ich antworten konnte, noch ehe ich realisieren konnte, was passierte, schwang er sich über das Geländer, hangelte sich in Windeseile herunter und erreichte mit den Füßen den Balkon unter uns. Er hockte sich hin, stützte sich mit der Hand ab und sprang das letzte Stück auf den Rasen. Für den gesamten Abstieg hatte er schätzungsweise drei Sekunden gebraucht. Unten drehte er sich um, hob grüßend die Hand, grinste und trabte durch den Garten zur Mauer, die unseren Garten vom Hotelgarten trennte. Dort zog er sich scheinbar mühelos hoch, kletterte darüber und verschwand. War dieser Kerl etwa Profisportler? Ich dachte an einen Fernsehbericht über so genannte Parkourläufer den ich einmal mit meiner Mum zusammen gesehen hatte. Ich merkte, dass ich die Luft angehalten hatte und stieß sie nun geräuschvoll aus. Dieser Typ war wirklich nicht ganz normal. Ich drehte mich kopfschüttelnd um, ging zurück in mein Zimmer und schloss die Balkontür sorgfältig hinter mir ab.

Der Rest des Tages verlief ruhig. Grandma sah mehrmals unter irgendwelchen Vorwänden nach mir. Ich beteuerte immer wieder, dass es mir gut ging und seltsamerweise stimmte es auch. Im Laufe des Tages war die Beule an meinem Hinterkopf verschwunden und auch sonst tat mir nichts mehr weh. Nur die roten Striemen an meinem Bein und an den Händen erinnerten an die Verletzungen der letzten Nacht. Auch sonst fühlte ich mich merkwürdig gut. Viel besser jedenfalls als ich mir am Vortag vor dem Besuch einer neuen Schule hätte erträumen können. Nach einem langen Telefonat mit meiner Mum, in dem ich bestimmt 2948 x beteuert hatte, dass es mir gut ging, ging ich ins Bett.

KAPITEL 10
BEIPACKZETTEL

In der Nacht träumte ich jedoch von unheimlichen gelben Augen in der Dunkelheit, von dicken Armen, die mich davontrugen und einer tiefen Stimme, die mich warnte, dass mir schlimmes Unheil bevorstand. Ich schreckte hoch und schaute auf die Uhr. Es war viertel nach zwei. Es dauerte eine Weile, bis ich wieder einschlafen konnte, aber dann schlief ich traumlos durch bis zum nächsten Morgen.

Nach einem merkwürdigen Frühstück, bei dem Großtante Maggy mich pausenlos zu beobachten schien, schwang ich mich mit meiner neuen Schuluniform, bestehend aus schwarzer Strumpfhose, dunkelblau kariertem Rock, weißer Bluse und dunkelblauer Strickjacke, auf ein Fahrrad und radelte los Richtung Schule. Ich hatte das Rad im Geräteschuppen gefunden, es hatte einmal meinem Vater gehört. Ich war sehr früh losgefahren, um mich in Ruhe anzumelden und die richtigen Räume zu finden. Ich kannte das Gebäude, da es nahe des Ortszentrums lag und weil ich in der Aula einmal eine Autorenlesung mit Grandma besucht hatte. In den Klassenräumen war ich jedoch noch nie gewesen.

Ich hatte schon vor den Frühjahrsferien einen dicken Brief von der Schule bekommen, in dem mein Stundenplan, ein Raumplan, eine Bücherliste und ein paar mehr oder weniger nützliche allgemeine Informationen enthalten waren. Daher musste ich mich vor der ersten

Unterrichtsstunde nur kurz im Sekretariat melden und angeben, für welche Wahlkurse ich mich entschieden hatte. Ich hatte Literaturwissenschaft und Geografie gewählt. Das Sekretariat war nicht einmal halb so groß wie das an meiner alten Schule und hinter dem Holzfurnierschreibtisch saß eine Frau mittleren Alters mit einer modernen Kurzhaarfrisur und einer noch moderneren Brille, die mit ihrer merkwürdig zackigen Form weit über die Konturen ihres Gesichts hinausragte. Der ganze Raum roch nach einem schweren, blumigen Parfüm.

„Guten Morgen!", sagte ich, doch es dauerte eine Ewigkeit, bis die Brillenfrau von ihrem Computerbildschirm aufsah.

„Bitte!", sagte sie nur in einem nasalen Ton. Sie kaute mit offenem Mund auf einem Kaugummi. Ich dachte verstimmt, dass diese Frau sich nicht besonders gut eignete, um mir einen guten ersten Eindruck von dieser Schule zu verschaffen.

„Mein Name ist Nelinda White. Heute ist mein erster Tag hier. Ich soll meine Kursliste bei Ihnen abgeben."

„Soso!"

Soso? Diese Frau wurde mir immer unsympathischer. Ich reichte ihr meine Unterlagen über den Tisch und sie schaute sie stirnrunzelnd durch. Ihre übergroßen Hängeohrringe baumelten im Takt ihres Kaugummikauens.

„Na, da scheint ja tatsächlich alles in Ordnung zu sein."

Ach, tatsächlich? Das wurde ja immer besser.

„Sie haben ja einen Plan bekommen. Ihre erste Stunde ist im Raum Nummer 43. Wenn Sie Fragen oder Probleme haben wenden Sie sich an Ihren Tutor Herrn Dr.

72

Goldberg. Ich wünsche Ihnen einen guten ersten Tag",
die Frau leierte diese Informationen herunter als würde
sie den Beipackzettel eines Durchfallmedikaments über-
fliegen.

„Danke!", entgegnete ich nur knapp, nahm meine Unterlagen wieder an mich und beeilte mich, den parfümum-
nebelten Raum und die näselnde Brillenfrau zu verlassen.

Obwohl es immer noch früh war, hatte sich der Flur des
Verwaltungsgebäudes in der Zwischenzeit mit den ersten Schülern gefüllt. Ich warf einen Blick auf den Raumplan, der in dem dicken Umschlag gewesen war und
machte mich auf den Weg.

Vor Raum 43 atmete ich tief durch. Mein Herz klopfte
mir bis zum Hals. Dies war der Moment, vor dem ich
mich gefürchtet hatte, seitdem der Umzug nach Wickershan feststand. In dem kleinen Klassenraum saßen
zu dieser Zeit erst drei Mädchen und zwei Jungs. Der
Lehrer, der den Unterlagen nach Mr. Harper hieß, stand
hinter seinem Pult. Ich war froh, nicht in einen überfüllten Raum zu kommen und trat ein. Ich spürte schon auf
dem Weg zum Pult die Blicke auf mir und fühlte Röte in
mir aufsteigen. Mr. Harper schien in den Vierzigern zu
sein, die vorderen Haarsträhnen hatten schon einen
Graustich, aber ansonsten sah er für sein Alter ziemlich
gut aus. Seine dunkelblaue Jeans und sein helles Polos-
hirt ließen ihn beinahe jugendlich wirken. All das beachtete ich jedoch kaum. Was ihn wirklich sympathisch
machte, war sein offenes Lächeln, das ihm bis zu seinen
Augen reichte als er mich eintreten sah. Vielleicht sollte

dieser Typ lieber die Anmeldungen der Schule regeln, schoss es mir durch den Kopf.

„Hallo, ich soll mich bei Ihnen melden. Ich bin ab heute in Ihrem Geographiekurs", stotterte ich. Meine Stimme klang schon wieder zu hoch und brüchig.

„Ja, Mr. Shepherd hat mir gesagt, dass Sie heute kommen. Nelinda White, richtig? Herzlich willkommen!", sagte er gut gelaunt. Sie können hinten neben Lauren sitzen, dort ist ein Platz frei. Ihre Bücher habe ich Ihnen schon auf den Tisch gelegt. Ich hoffe, Sie finden sich schnell zurecht!", sagte er fröhlich.

Ich bedankte mich, überrascht davon, dass Mr. Harper meinen Namen richtig ausgesprochen hatte. Mit hochrotem Kopf ging ich durch die Sitzreihen zu einem Mädchen mit langen, dunkelbraunen Haaren und Brille, das mir schüchtern zuwinkte und neben der ich einen kleinen Stapel mit Büchern entdeckte. Ich setzte mich und bemerkte, wie sich die anderen Schüler, die mich mit den Augen verfolgt hatten, wieder ihren Sitznachbarn und Unterlagen zuwandten.

„Hi, ich bin Lauren", sagte das Mädchen neben mir leise, „Herzlich Willkommen bei uns. Du kannst mich gerne fragen, wenn du Probleme hast." Sie lächelte schüchtern und strich sich die braunen Haare hinters Ohr. Sie war groß und schlank und hatte warme braune Augen in einem schmalen Gesicht. Ich hatte sofort das Gefühl, dass es gut war, dass es mich an einen Tisch mit ihr verschlagen hatte.

„Vielen Dank! Ich bin Nell. Das mit den Problemen wird heute bestimmt noch häufig vorkommen!" Ich machte ein zerknirschtes Gesicht.

„Du wirst dich sicher schnell zurechtfinden. Diese Schule ist ziemlich klein. Spätestens bis zum Mittag wirst du alles gesehen haben. Hast du deinen Stundenplan schon? Dann könnten wir gucken, ob wir noch mehr Kurse zusammen haben."

Wir vertieften uns in unsere Pläne. Es war leicht, sich mit Lauren zu unterhalten. Sie schien ebenfalls recht schüchtern zu sein und es stellte sich heraus, dass wir alle Kurse gemeinsam hatten bis auf Sport und Biologie. Wir unterhielten uns über die aktuellen Themen der Kurse und ich war erleichtert, dass es dem Unterrichtstoff meiner alten Schule doch sehr ähnelte. In Biologie und Geografie hatte ich die aktuellen Themen sogar schon einmal bearbeitet. Während unseres Gesprächs füllte sich der Klassenraum. Alle redeten über die Ferien, Mädchen fielen sich um den Hals und ich war froh, etwas abseits zu sitzen, was mich allerdings nicht vor neugierigen Blicken und geflüstertem Getuschel über „die Neue" verschonte.

Mr. Harper klatschte in die Hände und sofort verstummten die Gespräche und jeder setzte sich auf seinen Platz.

„Guten Morgen! Es ist schön, Sie alle nach den Ferien wiederzusehen. Wir haben eine neue Schülerin, Nelinda. Schön, dass Sie jetzt bei uns sind."

Noch einmal drehten sich alle zu mir um. Ein paar Schüler lächelten und ich wurde schon wieder rot. Ich befürchtete, dass dies nicht das letzte Mal an diesem Tag bleiben würde.

„Wir haben vor den Ferien über die exogenen und endogenen Kräfte gesprochen, denen die Gesteine unterworfen sind. Heute wollen wir genauer über die Metamorphose sprechen, die Gesteine durch Druck und Temperatur verformt."

Der Unterricht war anspruchsvoll, aber Mr. Harper hatte das Talent, seine Schüler permanent bei seinem Thema zu halten. Am Ende der Stunde hatte ich fünf Seiten Mitschrift vor mir liegen und hatte pausenlos zugehört, ohne dass mir langweilig gewesen wäre.

Lauren und ich gingen nebeneinander zu dem Mathekurs. Ein kleines, etwas übergewichtiges Mädchen gesellte sich zu uns. Sie stellte sich als Annie vor und trug einen blonden Pferdeschwanz. Sie redete viel, war aber freundlich und schnell wusste ich, dass Lauren und Annie in der gleichen Straße wohnten und schon zusammen in den Kindergarten gegangen waren, dass beide ein wenig für Herrn Harper schwärmten und dass Lauren diesen Ort liebte, während Annie mich über meine alte Schule und mein Leben in London ausfragte, da sie nach der Schule unbedingt dorthin ziehen wollte. Wir gingen durch überfüllte Flure, in denen mir hin und wieder neugierige Blicke zugeworfen wurden und ich sah mich nach Logan um, der ja schließlich heute auch seinen ersten Tag haben musste. Er hatte im Gegensatz zu mir aber kein bisschen aufgeregt gewirkt.

„Wo wohnt denn deine Großmutter, Nell? Vielleicht ist es ja gar nicht weit von uns", riss Annie mich aus meinen Gedanken. Ich wand mich innerlich vor der Antwort. Annie und Lauren waren nett und ich wollte sie nicht

76

vergraulen, indem sie mich durch meinen Wohnort für völlig versnobt hielten.

„In der Newton Street", antwortete ich also nur knapp.

„Oh, in der Nähe des Friedhofs? Da wohnt eine Tante von mir. Die Gärten sind klasse dort. Man hat einen großartigen Blick rüber auf den See und das Manor." Annie blickte mit verträumtem Blick an die Flurdecke. Wir waren vor dem Matheraum angekommen und blieben vor der Tür stehen.

„Ähm, nein, ich wohne ganz am Ende der Straße. Meine Grandma… sie… Ihr gehört Backingshire Manor", murmelte ich. Ich blickte zu Boden.

Einen Moment sagte keiner der beiden ein Wort und das schien bei Annie recht selten vorzukommen.

„Es ist ein wunderschönes Haus", sagte Lauren leise, „es scheint dir unangenehm zu sein, aber das muss es nicht. Jeder von uns hat als Kind davon geträumt, dort wie eine Prinzessin zu wohnen. Ich bin oft mit meiner Familie im Hotelrestaurant zum Essen. Es ist großartig." Ich blickte sie direkt an. Sie hatte offen angesprochen, wie ich mich fühlte und mir mit einem Satz all meine Angst vor Vorurteilen genommen. Ich war ihr unendlich dankbar.

„Wahnsinn!", platzte es jetzt auch aus Annie heraus und ihre hellblauen Augen strahlten. „Du musst uns unbedingt mal alles zeigen. Sicher bist du stinkreich. Habt ihr auch Diener? Man, hast du vielleicht einen gutaussehenden Zwillingsbruder oder so?"

„Annie!", lachte Lauren „Die Prinzessinnenträume solltest du langsam hinter dir haben!" Und kichernd gingen wir in den Matheunterricht.

Die Mathelehrerin Mrs. Snelling war eine ältere, grau-haarige Frau mit grauem Kostüm. Sie winkte mich nach meiner Vorstellung nur durch und ich flüchtete so schnell wie möglich auf einen Stuhl neben Annie. Lauren saß am Nachbartisch, der Platz neben ihr war schon durch einen blassen, schlanken Jungen mit Sommer-sprossen besetzt, der mich neugierig anschaute. Würde mir das jetzt jede Stunde so gehen? Annie fragte mich noch neugierig aus, warum mein Name nicht auch Ba-ckingshire war und ob es in dem Anwesen auch alte Kel-lergewölbe gab und ich erklärte ihr möglichst leise, dass mein Vater den Mädchennamen meiner Mutter ange-nommen hatte und dass es nur einen normalen Vorrats-keller und einen ziemlich großen Weinkeller gab, der zur Zeit aber ziemlich leer war. Gerade als Annie über ver-schiedene Geheimräume alter Gebäude aus vorherigen Jahrhunderten erzählte und meinte, im Ort würde sich erzählt, dass aus Backingshire Manor einmal ein Mäd-chen spurlos verschwunden sei, räusperte sich Mrs. Snel-ling und es wurde still. Lauren lächelte mir noch einmal zu. Mathematik war nicht meine Leidenschaft. Ich war in London immer recht gut zurechtgekommen, aber Spaß hatte es mir nie gemacht. Und nach der interessanten Stunde mit Herrn Harper war Mrs. Snellings Unterricht fade und monoton. Ihr Unterrichtsstoff schien genauso eintönig grau zu sein wie ihre Haare und ihr Kostüm. Anderthalb Stunden später war ich mir sicher, dass Ma-thematik auch hier nicht mein beliebtestes Fach werden würde.

Auf dem Weg in die Mensa gesellten sich nun auch Tom, Laurens sommersprossiger Tischnachbar aus Mathe und Nick, sein Kumpel, der seine dunklen Haare im Nacken zu einem Pferdeschwanz gebunden trug, zu uns. Auch ein weiteres Mädchen, dessen Namen ich nicht kannte redete auf Lauren ein. Nachdem wir uns das Tagesessen, Nudeln mit Hackfleischsoße und buntem Salat, geholt hatten, saß ich an meinem ersten Tag also schon mit fünf weiteren Schülern an einem Tisch. Ich hatte befürchtet, in der ersten Zeit ganz allein von Unterricht zu Unterricht zu gehen und allein zu essen und war wirklich überrascht und erleichtert. Die anderen unterhielten sich angeregt über die matschige Konsistenz der Nudeln, die abnorme Menge der Mathehausaufgaben am ersten Schultag nach den Ferien und die sadistischen Züge von Mrs. Snelling und so hatte ich Zeit, mich in der Mensa umzusehen. Dieser Trakt des Schulgebäudes schien nachträglich angebaut worden zu sein und war auf zwei Seiten fast ausschließlich mit Glaselementen versehen, so dass es ein heller und einladend wirkender Raum war. Mehr als die Architektur interessierte mich allerdings, ob Logan schon hier war. Die Mensa war schon ziemlich voll, aber immer noch kamen durch beide Eingänge Schüler hinzu und stellten sich an die Essenausgabe. Ich erkannte ein Mädchen aus Geografie, das in der ersten Reihe gesessen hatte und ein paar ziemlich beeindruckende Antworten gegeben hatte und zwei Jungen aus Mathe, die beide die gleiche Brille trugen. Von Logan aber war weit und breit nichts zu sehen. Ich wunderte mich über mich selbst. Wahrscheinlich wäre ich nur erleichtert gewesen, ein Gesicht zu sehen, dass ich heute nicht das erste Mal sah.

Und wie auf ein Stichwort begann meine Kopfhaut zu prickeln und ein Ziehen breitete sich hinter meinem Bauchnabel aus. Das Gefühl war schon fast vertraut geworden und ich musste nicht länger rätseln, wie ich es einordnen sollte. Warum es auch immer funktionierte, ich konnte spüren, dass Logan in der Nähe war. Ich sah mich um. Da stand er. Umringt von vier kichernden Mädchen stellte er sich gerade in die Schlange an der Essenausgabe. Er schien sich mit einem der Mädchen angeregt zu unterhalten und beide lachten. Er war ein Stück größer als die meisten Jungs, trug eine dunkelblaue Jeans und ein helles Langarmshirt, das sich eng um seine Oberarme spannte. Mit den dunklen, unordentlichen Haaren, dem leichten Bartschatten und den strahlend blauen Augen sah er einfach zu gut aus für diese Welt. Eher, als wäre er als Fotomodel direkt aus einem Katalog geklettert, mit professioneller Computerbearbeitung für den Alltag versteht sich. Ich schien nicht die Einzige zu sein, die den neuen Schüler beobachtete. An vielen Tischen wurden die Köpfe zusammengesteckt und verstohlene Blicke zu Logan geworfen. War es wirklich möglich, dass er so auffiel? Auch Annie war meinem Blick gefolgt und saß nun mit offenem Mund an unserem Tisch und stieß Lauren unsanft in die Rippen.

„Au, was ist denn?"

„Schau mal, wer da gerade seine Matschnudeln abholt. Wer um alles in der Welt ist das? Und warum hat ihn mir noch niemand vorgestellt?"

„Das ist Logan", sagte ich unbedacht und blickte wieder zu ihm, „Er wohnt im Hotel neben uns."

„Wow", war das Einzige, was von Annie kam. Ihr Mund stand noch immer offen.

Logan war inzwischen mit seinem vollen Tablett vor der Essenstheke stehen geblieben und hatte eine leicht verträumte Serviererin zurückgelassen, die mit den Augen zwinkerte als müsste sie Traumbilder loswerden. Die vier Mädchen standen um ihn herum und eine langbeinige Blondine mit einer spitzen Nase redete mit einem Dauergrinsen auf ihn ein. Logan wanderte mit seinem Blick jedoch durch den Raum, als wenn er auf der Suche nach einem geeigneten Sitzplatz wäre. Plötzlich sah er mir direkt in die Augen. Ich schaute ertappt auf meinen Teller und piekte schnell eine Nudel auf. Ich wurde schon wieder rot. Wie peinlich. Er hatte gesehen, dass ich ihn beobachtet hatte. Ich schielte zwischen meinen Haaren wieder zu ihm. Gerade hatte er die Hand auf die Schulter der Spitznasenblondine gelegt und sagte etwas, was ihr und ihren drei Freundinnen nicht besonders zu gefallen schien. Er schenkte ihnen noch ein strahlendes Lächeln und verließ dann die Gruppe. Die Mädels setzten sich an den nächsten Tisch und steckten sofort die Köpfe zusammen. Und Logan? Der ging direkt auf unseren Tisch zu. Ich zuckte zusammen und beeilte mich, mich mit meinem Essen zu beschäftigen.

„Er kommt hierher", quiekte Annie aufgeregt und nun unterbrachen auch Lauren und die Jungs ihr Gespräch.

„Hi, Nell!", hörte ich seine samtene Stimme neben mir. Ich blickte auf und sah ihn direkt an. Ein spöttisches

Lächeln lag auf seinem Gesicht. „Darf ich mich zu euch setzen?"

„Hi", murmelte ich und schaute mich kurz zu meinen Tischnachbarn um. Lauren, Annie und das fremde Mädchen musterten Logan mit sichtlicher Neugier, während Tom die Stirn runzelte und Nick mit einem amüsierten Grinsen zwischen Logan und den Mädchen hin- und hersah.

„Wenn es die anderen nicht stört...", sagte ich und versuchte, möglichst selbstbewusst zu klingen.

„Aber natürlich", fiel mir Annie ins Wort, „Setz dich gern!" Anders als erwartet setzte sich Logan jedoch nicht an den freien Platz neben mir, sondern ging um den Tisch herum und setzte sich neben Annie. So war er so weit von mir entfernt, wie es der Tisch nur zuließ. Ich wunderte mich darüber.

„Mein Name ist Logan, es tut mir leid, dass ich euch störe, aber ich bin neu an der Schule. Ich bin Gastschüler und Nell ist die Einzige, die ich schon kennen lernen durfte. Deshalb wollte ich mich gerne zu einem bekannten Gesicht setzen."

Ich wunderte mich noch mehr und schwieg. Besonders vereinsamt hatte Logan auf seinem Weg in die Mensa nicht gewirkt. Während Annie Logan überschwänglich begrüßte und ihn gleich einem Verhör unterzog, dachte ich darüber nach. Logan schien sich sicherlich nicht mangelnder Gesellschaft beklagen zu müssen. Die vier versetzten Mädchen am Tisch vor der Essenausgabe schauten eifersüchtig zu uns rüber und er schien Gesprächen mit ihnen ja auch nicht gerade abgeneigt gewesen zu

82

sein. Nach seiner Rettungsaktion hatten wir uns ziemlich gestritten, er war gestern noch sauer gewesen, weil ich die Polizei informiert hatte und nun hatte er sich so weit von mir entfernt wie möglich an diesen Tisch gesetzt. Wegen mir war er also sicherlich nicht zu uns gekommen. Was um alles in der Welt wollte er also hier?

Logan schien eine unnachahmliche Art zu haben, Menschen in seinen Bann zu ziehen, denn nach zehn Minuten war er in ein angeregtes Gespräch mit Tom und Nick vertieft und auch die schüchterne Lauren brachte sich immer wieder in die Unterhaltung ein. Sie lachten miteinander, als würden sie sich schon ewig kennen. Nur ich blieb still. Ich mochte keine Menschen mit unberechenbaren Stimmungsschwankungen und wusste einfach nicht, woran ich bei Logan war. An einem Tag war er noch abwesend und feindselig und am anderen Tag versuchte er, sich mit der halben Schule anzufreunden.

Als es Zeit war, wieder in den Unterricht zu gehen war ich fast erleichtert. Ich hatte nur die Hälfte meiner Nudeln gegessen, die andere Hälfte hatte mir Tom dankend abgenommen. Mir war der Hunger vergangen.

Wir verabschiedeten uns und ich ging allein mit Lauren und Annie über einen gepflasterten Hof, in dem die vielen Bänke von Schülern belegt waren, die die spärliche Sonne genossen.

„Wow, Logan ist superscharf. Wie kann man nur so gut aussehen? Das ist doch nicht normal. Glaubt ihr, er hat was an sich machen lassen?", schwärmte Annie los, sobald sich die Mensatür hinter uns geschlossen hatte.

Lauren grinste: „Annie, komm wieder runter. Er sah wirklich nicht schlecht aus. Aber dafür kann er ja nichts. Du musst ihn nicht gleich verdächtigen, Schönheits-OPs gemacht zu haben. Du bist unmöglich."

„Aber er sah einfach verboten gut aus. Das ist jedenfalls nicht die Norm."

„Er war nett, das ist die Hauptsache. Aber es stimmt… Normal wirkte er nicht…", grübelte Lauren.

Während der letzten beiden Stunden, Sprachwissenschaft und Geschichte, hatten wir kaum Zeit mehr zu reden und als ich endlich auf dem Weg nach Hause war, war mein Kopf voll von neuen Unterrichtsthemen, Hausaufgaben und den Namen meiner neuen Mitschüler. Ich fühlte mich komplett erschöpft. Derart im Mittelpunkt zu stehen und so viele Fragen über mich selbst zu beantworten lag mir nicht.

Eigentlich sollte ich froh sein. Der erste Tag war besser gelaufen als ich befürchtet hatte. Ich hatte mehrere nette Leute getroffen, mit Lauren und Annie könnte ich mich vielleicht sogar anfreunden. Sie schienen beide sehr nett zu sein. Und auch die Lehrer waren in Ordnung. Und Logan… Ja, warum war er der Einzige, der mir als Einzelperson ins Gedächtnis kam? Ich konnte ihn einfach nicht einschätzen. Ich hatte mich tatsächlich darauf gefreut, ihn in der Schule zu sehen. Dabei hatte ich mich seit ich ihn kannte, und das waren erst drei Tage, schon ein paar Mal mit ihm gestritten. Und wer mich kannte wusste, dass das bei mir ziemlich selten vorkam. Ich hatte mich darüber geärgert, dass er sich nicht zu mir, sondern zu Annie gesetzt hatte. Und das war dumm –

sehr, sehr dumm. Zu erwarten, dass ein Supermodell-Extremsportler-Typ wie Logan sich an unseren Tisch setzen würde, um mit mir zu sprechen war schlichtweg naiv. Ich würde mir Mühe geben, keine weiteren unnötigen Gedanken an Logan zu verschwenden. Das würde mir auf lange Sicht sicherlich besser bekommen.

KAPITEL 11
ANGEBORENE AUTORITÄT

Als ich die Auffahrt zum Manor hochradelte fiel mein Blick auf ein weißes Auto mit gelb-blauer Bordüre, das mitten im Wendekreis auf den Kieselsteinen parkte - ein Polizeiauto. Ich stöhnte. Nach all den Fragen in meiner neuen Schule war ein weiteres Verhör das Letzte, was ich jetzt gebrauchen konnte. Ich stellte mein Fahrrad unnötig langsam in den Schuppen und ging leicht widerwillig die Stufen hoch ins Haus. Sehnsüchtig dachte ich an meine einsame Schaukel im Garten. Was konnten die Polizisten noch von mir wollen? Ich hatte die vorletzte Nacht schließlich schon ausgiebig genug vor ihnen durchgekaut. Oder war erneut jemand angegriffen worden? Schon beim Reinkommen hörte ich die Stimmen aus dem Esszimmer. Ich stellte meine Schultasche im Flur an eine Wand und ging hinein. Grandma und Maggy saßen mit denselben Polizisten, die mir schon beim letzten Mal Fragen gestellt hatten, am Esstisch und tranken Kaffee aus großen Bechern. Als ich eintrat schauten alle zu mir.

85

Tante Maggy sah blass und müde aus, als hätte sie die letzte Nacht nicht viel Schlaf bekommen.

Der größere Polizist räusperte sich: „Miss…äh… Wir müssen Ihnen noch ein paar neue Fragen stellen." Er fühlte sich sichtlich unwohl und rutschte auf seinem Stuhl hin und her.

„Haben Sie den Angreifer gefunden?", platzte es aus mir heraus.

„Nein, ähm, naja, das ist es ja gerade. Wir… Wir haben ihn nicht gefunden, genauer gesagt … haben wir gar nichts gefunden. Kein aufgewühlter Boden, keine Kampfspuren, nichts. Es… Es sieht so aus, als wäre überhaupt nichts passiert. Und… naja, Ihre Verletzungen. Nehmen Sie es mir nicht übel aber… Nun ja, sehen Sie sich doch an, es ist kaum etwas zu sehen. Das passt nicht zu dem, was Sie uns erzählt haben."

„Wollen Sie damit etwa andeuten, dass ich Sie angelogen habe?" Ich stand wie versteinert da. Was fiel diesen Möchtegernpolizisten ein?

Grandma stand auf. Stehend war sie immer noch kaum größer als die sitzenden Polizisten, die jedoch bei dem Blitzen ihrer Augen merklich in ihren Stühlen zusammensanken. „Meine Enkelin hat Schlimmes erlebt und ich hoffe für Sie, dass Sie Ihre Unterstellungen auf der Stelle zurücknehmen, ansonsten wird dies ein Nachspiel haben."

„Nein, Mam, das wollten wir nicht. Bitte verzeihen Sie, es ist nur… Vielleicht… Naja, vielleicht hat Ihre Enkelin vergessen, etwas zu erzählen oder sich in einigen

Punkten ein wenig... sagen wir... geirrt oder eine Kleinigkeit hinzugefügt", stotterte der kleine dicke Polizist.

Geirrt? Hinzugefügt? Ich traute meinen Ohren nicht. Sicher, ich konnte mir auch nicht alles erklären, was Samstagnacht passiert war. Aber was diese Polizisten behaupteten war schlichtweg unverschämt.

Grandma schnaubte. Ihre Gesichtsfarbe wurde dunkelrot. „Geirrt???", sie schnappte nach Luft und ich hatte das Gefühl, dass sie jeden Moment explodieren würde, „Hinzugefügt?"

Da stand Tante Maggy plötzlich auf. Sie wirkte nicht mehr müde und kränklich, sondern strahlte eine unbeschreibliche Überlegenheit aus, eine Stärke, die ich schon oft an ihr gesehen hatte. Ihre Haltung war gerade, ihr Gesicht hart und unnahbar und ihre Augen strahlten die Macht und Sicherheit aus, die ihr durch ihre Geburt in eine Adelsfamilie in die Wiege gelegt worden war und für die sie bekannt war.

„Verlassen Sie dieses Haus." Tante Maggy sprach nur diesen einen Satz, ihre Stimme war ruhig und nicht einmal unfreundlich und trotzdem lag so viel Autorität in ihr, dass die Polizisten förmlich auffuhren und sofort ihre Mützen aufsetzten, sich für den Kaffee bedankten und zur Tür hinauseilten. Ich vermutete, dass nicht einmal der Field Marshal der britischen Armee sich diesem Satz widersetzt hätte. Dann drehte sich Tante Maggy zu mir um. Ihr Ausdruck war milder geworden aber ihre Körperhaltung war unverändert. „Ich weiß, was passiert ist, Nell, und du darfst auf keinen Fall wieder allein draußen herumlaufen. Außerdem... Halte dich außerhalb der

Schule fern von Fremden. Glaube mir, du wirst es sonst sicherlich bereuen!" Und ohne eine Antwort abzuwarten ging sie hinaus.

Ich war verwirrt. Was hatte Tante Maggy damit gemeint? War dies eine eindeutige Warnung, sich von Fremden fern zu halten? Vielleicht hatte sie explizit Logan gemeint, schließlich war er der Einzige, der außer mir in die Sache verwickelt gewesen war. Aber Logan hatte mich gerettet, was machte das für einen Sinn? Ich sah Granny fragend an. Merkwürdigerweise sah sie nicht verwirrt aus, vielmehr beunruhigt.

„Tante Maggy ging es in den letzten Tagen nicht so gut, Nelly, sei ihr nicht böse. Aber… Du solltest auf sie hören. Sie hat ihre Gründe, warum sie dich warnt. Ich muss… die Tassen in die Küche bringen", sagte Grandma, nestelte unruhig mit den Kaffeetassen herum und stellte sie zusammen. Dabei fiel eine Tasse fast vom Tisch, ich konnte sie gerade rechtzeitig festhalten. Warum ließ sie das nicht Silvester erledigen? Schon war sie mit zwei Tassen durch die Tür verschwunden. Die anderen beiden hatte sie einfach stehen lassen. Ich sah ihr kopfschüttelnd nach.

Ich ging die zwei Etagen zu meinem Zimmer hoch und ließ mich auf mein Sofa fallen. Was für eine Woche… Ein Umzug, ein Neuanfang, der Angriff, die neue Schule, die Polizisten, die mir nicht glaubten und nun benahm sich meine Familie auch noch merkwürdig. Hatten beide vielleicht mein Gespräch mit Logan auf irgendeine Weise mitangehört und wussten, dass ich Ihnen und den Polizisten einige Dinge nicht erzählt hatte? Die unglaubliche

Kraft, die gelb glühenden Augen, die schnelle Heilung meiner Wunden? Das würde immerhin ihr merkwürdiges Verhalten erklären.

Komischerweise fühlte ich mich nicht matt und ausgelaugt und traurig war ich auch nicht mehr. Vielmehr spürte ich eine Energie in mir, die ich mir nach dieser Woche nicht erträumt hätte. Ich öffnete die Balkontür weit, es war schließlich noch hell und die wenigen regenfreien Tage musste man definitiv auskosten. Ich holte meinen Collegeblock hinaus auf den Balkon. Bis zum Abendbrot hatte ich noch zwei Stunden Zeit und die wollte ich für meine Mathehausaufgaben nutzen.

Als um 19 Uhr der Gong zum Abendessen ertönte, hatte ich tatsächlich alle Hausaufgaben erledigt. Da ich viele Themen schon in meiner alten Schule bearbeitet hatte, war es mir leichtgefallen und schnell von der Hand gegangen. Hungrig ging ich hinunter und lief beinahe Anton um, der gerade mit einer großen Salatschüssel durch den Flur ging. Nachdem Granny mich kurz nach meinem ersten Schultag gefragt hatte unterhielten sich Maggy und Grandma über den neuen Gärtner, der heute seinen ersten Tag gehabt hatte und über Mrs. Whitman, die Neue in ihrem Wohltätigkeitshäkelclub. Sie waren tief in ihr Gespräch vertieft und ich hatte den Eindruck, dass sie bewusst vermieden, das Thema auf das Verhalten der Polizisten heute Nachmittag kommen zu lassen.

KAPITEL 12
WASSERFLASCHE UND NAGELFEILE

Ich stand mitten auf einem weiten Feld, um mich herum schwarze Nacht. Ich sah an mir herab. Ich trug nichts als ein weißes Spitzennachthemd und wunderte mich sehr über meinen eigenen, altmodischen Geschmack. Ich begann zu rennen, schneller und leichtfüßiger, als ich es je vorher getan hatte. Ich sprang mühelos über die Steinmauern zwischen den weitläufigen Feldern und schien nicht zu ermüden. Ich juchzte vor Freude, denn ein nie gekanntes Freiheitsgefühl hatte von mir Besitz ergriffen. Ich spürte, dass ich Flügel ausbreiten konnte und machte ein paar kräftige Schläge. Meine Füße hoben vom Boden ab und ich musste nicht länger laufen. Ich breitete meine Arme aus und spürte, wie der Wind über meine nackten Arme strich, aber ich fror nicht. Ich sah vor mir das offene Meer und ließ mich über der Küste tiefer sinken. Ich segelte knapp über dem Wasser und die Gischt der Wellen spritze mir ins Gesicht. Es war unangenehm. Ich versuchte höher zu steigen aber meine Flügel waren nicht länger weiße Schwingen, an ihrer Stelle wuchsen mir zwei schwarze, verkrustete Krüppel aus dem Rücken. Ich gab einen erstickten Laut von mir. Angst breitete sich in mir aus. Ich versuchte, die Krüppelflügel zu bewegen, aber es gelang mir kaum. Wie in Zeitlupe bewegten sich die hässlichen schwarzen Stummel. Mein Flug wurde immer langsamer und ich sank unaufhaltsam dem Wasser näher. Ich keuchte. Ich musste höher… Ich kämpfte, ruderte wie wild mit den Armen, aber es half nichts. Verzweifelt sah ich hinunter auf die Wasseroberfläche, um dem Unaufhaltsamen entgegen zu blicken. Zwei unnatürlich große, monströs gelb leuchtende Augen schauten mir aus meinem Spiegelbild entgegen.

Ich schreckte hoch und setzte mich abrupt auf. Etwas fiel mit lautem Poltern zu Boden und ich brauchte einen Augenblick um mich orientieren und festzustellen, dass ich auf dem Sofa in meinem neuen Zimmer lag. Ich war vollständig angezogen und mein neuer Roman aus der Bücherei war bei meinem abrupten Aufschrecken mit lautem Protest auf die Dielen gepoltert. Ich atmete tief durch. Ich schwitzte und fror gleichzeitig. Ich konnte mich nicht mehr genau erinnern, was ich geträumt hatte. Ich wusste nur noch, dass mich der Anblick von zwei gelben, blutunterlaufenen Augen erschreckt hatte. Mein Herz klopfte schnell und ich spürte ein Ziehen in der Magengegend. Ich versuchte, meinen Puls zu beruhigen und nahm mir vor, Logan gleich am nächsten Tag über den nächtlichen Angreifer auszufragen, mochte er mich noch so sehr mit seinen abweisenden Blicken durchbohren. Es schien mir, als würde er mehr von ihm wissen als er mir offenbart hatte. Von den zwei unverschämten Polizisten konnte ich mir ja keine ernsthafte Antwort erhoffen.

Da ich bei dem ungeplanten Einschlafen nur ein bequemes T-Shirt getragen hatte, fröstelte ich. Die Wanduhr mit den kitschigen bunten Schmetterlingen (die hatte sicherlich Grandma ausgesucht) zeigte, dass es bereits weit nach Mitternacht war. Na großartig, und morgen war mein zweiter Schultag. Ich stand auf und schlich ins Badezimmer, wobei ich aufpasste, nicht auf die beiden laut knarrenden Dielenbretter zu treten, deren Bekanntschaft ich schon nach der ersten Nacht in meinem Zimmer geschlossen hatte und deren Dezibelzahl das Potential hatte die komplette Belegschaft des Hauses zu wecken. Heute Nacht umging ich beide Dielen problemlos, obwohl ich kein Licht im Flur angemacht hatte. Ich war mir ziemlich sicher, dass ich weder Grandma und Maggy, noch Anton, Silvester oder das deutsche Dienstmädchen Luise stören würde und die weiteren Angestellten schliefen gar nicht erst hier im Haus. Trotzdem wollte ich auf Nummer sicher gehen und bemühte mich auch im Badezimmer, leise zu sein. Zurück in meinem Zimmer war mir immer noch kalt und so schlüpfte ich in meinen wärmsten Schlafanzug, ein fragwürdiges Flanellungetüm in dunkelblau mit orangenen Punkten und einem großen, verzierten N auf der linken Brust. Ich fand ihn furchtbar, aber weil Granny ihn mir letztes Jahr zu Weihnachten geschenkt hatte, hatte ich ihn mit nach Wickershan genommen. Ich knipste das Licht der Stehlampe aus und zog die Vorhänge des Fensters und der Balkontür zu. Das Ziehen in meinem Bauch wurde stärker und ich ärgerte mich über mich selbst. Logan konnte schließlich unmöglich in der Nähe sein. Ich fragte mich, ob ich Antons Essen womöglich nicht vertrug. Dabei schmeckte es absolut großartig. Ich hatte noch nie in meinem Leben so lecker gegessen und so gesund. Mum hasste es zu kochen. Unsere Küche in London war für mehr als das Aufwärmen von Tiefkühlgerichten oder das

Braten von Spiegeleiern nicht genutzt worden. Leider hatte ich genau so wenig Talent dafür wie sie. Nur wenn ich Dad besuchte, kochten wir gemeinsam und das funktionierte mit seiner Hilfe eigentlich sogar ziemlich gut.

Als ich in mein Bett stieg hörte ich es das erste Mal: ein leises Knarzen. Ich hielt in der Bewegung inne, um zu lauschen, aber ich konnte nichts Ungewöhnliches mehr hören. Wahrscheinlich hatte der Lattenrost unter meinem Gewicht geknarrt. Gerade als ich das Nachtlicht ausgemacht und die Augen geschlossen hatte hörte ich es erneut. Diesmal wusste ich auch sofort, woher das Geräusch kam: von meinem Balkon. Ich blieb wie versteinert liegen. Dort draußen war jemand. Von meinem Bett aus konnte ich die dunklen Vorhänge sehen, die die Glastür bis zum Boden verhängten. Das Mondlicht drang kaum hindurch und doch schien es mir, als würde sich ein dunkler Fleck hinter dem Vorhang abheben, als würde dort jemand… stehen! Wie ein Blitz schoss mir ein Gedanke durch den Kopf: Ich konnte mich nicht daran erinnern, die Tür heute Abend abgeschlossen zu haben. Wer auch immer da draußen stand konnte vielleicht einfach in mein Zimmer spazieren. Und wenn er schon hier hoch gekommen war auf einen Balkon eines privaten Hauses schreckte er sicherlich auch nicht davor zurück, in dieses Zimmer einzudringen. Da hörte ich wieder das Geräusch und der Schatten vor dem Vorhang bewegte sich kaum merklich. Ich musste irgendetwas unternehmen. Ich konnte nicht hier liegen und warten, bis das dunkle Etwas zu mir ins Bett geklettert kam. Ohne die Tür aus den Augen zu lassen tastete ich auf meinem

Nachttisch nach einem Gegenstand, den ich als Waffe gebrauchen konnte. Unglücklicherweise war ich nicht der Typ, der spitze Brieföffner oder sogar Messer dekorativ auf seinem Nachttisch liegen hatte, was ich momentan sehr bedauerte, aber nach einigem Tasten erspürten meine Finger eine lange Nagelfeile und eine Wasserflasche aus Glas. Ich nahm beides in die Hand und rutschte unter meiner Bettdecke an den Rand des Bettes. Dabei versuchte ich krampfhaft, kein einziges Geräusch zu verursachen und gleichzeitig die Balkontür im Blick zu behalten. Bisher war dieses Etwas nicht hereingekommen. Vielleicht blieb er noch lange genug auf seinem Posten auf dem Balkon, wenn er das Gefühl hatte, hier drinnen würde sich nichts rühren. Dabei war ich mir beinahe sicher, dass man mein klopfendes Herz nicht nur bis zum Balkon, sondern direkt bis hinunter in den Garten hören müsste. Wie lange mochte er dort schon stehen? Hatte er mir etwa zugesehen, wie ich mir meinen Schlafanzug angezogen hatte? Und wie nah war ich diesem Beobachter gekommen als ich geistesabwesend die Vorhänge zugezogen hatte? Mir wurde übel. Neben meinem Bett hockte ich mich hin. Der dunkle Fleck hinter dem Vorhang bewegte sich nun eindeutig ein Stück von der Tür weg. Ich hatte mir alles also nicht nur eingebildet. Auf allen Vieren kroch ich bis an das Fußende meines Bettes, merkte aber schnell, dass mir die Wasserflasche auf diesem Weg nicht behilflich sein würde. Sich mit der Flasche in der Hand auf diese Weise geräuschlos fortzubewegen war nahezu unmöglich. Schweren Herzens ließ ich die Flasche an dem Bettpfosten stehen, mit dem schweren Glas

94

in der Hand hatte ich mich ein kleines bisschen sicherer gefühlt. Ich nahm die Nagelfeile zwischen die Zähne und bemerkte, dass ich unbewusst die Luft angehalten hatte. Ich musste es bis zur Zimmertür schaffen und Hilfe holen. Geduckt kroch ich die beiden Stufen in den niedrigeren Teil des Zimmers hinunter und hielt mich an der dem Balkon gegenüberliegenden Wand. Ich achtete genau darauf, keine Gegenstände umzuwerfen oder an dem Kabel für die Stehlampen hängen zu bleiben. Nach einer schier unendlichen Zeit war ich an der Zimmertür angekommen. Mit einem weiteren angstvollen Blick schaute ich zur Balkontür. Sollte ich wirklich noch einmal heil davongekommen sein? Ich öffnete die Zimmertür hinter meinem Rücken und erstarrte. Ein immer breiter werdender Lichtstrahl flutete durch die Tür hinter mir in mein Zimmer. Ich musste nach meinem nächtlichen Badbesuch vergessen haben, das Licht auszuschalten. Und noch bevor ich reagieren konnte kam Bewegung in den Schatten auf dem Balkon. Im Nachhinein wusste ich, dass ich hätte wegrennen müssen um möglichst schnell möglichst viel Abstand zwischen mich und den Eindringling zu bringen, aber ich war wie erstarrt. Doch… Niemand riss die Balkontür auf und kam ins Zimmer gestürzt. Der Schatten … war weg. Mehrere Meter unter mir hörte ich dumpf etwas auf dem Rasen aufschlagen und dann schwere Schritte, die sich schnell entfernten. Ich wusste nicht warum, aber ich war mit wenigen Sätzen an der Balkontür und riss sie auf. Sie war tatsächlich nicht verschlossen gewesen. Ich sah gerade noch eine Gestalt mit einer unvorstellbaren Geschwindigkeit quer über den Rasen laufen und über die Absperrmauer zum Hotelgarten klettern. Denselben Weg, den Logan gestern genommen hatte. Logan? Konnte er der nächtliche Besucher sein? Aber warum um alles in der Welt sollte er sich nachts auf meinem Balkon herumtreiben? Ich wischte den Gedanken schnell beiseite. Das war absurd. Da war es viel wahrscheinlicher, dass jemand in ein Haus mit für jeden offensichtlich wohlhabenden Bewohnern einbrechen wollte, um wertvollen Schmuck oder teure Uhren zu stehlen. Ich atmete die Nachtluft tief ein. Komischerweise war meine Angst verschwunden. Auch mein Herz arbeitete allmählich wieder in einem angemessenen Tempo. Es half alles nichts. An Schlaf war heute Nacht definitiv nicht mehr zu denken und ich musste Granny erzählen, dass jemand versucht hatte ins Haus einzubrechen. Obwohl… Hatte er es tatsächlich versucht? Wie auch immer musste Granny wissen, dass sich jemand nachts unerlaubt auf ihrem Grundstück herumtrieb und sich wie ein geübter Fassadenkletterer an der Außenwand hochgezogen hatte. Jetzt. Es war schließlich möglich, dass er wiederkam. Mit einem etwas schlechten Gewissen, weil ich Granny um diese Zeit wecken würde ging ich die Treppe hinunter und klopfte zaghaft an ihre Tür.

KAPITEL 13
QUIETSCHGERÄUSCHE

Eine halbe Stunde später war das gesamte Haus in heller Aufregung. Ich hatte eigentlich nur vorgehabt, Granny zu wecken und ihr alles möglichst ruhig zu erzählen. Aber nachdem sie bei meinem Bericht immer blasser geworden war hatte sie mich in eine überdimensionierte, quietschbunte Wolldecke gesteckt und hatte Maggy und das gesamte Personal aufgeweckt. Überall im Haus war Licht angemacht worden und Silvester war mit einer großen Stabtaschenlampe bewaffnet in den Garten gegangen, um ihn nach Spuren abzusuchen. Mir war der ganze Aufruhr unendlich peinlich.

Grandma redete in einer Tour auf Anton ein, der nur immer wieder nickte und schließlich telefonierte. Luise stand mitten in der Eingangshalle in einem langen rosa Wollnachthemd und weinte in ein Taschentuch. Nur Tante Maggy stand mit einem versteinerten Gesicht etwas abseits. Sie war die Einzige, die vollständig angezogen war und deren Haare perfekt frisiert waren. Hatte sie etwa noch gar nicht geschlafen? Ich bereute ziemlich schnell, überhaupt etwas von der Sache erzählt zu haben oder nicht zumindest vorher den Schrecken aus Flanell gegen eine Jeans und ein Shirt getauscht zu haben.

Silvester kam aus dem Garten zurück. Er hatte nichts Auffälliges gefunden. Er schaute kurz etwas hilflos auf die aufgelöste Luise und begann dann, unbeholfen ihre Schulter zu tätscheln und etwas über neue

Alarmanlagen, Türsicherungen und erhöhte Zäune zu murmeln. Ob nun seine Worte Luise beruhigten oder Silvesters breite Schultern und umfangreichen Oberarme, die in seinem weißen T-Shirt gut zu sehen waren, konnte ich nicht sagen. Nach einigen Minuten war das Schluchzen jedenfalls verstummt und ich schaute Granny fragend an. Ich hatte nicht erwartet, dass sie solch einen Aufstand um die Sache machen würde. Denn obwohl ich Mrs. Angsthase persönlich war, kam mir die ganze Angelegenheit hier in der hell erleuchteten Eingangshalle mit all den Menschen um mich herum nicht mehr halb so aufregend vor. Nur Tante Maggys Blick… der ließ es mir tatsächlich wieder kalt den Rücken hinunterlaufen. Was war nur los mit ihr in den letzten Tagen? So kannte ich sie gar nicht. Sie war sonst immer Herr der Lage. Oder hatte sie sich in den letzten zwei Jahren so verändert? Granny riss mich aus meinen Gedanken.

„Nelly, Süßes, du schläfst den Rest der Nacht im Gästezimmer. Silvester hat sich bereit erklärt vor der Tür Wache zu halten. Und… ähm… das Zimmer hat auch keinen Balkon."

Luise fing wieder an, komische Quietschgeräusche von sich zu geben. Ihr Zimmer hatte meines Wissens nach auch einen Balkon. Und der war noch eine Etage tiefer gelegen als meiner.

„Luise, Sie bekommen das Gästezimmer gleich neben meiner Enkelin. Dort wird Silvester auch ihre Tür im Blick behalten. Ab morgen werden wir hier die Sicherheitsvorkehrungen drastisch erhöhen. Solche Vorfälle sind hier nicht vorgekommen solange ich in diesem Haus lebe und ich dulde nicht, dass meine Enkelin hier Angst erleiden muss."

Ein entschlossener Blick war in ihre Augen getreten. Doch plötzlich veränderte sich ihr Blick und ein dunkler Schatten huschte über ihre Augen. Auf einmal blickte sie nicht mehr entschlossen, sondern eher… traurig. Ihre Stimme war nun viel leiser.

„Oder, Nelly, möchtest du in Anbetracht dieser Umstände lieber nach Hause fahren. Ich könnte es durchaus verstehen und ich bin mir sicher, wenn wir deiner Mutter erzählen…"

„Nein" unterbrach ich sie. „Ich bleibe auf jeden Fall!"

Ich wunderte mich über mich selbst. Noch vor zwei Wochen wäre ich wie ein ängstliches Hündchen zurück zu meiner Mama gekrochen, um dort Schutz zu suchen und mich auszuheulen. Schließlich schienen sich die Ereignisse zu überschlagen seit ich in Wickershan angekommen war. Aber dieses Mal wollte ich nicht schon wieder davonlaufen. Dieser Neuanfang schien mich tatsächlich zu verändern. Ich fühlte mich stärker als vorher. Was auch immer hier vor sich ging und wer auch immer mich verschleppen oder beobachten wollte, vielleicht war dies sogar ein und dieselbe Person. Ich wusste nicht, warum ich nicht wie sonst vor Angst weglaufen wollte, aber ich war mir sicher: Diesem Geheimnis wollte ich auf den Grund gehen.

KAPITEL 14
HERR IM HAUS

Als ich am Dienstag nach der Schule nach Hause kam, parkten vor der Einfahrt mindestens zehn verschiedene Lieferwagen in allen erdenklichen Farben mit Aufschriften wie „Tim und Tom – Tischlerhandwerk seit 1825", „Jackson und Söhne – die Glaser ihres Vertrauens" und „Sleep Safe – Sicherheitssysteme mit Köpfchen". Es waren Maurer, Tischler, Elektriker, Sicherheitsprofis und ein Hufschmied vertreten. Ein Hufschmied? Durch die offene Haustür gingen geschäftig die verschiedensten Arten von Handwerkern ein und aus. Ich seufzte. Meine Grandma hatte wirklich schnell gehandelt. Jedes regionale handwerkliche Unternehmen schien vor Ort zu sein. Wie hatte sie bitteschön so schnell bei jeder Firma einen Termin bekommen? Dies bestätigte wieder einmal, wie durchsetzungsstark meine kleine, unnachgiebige Großmutter sein konnte - und welchen Einfluss sie hier in der Region hatte. Vielleicht hatte auch Tante Maggy ihre Finger mit im Spiel gehabt. Schalk stürmte mir durch die offene Tür entgegen und knurrte jeden Handwerker im Vorbeilaufen pflichtbewusst an. Er schien nicht sonderlich erfreut zu sein, dass diese Leute sein Heim umgestalten wollten, zeigte aber eindeutig, dass er weiterhin der Herr im Haus bleiben würde. Vor meinem inneren Auge tauchten Horrorszenarien wie vergitterte Fenster und durch Alarmanlagen gesicherte Klotüren auf. So weit würden es Grandma und Maggy doch nicht kommen lassen, oder?

„Ist gut, Schalk! Diese Leute wollen nur helfen. Bald sind sie wieder weg. Weißt du wo Granny ist?" flüsterte ich und kniete mich zu ihm hinunter, um seine Ohren zu kraulen. Mit dem Blick auf die Handwerker an der Haustür stand ich auf.

Schalk flitzte wie auf Kommando zurück durch die Tür ins Haus, nicht ohne einen dicklichen Herrn mit roten Haaren in einer blauen Arbeitshose mit der Aufschrift „Tim" von hinten anzubellen, so dass dieser vor Schreck zur Seite sprang und seinen Werkzeugkasten fallen ließ – direkt auf seinen linken Fuß. Er heulte kurz auf und schimpfte Schalk dann hinterher. Ich schüttelte den Kopf. Ich würde Schalk im Esszimmer einsperren müssen. Aber vorher musste ich mein Fahrrad wegstellen. Auf dem Weg zum Schuppen kam ich an einem kleineren, blau-gelben Auto vorbei – dem mir inzwischen viel zu gut bekannten Polizeiauto. Oh nein! Drinnen fand ich Granny und Tante Maggy mit dem großen, schlanken und dem kleinen, dicken Polizisten im Esszimmer. Dies Zimmer schien sich zu einer Art Empfangszimmer gewandelt zu haben. Auch wenn der Besuch gerade nicht der erfreulichste war. Die Polizisten schienen ziemlich nervös zu sein. Der kleinere tupfte sich tatsächlich mit einem Stofftaschentuch über seine hohe Stirn. Das war ja wie in einem schlechten Film!

„Ja, Mam, der Polizeidirektor hat uns schon darauf hingewiesen, dass Sie eine sehr vertrauenswürdige Person sind und dass Sie... wie soll ich sagen... über jeden

Zweifel erhaben sind. Er... lässt Sie grüßen und fragt, ob Sie ihn einmal wieder auf seiner Segeljacht besuchen wollen. Seine Frau hätte schon nach Ihnen gefragt."

Grandma machte einen ziemlich zufriedenen Eindruck und winkte mich herein als sie mich sah. „Richten Sie Ernest und Veronica aus, dass ich sie herzlich grüßen lasse und mir nichts sehnlicher wünsche als erneut in den Genuss ihres vorzüglichen Hochseegrogs zu kommen. Aber heute geht es um meine Enkelin. Nelly, bitte erzähl den Herren alles, was heute Nacht passiert ist."

Ich verdrehte innerlich die Augen und setzte mich neben Tante Maggy, die heute schon eine etwas gesündere Gesichtsfarbe hatte. Nur jemand der sie genau kannte, konnte hinter ihrer perfekten Frisur und dem stilsicheren cremefarbenen Hosenanzug erkennen, dass sie blass war und unruhiger auf ihrem Stuhl herumrutschte als sonst. Wie schon so oft stellte ich mir sie und meine Grandma als Jugendliche vor. Damals waren sie die besten Freundinnen geworden und das waren sie bis heute noch – trotz ihrer absoluten Gegensätze. Durch diese Freundschaft hatten sich auch meine Großeltern kennen gelernt. Und so waren aus den Freundinnen Schwägerinnen geworden, die bis heute zusammenhielten.

Insgeheim wünschte ich mir auch so eine Freundin, die mit mir durch dick und dünn gehen würde, doch da ich die Menschen um mich herum selten nah genug an mich heranließ, hatte sich so etwas wie eine beste Freundin bei mir bisher nie ergeben. Ich musste plötzlich an Lauren denken. Bei ihr könnte ich mir vorstellen, dass sie eine gute Freundin sein könnte.

„Nelly?"

Der besorgte Klang von Grandmas Stimme ließ mich aufschrecken. Ich begann zu berichten, was in der vergangenen Nacht geschehen war. Eigentlich gab es nicht viel zu erzählen, denn von meiner Angst, der Nagelfeile und der Wasserflasche erzählte ich lieber nichts. Die ganze Sache kam mir im Nachhinein tatsächlich viel ungefährlicher vor als in der Dunkelheit der letzten Nacht. Schon nachts im Gästezimmer mit Schalk neben mir im Bett und Silvester vor der Tür hatte ich das Meiste davon schon der Ausgeburt meiner blühenden Fantasie zugeschrieben und das Ganze war mir eher peinlich gewesen. In der Schule hatte ich sogar schon kaum noch daran gedacht.

Nach meinem kurzen Bericht trat ein peinliches Schweigen ein und der dicke Polizist tupfte sich erneut über die Stirn. Er wollte gerade anfangen zu sprechen als Handwerker Tim zur Tür hinein geplatzt kam. Er wurde von einem zweiten Handwerker mit großer Hornbrille begleitet (War das Tom?) und humpelte leicht. Sogleich überkam mich ein schlechtes Gewissen. Ich hätte mich zumindest für Schalks Verhalten entschuldigen können und fragen können, ob er sich ernsthaft verletzt hatte. Wo steckte dieser Hund eigentlich schon wieder? Tim fragte etwas Unverständliches über historische Außenansichten, Denkmalschutz und Bogenfries und Tante Maggy begleitete ihn nicht weniger fachsimpelnd hinaus in die Eingangshalle.

Der große dünne Polizist nutzte die Gelegenheit und klappte seinen Notizbogen demonstrativ zu und meinte, sie wären für heute hier fertig. Grandma begleitete ihn hinaus und kam fünf Minuten später mit Anton im Gefolge zurück, der nur auf die Abfahrt der Polizisten gewartet zu haben schien und ein Tablett mit einem großen Teller voller Schinkennudeln hereintrug. Neben dem Teller stand ein fast noch größeres Schälchen mit Schokoladenpudding und Schlagsahne. „Für die Nerven, Miss Nelinda!", beteuerte er, bevor er augenzwinkernd wieder hinausging. Dieser Koch wurde mir immer sympatischer.

„Nelly", fing Grandma an, als ich mir den ersten Bissen in den Mund steckte, „Ich weiß, diese Nacht heute und vor allem dieser fürchterliche Angriff am Wochenende haben dich sehr mitgenommen. Ich möchte nicht, dass du dich verpflichtet fühlst hier zu bleiben, du darfst jederzeit nach Hause fahren. Du wirst sehen, schon heute Abend werden die Sicherheitsvorkehrungen im ganzen Haus erneuert worden sein und spätestens am Freitag haben wir komplett neue Außentüren und eine neue Sicherheitsanlage. Aber… Ich möchte nicht, dass du Ängste haben musst. Es ist nur… Ich… Ich habe dich einfach so gerne hier. Trotzdem kann ich nicht erwarten, dass du trotz allem noch hier wohnen möchtest."

Meine lebensfrohe und stets gut gelaunte Granny so niedergeschlagen zu sehen brach mir beinahe das Herz. Aber übertrieb sie nicht etwas mit all diesen Sicherheitsvorkehrungen? Wenn man nicht wie ein doofer Tölpel vergaß die Balkontüren abzuschließen war dieses Haus durch die dicken Mauern, die schweren Holztüren und die direkte Nachbarschaft zu einem auch in der Nacht von Angestellten wimmelnden Hotel schon vorher ziemlich uneinnehmbar gewesen.

Trotzdem hatte sie Recht. Die alte Nell wäre schon spätestens Samstagnacht schreiend nach Hause gefahren. Aber etwas hatte sich in der kurzen Zeit geändert.

„Ich bleibe, Granny, um jeden Preis. Mach dir keine Sorgen, ich habe mich lange nicht mehr so wohl gefühlt." Und so absonderlich es auch war, diesen Satz meinte ich todernst; auch wenn er schon bald auf die Probe gestellt werden sollte.

KAPITEL 15
SÄGEWERKFREIES NACHTLAGER

Granny sollte Recht behalten. Am Freitag zog ich wieder in mein Zimmer um, worüber ich sehr dankbar war. Bis alle Umbauten im Haus abgeschlossen waren, hatten sich Anton und Silvester mit den Nachtschichten vor Luises und meiner Tür abgewechselt und sich dabei einen Schnarchwettbewerb geliefert, der seinesgleichen suchte. Ich war dankbar für ihre Unterstützung und nahm ihnen auf keinen Fall übel, dass sie beide regelmäßig auf dem Sessel im Flur eingeschlafen waren, aber nach mehreren Nächten in denen ich aus seltsamen Träumen mit Motorsägen aufgewacht war, freute ich mich auf ein völlig sägewerkfreies Nachtlager. Tante Maggy hatte darauf bestanden, dass Schalk von nun an bei mir schlief und das war mir ehrlich gesagt ganz recht. Wobei ich mir sicher war, dass die neuen Balkontüren, die topmoderne Alarmanlage, die Notfallknöpfe in allen Zimmern und die erhöhte Gartenmauer als Sicherheit durchaus genügt hätten. Zusätzlich gab es noch elektrische Außenjalousien an den Fenstern, die zum Garten hin lagen. Ja, Granny und Maggy hatten es durchaus übertrieben. Aber sie hatten es tatsächlich geschafft, dass ich mich in dieser Festung meines Zimmers absolut sicher fühlte.

In der Schule hatte ich selbstverständlich nichts von dem Zwischenfall erzählt. Beim Mittagessen saß ich nun jeden Tag mit Lauren und Annie zusammen und es fühlte sich merkwürdig entspannt mit den beiden an. Fast schon vertraut. Logan war auch jeden Tag an unseren Tisch gekommen. Aber er hatte sich nie neben mich gesetzt. Ich hatte weiterhin das Gefühl, dass er Abstand zu mir halten wollte. Er beachtete mich die meiste Zeit gar nicht und wenn er mich doch ansah, dann mit einem merkwürdig abweisenden, fast feindseligen Blick. Ich konnte es ihm nicht verübeln. Schließlich war er meinetwegen in eine ziemlich üble Schlägerei mit einem übernatürlich riesigen Wesen verwickelt worden. Annie war währenddessen jeden Tag hingerissener von ihm. Sie lief rot an, wenn er den Raum betrat und war merkwürdig überdreht, wenn er mit ihr sprach. Und damit war sie nicht die Einzige. Die Wirkung von Logan auf die Mädchenwelt schien sowohl einheitlich als auch außergewöhnlich zu sein. An jeder Ecke warteten kichernde Mädchen auf ihn und es wurden heimlich sogar Wetten abgeschlossen, mit welchem von ihnen er als erstes ausgehen würde. Momentan lag meines Wissens nach die höchste

Wettquote bei Mariella, einer wunderschönen, langbeinigen Schwarzhaarigen aus der Volleyballmannschaft, die Jahrgangbeste im Spanischkurs war und Logan mit offensichtlichen Blicken und mehr oder weniger zufälligen Berührungen bedachte. Das alles machte Logan für mich noch unsympathischer. Wer so gut aussah und wem die Welt so zu Füßen lag, der musste schließlich unheilbar eingebildet sein. Und somit absolut und gar nicht mein Fall. Wenn ich mich tatsächlich einmal in einen Jungen vergucken würde, dann würde es eher ein unscheinbarer, grüblerischer Typ mit hoher Intelligenz und Hang zu komplizierter Literatur und Gitarrenmusik sein. So hatte ich das zumindest geplant.

Durch all diese Wendungen konnte ich am Freitagabend ein ziemlich gut gelauntes Telefonat mit Mum führen, in dem ich ihr nicht einmal viel schönreden musste, sondern offen von Lauren und Annie erzählen konnte.

Ich hatte kaum das Telefonat beendet, als ich eine Nachricht bekam.

> Hallo Frau Nachbarin. Es ist Freitagabend. Hast du schon etwas geplant? Im Hotel gibt es freitags Cocktails zum halben Preis. Wie sieht es aus? Ich sitze um acht an der Bar. Logan

Ich musste die Nachricht zwei Mal lesen, bevor ich wirklich realisierte, was dort stand. Eine Einladung? Von Logan? Woher um alles in der Welt hatte er überhaupt meine Handynummer? Bis auf der Brillenfrau im Sekretariat bei der Anmeldung hatte ich sie seit meiner

Ankunft in Wickershan noch niemandem gegeben. Und außerdem… Warum sollte Logan mich fragen wollen, wenn er sich mit Freunden auf einen Cocktail treffen wollte? Auch wenn mir die Vorstellung von Logan umringt von weiteren gehirnvernebelten, kichernden Mädchen ziemlich zuwider war, konnte ich nicht leugnen, dass schon nach dem zweiten Lesen der Nachricht für mich klar gewesen war, dass ich um acht in dieser Bar sein würde. Warum eigentlich? Vielleicht, weil ich noch ungefähr eintausend Fragen an ihn hatte. Zum Beispiel, wo er in der Nacht von Montag auf Dienstag um etwa 1 Uhr gewesen war…

Als ich meinen Kleiderschrank öffnete, um etwas Passendes zum Anziehen zu finden, fragte ich mich, wer von meinen neuen Mitschülern heute Abend noch in der Hotelbar sitzen würde. Ich wusste, dass dort am Wochenende immer Livemusik gespielt wurde. In den warmen Sommermonaten sogar draußen. War dies der angesagte Treffpunkt der hiesigen Jugendlichen? Ich hoffte nicht, dass ich von nun an an jedem Wochenende vor unserem Haus auf torkelnde und lallende Mitschüler treffen würde. Ich versuchte mich zu erinnern, ob im Ort irgendwelche Clubs oder Discotheken waren, da ich mich für Feiern und Party machen aber nie weiter interessiert hatte, wusste ich es einfach nicht.

Aus diesem Grund hatte ich auch keine glitzernden, bauchfreien Tops oder ähnliche Kleidungsstücke, die Mädchen in meinem Alter vielleicht an einem Abend am Wochenende anziehen würden, wenn sie ausgingen. Ich fragte mich immer mehr, ob Logans Einladung nur ein

108

schlechter Scherz gewesen war mit dem Zweck, sich gemeinsam mit einigen seiner schwärmenden Anhängerinnen über mich lustig zu machen. Aber nun gab es kein Zurück mehr. Denn schon nach erstaunlich kurzem Überlegen hatte ich Logan eine Nachricht zurückgeschrieben:

> Hallo Herr Nachbar (für wie lange eigentlich?), da ich heute Abend noch nichts vorhabe und der Weg ja nicht weit ist komme ich gerne vorbei um einen (alkoholfreien!) Cocktail zu trinken. Bis später! Nell

Das „alkoholfrei" hatte ich nachträglich eingefügt. Wenn er mir schon eine Einladung schickte, sollte er zumindest von vornherein wissen, worauf er sich da einließ.

Seufzend entschied ich mich für meine neueste Jeans, sie war dunkelblau und ziemlich eng, und für ein grünes Oberteil aus dünnem Stoff und halblangen Ärmeln. Ich überlegte kurz, was ich mit meinen Haaren anstellen sollte, kämmte sie dann aber einfach nur frisch durch und ließ sie offen. Zum Schluss legte ich noch die silberne Kette mit dem Jadestein um, die Mum mir zum Geburtstag geschenkt hatte und trug etwas Wimperntusche auf. Fertig! So würde ich neben den ganzen aufgebrezelten Modepüppchen aus der Schule nicht zu sehr auffallen. Mit leicht klopfendem Herzen schnappte ich mir eine dunkle Fleecejacke und sprang die Treppe hinunter. Ich hatte nicht mehr viel Zeit und wollte noch Granny Bescheid sagen wo ich hinging. Ich wollte nicht, dass sie

sich unnötig Sorgen machen musste nach allem, was diese Woche schon passiert war. Ich fand sie in ihrem Malzimmer, barfuß, eingehüllt in einen Kittel, der ursprünglich einmal weiß gewesen sein musste, nun aber voller bunter Striche und Flecke war. Ich liebte es, meine Großmutter so zu sehen. Im Hintergrund lief klassische Musik, im Moment „River flows in you" von Lang Lang und sie war völlig versunken. Sie malte mit Ölfarben auf Leinwand und stand vor einer großen Staffelei. Ihr nächstes Werk war schon wieder beinahe fertig und einfach atemberaubend. Eine wunderschöne Frau mit blonden Locken stand vor einem weit geöffneten Fenster. Sie war fast nackt, ihre Blöße bedeckte sie mit einer apricotfarbenen Decke, die sie mit beiden Armen vor ihrer Brust hielt und die ihr sanft um die Beine schmeichelte. Das ganze Bild war in ein wunderschönes Licht gehüllt. Bei dieser Beschreibung hätte es kitschig wirken können, aber das tat es nicht. Vielmehr strahlte es eine überirdische Sinnlichkeit und Natürlichkeit aus, während die Frau mit einem fokussierten und selbstbewussten Blick in die Ferne schaute. Dieses Bild war typisch für Granny. Sie hatte nicht einfach nur Talent, ihre Bilder hatten Seele. Gerade strich sie mit einem Pinsel über das Schulterblatt der Frau als würde sie ihr voller Anerkennung freundschaftlich über die Schulter streichen. Ich verliebte mich sofort in dieses Bild. Ich merkte, dass ich schon eine Weile in der Tür stehen musste, denn statt der sanften Klaviertöne war die Musik in Bachs „Air" übergegangen. „Granny, ich möchte mich heute Abend mit einigen Mitschülern hier im Hotel treffen. Ich werde natürlich
110

keinen Alkohol trinken und bin rechtzeitig wieder zurück. Ich wollte dir nur Bescheid sagen, dass ich weg bin."

Granny lächelte sanft und blinzelte. Sie schien, als hätte ich sie aus einer Trance geweckt. Das war häufig so, wenn sie lange gemalt hatte und tief in die Welt ihrer Bilder eingetaucht war.

„Das freut mich, Schatz! Hab ganz viel Spaß und denke heute nur an schöne Dinge. Es ist gut, wenn du Anschluss an deine Mitschüler gefunden hast. Bitte lass dich nur von jemandem bis zur Haustür bringen. Ich möchte nicht, dass du noch einmal allein dort draußen bist. Versprichst du mir das?"

„Natürlich Granny, dass verspreche ich dir. Und wenn es dich beruhigt, schreibe ich dir eine Nachricht wenn ich wieder zu Hause bin. „

Granny blickte zerknirscht. „Nein, Nelly, in bin schon überfordert, wenn ich dieses Handy-Gerät auch nur anschalten soll. Für mich sollten Telefone noch groß und klobig und mit Wählscheibe sein. Wenn es dir nichts ausmacht, stecke mir einfach einen Zettel unter der Tür durch. Wenn ich dann nachts aufwache kann ich sehen, dass du heil nach Hause gekommen bist. Aber der Weg ist ja auch nicht gerade weit." Den Rest schien sie mehr zu sich selbst zu sagen.

„Danke Granny", sagte ich schon halb im Gehen, „Und… Ich liebe dein Bild!"

„Danke!", Granny hatte schon wieder ihren Künstler-Trance-Mal-Blick aufgesetzt, „Ich verkaufe schon seit Jahren Bilder, aber dieses hier werde ich wohl behalten.

Es ist, als gibt man jedes Mal ein Stückchen von sich selbst weg, weißt du?"

Lächelnd ging ich zu den Klängen von Debussy nach draußen. Puh, nun war es wirklich spät geworden. Es war schon zehn nach acht. Ich bin zu spät schoss es mir erschrocken durch den Kopf. Wie um mein schlechtes Gewissen zu untermauern piepte mein Handy. Ich kramte es schnell aus meiner kleinen schwarzen Stoffhandtasche heraus. Logan!

> Hey, wo bleibst du? Ich sitze hier mutterseelenallein an einem Tisch, habe zwei großartige Cocktails bestellt und wurde von einer schönen Frau versetzt... Muss ich mich schmollend auf mein Zimmer verkriechen oder habe ich noch eine Chance, dass du kommst?

Aus diesem Kerl sollte einer schlau werden. Als wenn er mir in der letzten Woche mehr als eines Blickes gewürdigt hätte. Außerdem schien Logan nie lange allein zu sein. Die Menschen flogen nur so auf ihn zu, wie Motten auf das Licht. Besonders die weiblichen Motten...

Trotzdem tippte ich eine schnelle Antwort, während ich die Treppe hinuntersprang.

> Entsch! Bin gl d!

Für mehr reichte die Zeit nicht. Schnell schlüpfte ich durch die neu verdrahtete Haustür und joggte über den Innenhof auf den Hoteleingang zu. Kurz davor verfiel

112

ich wieder in normales Tempo. Es musste ja niemand sehen, dass ich mich für einen Jungen so abhetzte. Das war schließlich bisher noch nie vorgekommen. Das alles hier war noch nie vorgekommen. Ich hatte meine Abende bisher am liebsten mit einem dicken Buch auf unserem Sofa in London oder mit meinem Laptop auf den Knien, an einem Buch schreibend, verbracht. Meine Besuche in angesagten Clubs, Bars oder Discotheken waren also an einer Hand abzuzählen. Von Nachrichten von gutaussehenden Männern mal ganz zu schweigen…

KAPITEL 16
OHNE GELEITSCHUTZ UND PANZERKOLONNE

Es war nicht schwer, die Hotelbar zu finden. Sie hatte sogar einen separaten Eingang und die Musik war schon von draußen zu hören. Der längliche Raum war gemütlich eingerichtet. Tropfenförmige Wandlampen warfen indirektes Licht an die in warmen Orangetönen gestrichene Wand. Mit dunklem Leder bezogene Sitzmöbel standen an schweren Echtholztischen. Alles sah recht nobel aus und darum zweifelte ich nun daran, dass hier oft Schüler den Abend verbrachten. Zum Glück war der Raum tatsächlich nicht voller Jugendlicher aus meiner Schule. Nur an einer der vielen separaten Sitzecken sah ich fünf Mädchen aus meinem Jahrgang sitzen. Mit dreien von ihnen ging ich in einen Mathekurs. Wo ich die anderen beiden schon einmal gesehen hatte, wusste ich nicht.

Logan saß tatsächlich allein an einem Tisch. Ich spürte das Ziehen im Bauch schon bevor ich ihn sah und auch er blickte von der Karte auf und ich fragte mich kurz, ob es ihm mit diesem Gefühl so ging wie mir. Was um Himmels Willen bedeutete dieses Ziehen bloß? Als mich seine durchdringenden blauen Augen trafen zuckte ich förmlich zusammen. Plötzlich stiegen wieder Zweifel in mir hoch. Was machte ich hier bloß? Warum traf ich mich mit einem undurchschaubaren Jungen, der in der Schule bewusst Abstand von mir zu halten schien und sich mir gegenüber distanziert verhielt und mit dem ich ganz offensichtlich nicht in derselben Liga spielte? Warum kam ich sofort angelaufen, wenn mich dieser Junge mit einer blöden Handynachricht rief? Ich kannte die Antwort und sie gefiel mir absolut nicht.

„Hi", unterbrach Logan meine Gedanken, „möchtest du nicht herkommen?" Peinlich betreten, weil ich einfach wie angewurzelt stehen geblieben war, ging ich zu seinem Tisch und setzte mich ihm gegenüber auf einen der dunklen Stühle. Zwei Tische weiter an dem Mädchentisch hörte ich unterdrücktes Tuscheln. Puh… So etwas erwartete mich heute also.

„Ich freue mich, dass du doch noch runtergekommen bist. Auch nach deiner letzten Hieroglyphen-SMS war ich mir nicht sicher, ob du wirklich kommen würdest", sagte Logan und grinste mich an.

„Danke, ich war mir nicht ganz sicher, ob ich schon ohne Geleitschutz und Panzerkolonne aus dem Haus gehen kann, ohne überfallen zu werden", entgegnete ich. Sofort wurde Logan wieder ernst. „Was sollen wir trinken?" fragte ich schnell hinterher. Anscheinend hielt er ein lustiges Pläuschchen über Entführungen und mein Beinahe-Ableben nicht für sonderlich amüsant.

„Ich habe uns bereits Nachos bestellt und der „Hudson Park"- Cocktail ist wirklich zu empfehlen. Natürlich alkoholfrei", fügte er leicht spöttisch hinzu.

„Ok, dann werde ich den einmal probieren." Ich blickte dennoch in die Karte, um ihm nicht noch einmal in die Augen sehen zu müssen.

„Gut, denn auch davon habe ich schon zwei bestellt!"

Ich blickte von meiner Karte hoch. Durfte ich hier etwa nicht einmal aussuchen, was ich trinken oder essen wollte? Woher nahm dieser Junge sich das Recht, schon zum wiederholten Male über mich bestimmen zu wollen?

„Du hast doch selbst gesagt, dass du ihn probieren möchtest", sagte Logan, als hätte er meine Gedanken erraten.

„Ja, aber das konntest du ja nicht wissen, bevor ich überhaupt da war", erwiderte ich und meine Stimme klang schon wieder etwas gereizter als ich es eigentlich wollte.

„Sagen wir einmal, ich war mir ziemlich sicher!" Logan schaute an mir vorbei und machte wieder seine typisch verschlossene Miene.

Ich erlaubte mir einen längeren Blick in sein Model-Gesicht. Seine dunklen Haare sahen einmal mehr so aus, als würde er direkt von einem Friseurbesuch kommen, seine

Augenbrauen malten zwei dunkle, dichte Linien und bildeten einen außergewöhnlichen Kontrast zu seinen strahlendblauen Augen, die von innen heraus zu leuchten schienen. Sein Gesicht überzog heute ein dunkler Bartschatten, der… ja… ziemlich sexy war.

„Ich freue mich, dass ich hier bin… Also…, dass du mich gefragt hast ob ich vorbeikommen möchte!", platzte es plötzlich aus mir heraus. Und es stimmte. Auch wenn ich aus Logan noch nicht schlau geworden war und auch wenn mir seine distanzierte und bestimmende Art ziemlich auf die Nerven ging, fühlte ich mich gerade jetzt in seiner Gegenwart unerwartet wohl und ich wollte den nachdenklichen Blick aus seinem Gesicht vertreiben.

„Aber ehrlich gesagt", fuhr ich fort „hatte ich nicht damit gerechnet. In der Schule machst du nicht unbedingt den Eindruck als wärst du an einer Freundschaft interessiert. Ehrlich gesagt, habe ich das Gefühl, dass du immer einen Sicherheitsabstand zu mir hältst." Ich wurde schon wieder rot, weil ich so ehrlich ausgesprochen hatte, was mich schon die ganze Woche gewundert hatte. Noch etwas, wofür ich früher nie den Mut gefunden hätte.

Logan sah mich an. Ein leichtes Lächeln spielte um seine Lippen und er lehnte sich über den Tisch in meine Richtung: „Sicherheitsabstand trifft es ganz gut, Nell. Aber ich glaube, nach dem, was wir am letzten Wochenende erlebt haben, ist es ganz gut, wenn wir ein bisschen Zeit miteinander verbringen." Er machte eine Pause. „Zumindest, bis deine Wunden ganz verheilt sind", fügte er leise hinzu, als wären diese letzten Worte gar nicht für mich bestimmt. Etwas Wehmütiges lag in seinem Blick und ich kam nicht dazu, mich über seine Worte zu wundern, denn in diesem Augenblick kam ein älterer, rothaariger Kellner mit Nickelbrille an unseren Tisch und ich bemerkte, dass wir uns unbewusst beide über den Tisch gelehnt hatten. Der Rothaarige stellte einen großen Teller mit Nachos in die Mitte unseres Tisches, drapierte drei verschiedene Dips in geometrisch perfekter Anordnung drum herum und reichte jedem von uns einen Cocktail, der in Aussehen und Größe jeder Nobelbar in Londons teuerster Barmeile Konkurrenz gemacht hätte. Nervös überlegte ich, wie viel Geld ich eingesteckt hatte. Der Cocktail schmeckte einfach himmlisch. Ich wollte mir gerade den ersten Nacho schnappen, als Logan leise, aber eindeutig genervt aufstöhnte: „Oh nein, jetzt machen sie das wirklich…"

Bevor ich verstanden hatte was er meinte, sah ich, wie sich von dem Schülerinnentisch zwei Tische hinter Logan eins von den Mädchen, bei denen ich einfach nicht darauf kam, wo ich sie schon einmal gesehen hatte, erhob und zu uns an den Tisch kam. Auf dem Weg zu uns strich sie affektiert ihre langen blonden Locken hinter die Ohren. Nur auf der linken Seite… Auf der rechten Seite drapierte sie die Haare gekonnt, so dass man gerade noch den wie zufällig zur Seite gerutschten Träger ihres Tops sehen konnte, das für diese Jahreszeit und die späte Uhrzeit viel zu luftig aussah. Genau dieses Gehabe hatte mich immer davon abgehalten, zu viel Zeit mit den modebewussten Püppchen aus meiner alten Klasse zu verbringen. Wer weiß, vielleicht hätten sie mich mit dieser „Wie-drapiere-ich-meine-Haare-am-aufwendigsten-

damit-sie-ungestylt-wirken-Angewohnheit" noch ange-
steckt. Nichtsdestotrotz fühlte ich mich bei dem Anblick
der blonden Schönheit, die sich jetzt lässig an unseren
Tisch lehnte, sofort underdressed.

„Hi, schön, euch hier zu sehen", sagte sie. Aber sie sah
dabei ausschließlich Logan an. „Wir sind heute das erste
Mal hier und wollten euch fragen, ob ihr euch mit an unseren Tisch setzen möchtet." Sie warf einen Blick zu dem
Mädchentisch in der Ecke, worauf die vier Übrigen albern kicherten und ein Mädchen mit Brille aus meinem
Mathekurs sogar ihr Gesicht hinter ihren Händen versteckte. Und da würde ich noch einmal von mir selbst behaupten, ich wäre albern schüchtern....

Die Blonde rückte etwas näher an Logan heran, aber der
schaute nur auf sein Cocktailglas: „Danke Lucy, das ist
sehr nett von euch, aber wir haben noch etwas zu besprechen, dazu bleiben wir lieber unter uns." Dann schaute
er Lucy direkt in die Augen. Ich beschloss, Logan diesmal den bestimmenden Part freiwillig zu überlassen.
Seine Antwort war nämlich ganz in meinem Sinne. Deshalb lehnte ich mich nur zurück und beobachtete die
Szene. Das Mädchen war überrascht und von Logans
Blick wie hypnotisiert. Sie schien kurz nach Luft zu rin-
gen. Dann warf sie mir einen kurzen, abschätzenden
Blick zu, der einer Beleidigung gleichkam und mich verunsichert und nervös das Cocktailglas in der Hand drehen ließ. Blondie schien Ablehnungen zwar nicht gewohnt zu sein, fing sich aber schnell wieder. Sie stütze
ihren Arm auf den Tisch und beugte sich nun eindeutig
zu Logan hinüber, während sie mir den Rücken

zukehrte. „Wenn deine Begleitung nach Hause muss kannst du es dir ja vielleicht anders überlegen. Wir werden noch ein wenig länger hier sein." Sie strich sich erneut die Haare hinter das eine Ohr und war schlau genug, keine erneute Antwort abzuwarten. Ohne mich eines weiteren Blickes zu würdigen, ging sie langsam und bedacht zurück an ihren Tisch. Plötzlich fiel mir ein, wo ich sie schon einmal gesehen hatte. Sie hatte Logan beim Essen in der Cafeteria umschwärmt und hatte so vertraut mit ihm gelacht.

„Es wäre wirklich ok, wenn du …", fing ich an, aber Logan unterbrach mich. „Nein! Ich möchte hier sitzen bleiben. Es sein denn, du möchtest rübergehen und den Abend mit Gesprächen über Lipgloss, Haartönungen und den neuesten Klatsch aus der Promiwelt verbringen. Dann werde ich dich natürlich begleiten." Seine Augen funkelten spitzbübisch. „Nein, danke, ich stehe eher auf einen Pflegestift als auf Lipgloss, meine Haare würde ich niemals tönen und ich höre mir selbstverständlich nur den Klatsch von Adels- und Königshäusern an. Normale Prominews sind unter meinem Niveau", hüstelte ich kokett. Logan lachte. Ich hatte ihn noch nie Lachen gehört und dieses glockenhelle Geräusch verstärkte das angenehme Ziehen hinter meinem Bauchnabel. „Du bist ganz schön schlagfertig", schmunzelte er, „Das hätte ich gar nicht erwartet, du bist sonst immer so still!" Ich wurde schon wieder rot und schaute auf meine Hände, die wieder unruhig mit dem Stiel des Cocktailglases hantierten. „Still zu sein bedeutet nicht unbedingt, dass man nichts zu sagen hat – oder nicht intelligent ist." Ich schaute zu ihm auf. Würde er mich jetzt auslachen? Aber er schaute mir ernst in die Augen. „Nein, Nell", er lächelte. „Im Gegenteil!" Wir schauten uns in die Augen und ein unbekanntes Gefühl breitete sich in mir aus. Wieder einmal meinte ich, seine blauen Augen würden von einer inneren Lichtquelle erhellt und würden mich bis tief in meine Seele durchleuchten. Mühsam riss ich mich von seinem Blick los, weil ich sonst das Gefühl hatte, keinen klaren Gedanken mehr fassen zu können. Die Mädchen an Lucys Tisch steckten die Köpfe zusammen und warfen uns fassungslose, aber vielsagende Blicke zu. Ich trank von meinem Cocktail, um etwas zu tun zu haben und fummelte danach auch an meinen Haaren herum. Na großartig, das war also wirklich ansteckend.

„Lass sie reden!", meinte Logan. Er hatte sich lässig in seinem Sessel zurückgelehnt. Ihn schien das Getuschel wie immer völlig kalt zu lassen. „Übermorgen werden sie wieder ein neues Thema haben."

Er schob mir die Nachos zu und wir aßen eine Weile schweigend.

„Warum wohnst du hier in dem teuren Hotel und nicht in einer Gastfamilie solange du hier auf die Schule gehst?" fragte ich, um die Stille zu durchbrechen.

Logan ließ sich Zeit mit seiner Antwort. Er tauchte seinen Nacho bedächtig in die Guacamole, führte ihn zum Mund und kaute ausgiebig, bevor er antwortete: „Es ist schwer, das zu erklären. Es gibt viele Gründe. Sagen wir mal… Es ist wichtig, dass ich in diesem Hotel bin und nirgendwo anders. Und meine Familie hat eine Menge Geld. Mein Bruder kennt den Inhaber und es ist für ihn

120

ok, wenn ich so lange bleibe." Er sagte das, ohne dass er angab. Es war einfach eine Tatsache für ihn, so wie sich andere über das Wetter oder den Sonnenuntergang unterhielten. Aber seine Antwort warf in mir noch mehr Fragen auf. Logan begann, über die Schule zu reden, als wenn er das Gespräch in etwas unverfänglichere Bahnen lenken würde. Ich hörte ihm gern zu, auch wenn ich lieber Antworten auf meine drängenden Fragen bekommen hätte.

Ich nahm den letzten Nacho und tauchte ihn in die Salsasauce. Sie war perfekt. Nicht zu scharf und nicht zu mild. Meinen Cocktail hatte ich schon lange ausgetrunken. „Möchtest du noch etwas trinken?" fragte Logan. „Nein, danke. Der Cocktail war großartig und ich bin pappsatt." „Ok, dann sollten wir dich jetzt nach Hause bringen. Deine Großmutter macht sich sonst sicherlich Sorgen." Ehe ich wiedersprechen konnte oder mich über seine Bemutterung ärgern konnte, winkte er dem Kellner, der sofort kam. Ich kramte in meiner Hosentasche nach den Geldscheinen, die ich nachlässig dort hineingestopft hatte, aber Logan hielt über den Tisch meinen Arm zurück. „Lass nur, ich habe dich gefragt, ob du vorbeikommen möchtest. Selbstverständlich lade ich dich ein!" Ich wusste nicht, wie ich wiedersprechen sollte, ohne unangenehm vor dem Kellner aufzufallen, und besann mich dann darauf, dass Widerspruch wahrscheinlich sinnlos sein würde. Deshalb bedankte ich mich nur seufzend. Logan strahlte über das ganze Gesicht. Mit wie wenig man ihm doch eine Freude machen konnte. Ich beobachtete, wie Logan mit dem Kellner einige allgemeine

Worte wechselte und dann das Essen und die Getränke auf sein Zimmer schreiben ließ. Der Kellner behandelte ihn wie einen Erwachsenen, nein, beinahe schon ehrfürchtig. Ich streichelte gedankenverloren über die Stelle am Arm an der er mich berührt hatte. Sie war ganz warm.

KAPITEL 17

ADRENALIN OHNE SPRINT

Ich saß mit meinem Laptop auf den Beinen, Schalk an den Füßen und einer großen Tasse von Grannys Lieblingstee im Kaminzimmer und hatte mein aktuelles Buch als Datei auf dem Bildschirm vor meinen Augen. Das Dokument war auf Seite 83 geöffnet und der Cursor blinkte mitten in einem Satz, die Handlung stand gerade inmitten einer spannenden Verfolgungsjagd still. Normalerweise schrieb ich spannende Szenen besonders gern. Sie flossen im übertragenen Sinne aus mir heraus. Aber heute stand die Tastatur schon seit Minuten still und ich hätte das Hineinversetzen in nervenaufreibende Sprints durch eine überbevölkerte Innenstadt nicht benötigt, um in die unruhige und aufgeregte Stimmung zu kommen in der ich mich gerade befand. Vielmehr sorgten die Erinnerungen an den gestrigen Abend für das Dauergrinsen auf meinem Gesicht und das Adrenalin in meinem Blut.

Logan hatte darauf bestanden, mich bis vor die Haustür zu bringen. Zuerst war es mir peinlich gewesen, weil ich nicht wollte, dass er mich wie ein kleines Kind behandelte, das man sorgsam nach Hause geleiten musste. Aber schon als wir aus dem Hotelrestaurant und über die breite Terrasse, die zu der späten Zeit im Mondlicht gelegen hatte, gegangen waren, änderte sich das Gefühl der Beschämung und es war einfach ein schönes Gefühl gewesen, mit ihm allein zu sein und den neugierigen Blicken von Lucy und den Köpfe-zusammensteckenden-Mädchen zu entkommen. Außerdem hatte ich Grandma ja schließlich auch versprochen, nicht allein nach Hause zu gehen – nicht einmal die paar Meter. Als Logan mich zur Tür hinausbegleitet hatte, hatte Lucy ihn mit einem ziemlich frustrierten Blick bedacht, als ob ihr eine Ablehnung noch nie in ihrem Leben untergekommen sei und sie nicht verstehen könnte, warum Logan sich mit einem unscheinbaren Ding wie mir abgeben könnte. Und ich hatte mir eingestehen müssen, dass es ein ziemlich gutes Gefühl gewesen war, obwohl ich ebenso verwundert gewesen war wie sie.

Ich legte den Laptop zur Seite und stand auf, um Holz im Kamin nachzulegen. Ich musste mir selbst zugestehen, dass meine Gedanken immer wieder zum gestrigen Abend und zu Logan abschweiften und ich mit meinem Buchmanuskript heute wohl nicht mehr weit vorankommen würde. Das erste Mal in meinem Leben fand ich einen Jungen wirklich interessant. Seine düstere, undurchschaubare Art auf der einen Seite und das gute und geborgene Gefühl, wenn ich in seiner Nähe war auf der anderen Seite, faszinierten mich. Und ich wusste nicht recht, dieses neue Gefühl einzuordnen.

Logan hatte auf dem Weg zu unserer Haustür wie so oft einen Sicherheitsabstand zu mir eingehalten. Zwei Meter links von mir war er lässig die Einfahrt entlang gegangen, seine Hände in den Hosentaschen, die Jacke locker unter den Arm geklemmt, während ich schon in meiner Fleecejacke gefroren hatte und die Arme wärmend vor der Brust verschränkt hatte. Kurz hatte ich mich gefragt, ob das Treffen im Restaurant vielleicht als so etwas wie ein Date bezeichnet werden konnte und leicht panisch war der Gedanke in mir aufgekommen, dass Jungs Mädchen nach einem Date oft küssten, wenn sie sie nach Hause brachten. Zumindest zog ich diese Informationen aus Filmen, in der Realität hatte ich diesbezüglich noch keine Erfahrungen gesammelt. Aber ich hatte mich schnell wieder beruhigt. Logan schien keine Ambitionen in dieser Richtung zu haben. Schließlich hätten die blonden geschniegelten Film-Jungs schon lange versucht, der hübschen Film-Blondine, die im Film natürlich das beliebteste Mädchen der Schule und wahrscheinlich Top-Cheerleaderin gewesen wäre, möglichst nahe zu kommen und vielleicht ihre Hand zu nehmen. Logan hingegen hatte beide Hände in seinen Hosentaschen vergraben gelassen bis wir bei der Haustür angelangt waren. Wie er sich eine Verabschiedung vorgestellt hätte würde ich wahrscheinlich nie erfahren, denn gerade als wir die Haustür erreicht hatten und ich ein Verabschiedungs-Gestammel loslassen wollte, hatte er aufgestöhnt, den Kopf in den Nacken fallen lassen und die Augen

124

resigniert zusammengekniffen. Bevor ich fragen konnte, was passiert war, hatte er, ohne die Augen zu öffnen den Kopf wieder nach vorne fallen lassen.

„Nell, darf ich dir meinen Bruder vorstellen? Er scheint sich vergewissern zu wollen, dass ich dich heil nach Hause bringe. Nell, das ist Vincent, Vinc, ich habe dir ja schon von Nell erzählt", Logan hatte nachlässig, ohne aufzusehen, mit der Hand durch die Luft gewedelt, um mir jemanden vorzustellen. Ich hatte mich umgesehen. Erst dann hatte ich den großen Mann bemerkt, der hinter Logan aus dem Schatten getreten war und langsam auf uns zu geschlendert kam. Er war fast ebenso groß wie Logan und hatte die gleichen breiten Schultern und die athletische Figur. Seine Haare waren aber lang und etwas heller und im Nacken zu einem Zopf zusammengebunden. Seine Augen waren nicht so stechend blau wie Logans, sondern warm und braun. Als er mich grinsend begrüßt hatte, hatten sich zwei Grübchen in seine Wangen gebohrt.

„Hi Nell, Logan hat mir erzählt, dass er dich fragen wollte, ob ihr euch treffen könntet. Und wie es aussieht war er erfolgreich!", er hatte wieder gegrinst und Logan angesehen, der aufhörte hatte, auf seine Füße zu starren und mich entschuldigend angelächelt hatte.

„Du hast meinen größten Respekt, wenn du mit Logan essen gehst. Ich hoffe, er hat dir etwas übriggelassen, ich muss bei ihm schon alle Register ziehen, um überhaupt die letzten Brotkrümel abzubekommen."

„Danke, ich bin mehr als satt geworden. Und das sogar kampflos", Ich hatte Vincent die Hand hingestreckt, die er grinsend entgegengenommen hatte.

Ich war immer noch selbst überrascht von meinem sicheren Auftreten gestern Abend und legte nun resigniert den Laptop zu Seite.

„Wohnst du auch im Hotel?" Vielleicht war diese neugierige Frage nicht gerade angemessen gewesen, nachdem ich Vincent gerade einmal drei Minuten kannte. Aber so langsam war ich es leid gewesen, auf immer mehr Fragen zu stoßen. Wie zum Himmel hatte Logan Vincent bemerkt, wenn er doch hinter ihm aufgetaucht war?

Logans Bruder schien von meiner direkten Frage nicht im Mindesten überrascht gewesen zu sein: „Ich bin erst in der letzten Nacht angereist und ich werde nicht lange bleiben. Ich… möchte meinen großen Bruder besuchen."

Er tauschte einen langen Blick mit Logan, der die ganze Situation bisher schweigend beobachtet hatte.

„Vinc", Logan hatte einmal mehr die Augen geschlossen und seine Augenbrauen verzweifelt zusammengezogen, „magst du schon einmal vorgehen, ich verspreche dir, ich komme in zehn Minuten auf dein Zimmer."

„Von mir aus kannst du solange bleiben wie du willst, das weißt du nur zu genau. Ich wollte nur sehen, ob es dir gut geht!", Vincent hatte immer noch das verschwörerische Grinsen aufgesetzt. „Nach dem, was du heute Morgen erzählt hast…"

Wieso nur hatte Vincent auch in Rätseln gesprochen? Ich war es langsam leid, wie ein Kind behandelt zu werden,

126

das als einzig Unwissendes zwischen den Erwachsenen lebte.

„Wisst ihr", hatte ich betont beiläufig erwähnt, „Ich muss nun wirklich rein. Es ist ziemlich kalt hier draußen und wie es scheint, habt ihr einiges zu besprechen. Logan, es war ein nett…"

„Nell, warte!", hatte mich Logan unterbrochen, „Vinc…".

Vincent hatte erneut gegrinst und es hatte trotz Logans offensichtlicher Ungeduld nicht so ausgesehen, als hätte es eilig gehabt zu verschwinden. Zur Verabschiedung hatte er mir die Hand gegeben. „Es war schön, dich kennen zu lernen, Nell. Bis bald!"

„Bis bald!" Ich hatte Vincent hinterhergesehen. Seine lockere Art war mir sympathisch, auch wenn es mir nicht passte, dass er ebenso in Rätsel sprach wie sein älterer Bruder.

„Kannst du mir einmal erklären, was das alles soll?", hatte ich Logan angemotzt, der ziemlich unglücklich ausgesehen hatte. „Es tut mir leid, aber ich steige einfach nicht dahinter. Du gehst mir aus dem Weg, hältst dich von mir fern, bist abweisend, ja manchmal sogar fast feindselig und nun möchtest du einen Abend mit mir verbringen. Wir haben wirklich eine schöne Zeit zusammen und ich denke, wir könnten vielleicht doch befreundet sein und nun kommt dein Bruder wie dein persönlicher Sicherheitsdienst vorbei und macht Andeutungen, die ich nicht verstehe. Was soll ich davon halten, Logan?"

Ich hatte Logan angestarrt und noch jetzt war ich von meiner eigenen Heftigkeit überrascht. Er hatte mich erschrocken angesehen und ich hatte Traurigkeit in seinen Augen gesehen, woraufhin mir meine direkte Konfrontation sofort leidgetan hatte. „Hör zu, Logan, ich kann verstehen, dass…"

„Nein, Nell!" hatte er mich wieder unterbrochen, „Du hast Recht mit allem was du gesagt hast. Ich würde es dir gern erklären. Aber ob du es glaubst oder nicht, es ist wirklich kompliziert und ich bezweifle, dass dir die Erklärung gefallen würde. Ich möchte dich nicht anlügen, aber ich kann dir im Moment nicht alles erzählen." Logan hatte begonnen, rastlos vor mir auf und ab zu schreiten und ich hatte ihm angesehen, dass ihn das was er gesagt oder eben nicht gesagt hatte ernsthaft quälte.

„Logan, bitte! Entweder du erzählst mir endlich mal ein bisschen von dir, so wie Freunde das halt tun, wenn sie sich kennen lernen, oder wir halten tatsächlich Abstand voneinander und dann denke ich, sind solche Treffen wie heute wirklich überflüssig."

Logan war direkt vor mir stehen geblieben, hatte mich mit beiden Händen an den Oberarmen gefasst und mich mit einer Eindringlichkeit angesehen, die mir das Blut in den Adern hatte kochen lassen. „Nell, ich weiß, ich habe dir nicht viel Anlässe gegeben, mich kennen zu lernen oder mir nahe zu kommen. Aber glaube mir, genau das ist es, was ich tief in mir möchte. Ich suche nur noch einen Weg, dich dabei aus meinen Problemen heraus zu halten. Und… Warte, bevor du etwas sagst: Ich bin froh, dass ich dich kennen gelernt habe und… Ich schaffe es nicht, dir aus dem Weg zu gehen. Ich kann dir noch nicht sagen, was das bedeutet, nur, dass es komplizierter ist als es

128

normalerweise sein sollte, wenn ein Mann…" Er hatte schon wieder gestockt. „Bitte, gib mir eine Chance. Ich möchte dir alles erklären, wirklich. Ich muss nur noch einen Weg finden. Deshalb ist Vincent hier. Ich weiß, das klingt alles völlig verrückt und du hast sicher nichts davon verstanden, aber… Bitte vertrau mir. Ich verspreche dir, dass ich dich ernsthaft häufiger sehen will und dass ich einen Weg finden werde, um das auch zu tun. Ich habe in dieser Woche einiges zu klären und am nächsten Wochenende können wir uns treffen und ich verspreche dir, dass ich dir jede einzelne deiner Fragen erklären werde. Und im Gegenzug möchte ich dich um etwas bitten: Meine… Probleme… Sie sind… gefährlich. Ich werde immer versuchen, sie von dir fern zu halten, aber du musst das wissen. Überlege dir bis zur nächsten Woche, ob du mich überhaupt noch weiterhin sehen möchtest." Logan hatte mich bis zum Ende dieser langen Rede unvermindert eindringlich angesehen. Seine Augen hatten sich förmlich in meine Seele gebrannt und seine Hände lagen weiter auf meinen Oberarmen. Ich hatte instinktiv gewusst, dass er seine Warnung ernst meinte, so irreal sie auch klang.

Ich schenkte mir neue Cola ein und legte mir meinen Laptop wieder auf die Beine. Eines war klar: In meinem eigenen Buch hätte ich so ein Kapitel nicht geschrieben. Ein Junge, der nicht nur unfassbar gutaussehend und sportlich, sondern augenscheinlich auch noch verboten reich ist, scheint Interesse an der Freundschaft zu einem unscheinbaren Mauerblümchen zu haben, faselt aber etwas von gefährlichen Problemen, die auf eine Art kriminelle Ganovenvergangenheit schließen lassen und... Ich klappte den Laptop resigniert zu... Das Schlimmste war, dass dieses kleine doofe Mauerblümchen schon jetzt wild entschlossen war, Samstag wie verabredet ins Hotel zu kommen. Ganz gleich, welches Geheimnis Logan vor mir verbarg – er hatte meine Neugierde unwiderruflich geweckt. Außerdem konnte ich das Gefühl nicht vergessen, das seine Hände an meiner Schulter hinterlassen hatten. Ich war dabei, mich für einen Jungen zu interessieren. Und das war wahrscheinlich die größte Gefahr von allen.

KAPITEL 18
RISIKEN, NEBENWIRKUNGEN
UND FENSTERKITT

Lauren saß neben mir in der Mensa und stocherte in ihrem Nudelauflauf herum. Sie sann über alles nach, was ich ihr und Annie gerade über mein spontanes Treffen mit Logan erzählt hatte. Ich entwickelte mich also unerwarteter Weise nicht nur zu einem Mädchen, das sich mit Jungs traf, sondern auch zu einem, das tatsächlich Frauenkonversation mit zwei Freundinnen beim Essen betrieb. Vielleicht wurde ich am Ende gar völlig normal?

„Ich glaube nicht, dass er ernsthaft gefährlich sein könnte", meinte sie und sortierte die Pilze fein säuberlich an den Rand ihres Tellers, „Er hätte dich ja sonst wohl kaum vorgewarnt. Ich meine, welcher Serienmörder weist seine Opfer denn vor der Tat auf Risiken und Nebenwirkungen eines Treffens mit ihm hin?" Lauren sah grüblerisch auf den inzwischen ziemlich beachtlichen Pilzhaufen auf ihrem Tellerrand.

„Viel wichtiger ist doch die Frage, warum um alles in der Welt er dich nicht geküsst hat", Annie hatte ihren Auflauf schon bis zur letzten Nudel verputzt, „Isst du das noch?" Sie warf einen sehnsüchtigen Blick auf meinen Teller, der kaum berührt war.

„Nein, danke, nimm du ruhig. Mir reichen heute Salat und Nachtisch. Aber wir müssen später weiterreden." Eine Gruppe von Schülern, die anscheinend spät aus dem Unterricht entlassen worden waren, kam zur Mensatür herein. Und das vertraute Bauchziehen verriet mir, dass Logan zu der Gruppe gehörte. Logan war, wie inzwischen schon fast bei jeder Gelegenheit, in Begleitung von Nick unterwegs und zog eine kleine Gruppe von Mädchen hinter sich her, die ihm folgte, wie Golden Retriever ihrem Herrchen. Ich erkannte zwei Mädchen aus dem Hotelrestaurant, Lucy war jedoch nirgends zu sehen.

Nachdem sich Logan eine riesige Menge von dem Pilz-Nudel-Auflauf an der Essensausgabe abgeholt hatte, verabschiedete sich seine Retrievergruppe überschwänglich von ihm. Seine weiblichen Fans hatten sich inzwischen daran gewöhnt, dass Logan bei uns am Tisch aß. Auch wenn sie anscheinend nicht verstehen konnten, weshalb er sich gerade an den Tisch mit dem grauen Neuzugang, der großen Stillen und der kleinen runden

131

Quasselstrippe setzen wollte. Und um genau zu sein stellte ich mir die Frage ebenso. Doch als Nick wie gewohnt den Weg zu unserem Stammtisch einschlug blieb Logan stehen und suchte fragend meinen Blick. Ernsthaft? Wollte er mich ab jetzt um Erlaubnis fragen, wenn er sich an unseren Tisch setzen wollte? Tatsächlich blieb er mit einem schiefen Grinsen stehen bis mir diese merkwürdige Situation zu auffällig wurde und ich ihn mit einer affektierten Geste an unseren Tisch einlud wie die Königin ihren Höfling. Er zwinkerte mir selbstsicher zu und kam mit langen Schritten an unseren Tisch. Dass er sich einen Platz in möglichst großer Entfernung zu mir suchte hatte sich nicht geändert. Zum Glück war die ganze Szene nur Annie und Lauren aufgefallen, die ziemlich aussichtslos versuchten, ein Lachen zu unterdrücken. Lauren versuchte prustend, sich wieder auf ihr Essen zu konzentrieren aber die Nudeln waren inzwischen kalt geworden und hatten eine unschöne klebrige Konsistenz angenommen, die mehr an Fensterkitt als an Nudelauflauf erinnerte. Annie schien das nichts auszumachen, sie kratzte gerade die letzten Reste von meinem Teller.

Ich fühlte mich nicht besonders wohl in meiner Haut. Schon wieder verunsicherte mich Logans sprunghaftes Wesen. An einem Tag versicherte er mir, dass er mir gerne näherkommen würde und das aber aus mysteriösen Gründen nicht ginge und an anderen Tagen tat er so, als hätte dieses Treffen mit der merkwürdigen Unterhaltung nie stattgefunden. War es ihm in der Öffentlichkeit etwa peinlich, dass er sich mit mir getroffen hatte? Die innige Unterhaltung und das warme Gefühl in seiner Nähe am Wochenende schienen weit entfernt zu sein.

Ich wollte gerade entnervt aufstehen und Lauren und Annie mitteilen, dass ich mich schon einmal auf den Weg zum Biolabor machen würde, als ich Lucy sah, die sich, perfekt mit weißer Bluse, enger Jeans und einer Wolke aus teurem Parfüm gestylt, durch die Tischreihen auf den Weg zu uns machte. Perfekt! Ein paar herablassende und überlegene Blicke waren genau das, was mir heute Mittag noch fehlten, um das Durcheinander in meinem Kopf auf die Spitze zu treiben. Lucys Ziel war nicht schwer zu erraten. Der nervösen Geste, mit der sie ihre Locken zurecht zupfte, nach zu urteilen wollte sie zu Logan. Natürlich. Ich sah ihn an. Er blickte auf seine Fensterkitt – Nudelreste. Aber er verdrehte eindeutig heimlich die Augen. Himmel, hatte dieser Kerl Augen im Hinterkopf? Oder hatte ihre aufdringliche Eau – de – Parfüm – Wolke Lucy schon aus mehreren Metern Entfernung angekündigt? Aber ich musste mir eingestehen, dass Logans entnervte Geste bei Lucys Auftauchen meine Stimmung erheblich besserte. Daher warf ich meinen Plan, strebermäßig früh mein Bioexperiment aufzubauen, kurzerhand über den Haufen. Ich wartete neugierig ab, spielte scheinbar gedankenverloren an meinem Salatschüsselchen rum und versuchte, die Unterhaltung von Lauren, Annie und Tom über irgendwelche Briefe, die im Ort falsch zugestellt worden waren und den damit verbundenen Verwechslungen auszublenden.

„Hi, Logan!", Lucy hatte sich inzwischen dekorativ vor Logan aufgebaut und schenkte ihm ein zuckersüßes

Lächeln. Mit etwas weniger Schminke und Haarspray hätte sie umwerfend ausgesehen. In diesem Fall würde sie äußerlich ziemlich gut zu ihm passen stellte ich missmutig fest. Puh, seit wann war ich eifersüchtig, wenn es um einen Jungen ging?

„Da du am Freitag ja so früh gehen musstest habe ich mich gefragt, ob wir uns am nächsten Samstag noch einmal…ähm… ungestört… treffen wollen. Ich dachte mir, du würdest vielleicht gerne die Stadt kennen lernen. Es gibt einen netten Pub in der Innenstadt. Wie sieht es aus, hast du Lust?" Man musste Lucy eines lassen: Sie redete nicht um den heißen Brei herum. Und scheinbar ließ sie sich von Abweisungen nicht so leicht entmutigen. Im Gegenteil.

„Und die Post von Mrs. Denver ging an Mrs. Austen, so dass ihr Mann kurzzeitig dachte, sie würde…", Annie verstummte mitten im Satz als sie merkte, dass sich inzwischen alle anderen am Tisch mehr für die Szene an der anderen Tischseite bei Logan und Lucy interessierten. Und ich war an seiner Antwort wohl am meisten interessiert.

Logan sah sie freundlich an: „Lucy, das ist wirklich ein sehr nettes Angebot, aber ich habe vor, den Samstagabend mit Nell zu verbringen. Ich habe immer noch Hoffnung, dass sie meine Einladung nicht ausschlägt." Nun sah er mir direkt in die Augen. Damit in der Öffentlichkeit zuzugeben, dass er sich mit mir traf schien er offensichtlich kein Problem zu haben. Logans eindringlicher Blick ließ mich vergessen, dass wir nicht allein in der Mensa waren. Lucy schien von Logans Antwort genauso

134

überrumpelt zu sein wie ich. „Ach so, ähm, melde dich einfach, wenn es dir einmal passt." Sie blickte mich an. Nicht feindselig aber schier fassungslos.

Logan löste sich von meinem Blick und es kam mir vor, als könnte ich mich dadurch erst wieder frei bewegen, als hätte sein Blick mich bewegungslos auf meinem Stuhl verharren lassen. Er verabschiedete sich freundlich, aber unverbindlich von Lucy und sie ging so würdevoll wie möglich zurück an ihren Platz. Die Mensa hatte sich inzwischen merklich geleert. Nur unser Tisch war noch voll besetzt und alle starrten entweder mich oder Logan an.

„Okay, das war … interessant," flüsterte Annie mit eingefrorenem Gesicht und hochgezogenen Augenbrauen, „Soweit ich weiß ist Lucy das das letzte Mal passiert, da war sie noch im Kindergarten. Da saß sie im Sandkasten und ihr Nachbarjunge wollte ihr seine Schaufel nicht geben. Seitdem steht alles was männlich ist und zwei Beine hat derart auf sie, dass sie normalerweise nur mit der Wimper zu zucken braucht, um so ein Date klar zu machen." Annie sah Lucy verträumt und ziemlich zufrieden hinterher.

KAPITEL 19
EINGEWEBTE GOLDFÄDEN

Hi,

wie sieht es aus? Treffen wir uns um 19 Uhr bei mir? Ich wohne in Zimmer Nummer 109. Das ist im ersten Stock. Ich würde dir gern einiges erzählen.

Ich weiß, es ist kompliziert mit mir. Aber ich würde mich freuen, wenn du kämst.

Überleg es dir!

Hoffentlich bis später,

Logan

Ich hatte diese Nachricht nun schon fünf Mal gelesen seit ich sie vor zwei Stunden bekommen hatte. Dennoch hatte ich noch keine Antwort verfasst.

Dabei war ich mir eigentlich schon sicher, dass ich gar nicht absagen konnte. Logan hatte mich in seinen Bann gezogen. Das ließ sich nicht mehr leugnen. Auch wenn mir das Gefühl völlig unbekannt war, musste ich mir eingestehen, dass ich dabei war, mich zu verlieben. Und das war das Problem. Ich war mir ebenso sicher, dass ein Typ wie Logan – über alle Maßen gutaussehend, übernatürlich sportlich und nicht zum Schluss auch ritterlich, schließlich hatte er mich aus der größten Gefahr meines Lebens gerettet - dass so ein Typ jede Frau haben konnte. Und dass dies so war hatte mir jeder einzelne Tag dieser Woche in der Schule vor Augen geführt. Es blieb also die

Frage, was er von mir wollte. Und das galt es herauszufinden. Deshalb straffte ich die Schultern und sammelte Mut für meine Antwort:

Hi,
den ersten Stock kenne ich. Dort waren früher die Bastelräume meines Großvaters. Ich bin gespannt und werde pünktlich da sein.
Bis später
Nell

So, nun gab es kein Zurück mehr. Aber ehrlicher Weise gab es das schon nach unserem Treffen in dem Hotelrestaurant nicht mehr. Seit diesem Tag war mir Logan nicht mehr aus dem Kopf gegangen. Und ich wusste, dass dies nicht gut für mich war. Aber was auch immer er mir heute Abend so dringend erzählen wollte, und warum auch immer er es gerade mir erzählen wollte, ich war einfach neugierig. Irgendetwas hatte sich in mir verändert. Ich war nicht mehr zufrieden damit, meine Zeit hauptsächlich mit mir allein zu verbringen. Ich verspürte einen Drang in mir, den ich nicht kannte. Den Drang, einfach einmal etwas zu riskieren.

Um nicht noch nervöser zu werden ging ich hinunter um in der Zeit bis zum Abend etwas Ablenkung zu suchen. Silvester polierte gerade die Fenster im Erdgeschoss, wobei er stets eine vorbildlich korrekte Haltung behielt, die jede ‚Wie – bin – ich – ein – vorbildlicher – Musterbutler – Zeitschrift' wahrscheinlich augenblicklich mit einem überregionalen Preis ausgezeichnet hätte. Wie machte er das nur? Ich machte schon ungelenke Verrenkungen, wenn ich nur ein Glas aus einer Vitrine holte. Ich konnte durchaus anpacken, wenn es um Hausarbeit ging, aber ich würde zweifellos Abzüge in der B-Note bekommen. Aber dazu würde es im nächsten Jahr eh nicht kommen. Anton bewachte die Küche regelrecht und man wurde schon schief angeguckt, wenn man sich auch nur ein Toast selbstständig in den Toaster schob. Und Silvester war mit seinem Dienststab an Hausmädchen quasi allgegenwärtig. Gerade begrüßte er mich überschwänglich, doch nach einem kurzen Smalltalk machte ich mich schnell auf den Weg nach draußen. Das komische Gefühl, das bei mir hervorgerufen wurde, wenn andere Menschen für mich arbeiteten würde ich wohl das ganze Jahr in diesem Haus nicht ablegen können.

„Miss Nelinda" Auf halbem Weg zur hölzernen Flügeltür drehte ich mich noch einmal um. „Nell!", verbesserte ich schon völlig automatisch.

Silvester schien sich sichtlich unwohl zu fühlen. „Ich weiß, es steht mir nicht zu, aber ich würde einen ruhigeren Feierabend haben, wenn ich Gewissheit hätte, dass Sie den heutigen Nachmittag in Sicherheit verbringen würden. Es wird noch so früh dunkel. Darf ich Sie mit dem Auto irgendwo absetzen? Ich mache mir noch etwas Sorgen wegen des letzten... Vorfalls." Er schaute betreten zu Boden und ein warmes Gefühl stieg in mir auf.

„Danke, ich hatte nur vor, im Ort ein bisschen durch die Läden zu bummeln. Sie müssen sich keine Sorgen machen." Gerührt ging ich nach draußen. Wahrscheinlich sollte ich genervt sein von all der Fürsorge aber meine

138

Eltern hatten immer eher einen Erziehungsstil vertreten, bei dem sie mich förmlich in Jugendgruppen, Discos und Partys hineinzudrängen versuchten. Besonders meine Mutter wurde nicht müde zu erwähnen, was sie in meinem Alter bereits alles angestellt hatte. Besorgnis oder Ausgehverbot wie bei anderen Müttern von Mädchen meines Alters hatte es bei uns nie gegeben. Dennoch hatte ich meiner Mutter auch nie Anlass zur Sorge gegeben, denn ich hatte die Abende meist schreibend vor meinem Laptop oder vor einem dicken Buch verbracht. Einer plötzlichen Eingebung folgend nahm ich mein Handy aus der Tasche und wählte Laurens Nummer. Es war das erste Mal, dass ich sie anrief und ich war mir nicht ganz sicher, was sie davon halten würde.

„Hallo?"

„Hi Lauren, ich bin's, Nell. Ich bin auf dem Weg in die Innenstadt und wollte dich fragen, ob wir uns vielleicht dort treffen wollen." Meine Stimme klang merkwürdig zaghaft. Dies war seit meiner Kindergartenzeit tatsächlich meine erste Verabredung mit einer Freundin. Mein Umzug auf Zeit schien gewisse Dinge tatsächlich zu verändern. Vor meinem inneren Auge sah ich meine Mutter mir auf meine imaginäre Schulter klopfen.

Wir verabredeten uns an der Eisdiele, nahmen dort jeder eine Waffel mit zwei Kugeln in die Hand und zogen los. Es war herrlich unkompliziert mit Lauren. Obwohl wir beide eher ruhige Typen waren, konnten wir ungezwungen miteinander reden und wenn wir eine Zeit lang still waren, war es nicht unangenehm. Sie war diese Art von Mensch, zu der man sofort einen Draht hatte. Wir bummelten an den Geschäften in der Einkaufszeile entlang, die ihre Waren an bunten Ständern vor den Geschäften präsentierten.

„Weißt du schon, ob du Logans Einladung heute Abend annehmen wirst?" Lauren sah kritisch einen blauen Seidenschal an und befühlte ihn mit den Fingern.

„Ja, ich glaub, ich bin einfach zu neugierig zum Absagen. Außerdem weiß dank Lucy nun eh die halbe Schule von unserer Verabredung. Ich kann mir die verächtlichen Blicke echt sparen, wenn herumerzählt werden würde, ich hätte kalte Füße bekommen." Ich nahm nun meinerseits einen Seidenschal von dem Ständer.

Lauren hatte den ihren kunstvoll um den Hals geschlungen und fächerte gerade ihre langen kastanienbraunen Haare darüber. Sie machte jedoch kein zufriedenes Gesicht und wickelte den Schal wieder ab. „Weißt du", murmelte sie gedehnt, den Blick auf dem Seidenschal, „ich glaube, Logan ist wirklich okay. Ich hatte am Anfang meine Zweifel, ob jemand, der so unwahrscheinlich gut aussieht überhaupt nett sein kann. Ich dachte, wenn jemand so aussieht müsste er ganz einfach eingebildet und hochnäsig sein. Aber ich habe mich wohl getäuscht. Logan war immer freundlich und hilfsbereit zu uns und letztens hat er sogar zwei Stunden lang Annie und mir bei den Hausaufgaben geholfen. Ich glaube, ich hatte wirklich Vorurteile gegen ihn." Lauren sah mich nun an und schien ziemlich zerknirscht. „Weißt du, ich mag es nicht, wenn jemand andere Menschen wegen ihres Aussehens diskriminiert. Und nun habe ich es selbst getan."

Lauren hatte ausgesprochen, was auch mir im Kopf herumgegangen war.

„Ich denke, das ist mir am Anfang ziemlich ähnlich gegangen. Heute Abend hat er die Chance zu beweisen, ob er ein Macho ist oder nicht." Ich kicherte und das schien Lauren aufzuheitern. „Ich glaube, dieser Schal wäre perfekt," meinte ich und hielt ihr einen grün gemusterten Schal mit eingewebten Goldfäden hin, der das Braun ihrer Augen wunderbar unterstreichen würde. Ein Date mit einem Jungen, Frauengespräche und nun auch noch modische Beratung – mein vergangenes Ich würde wahrscheinlich stirnrunzelnd und die Hände in die Hüfte stemmend die Welt nicht mehr verstehen.

KAPITEL 20
BERGKRISTALL UND
DACHBODENGEHEIMNISSE

„So, nun ist es perfekt! Nicht zu viel und nicht zu wenig", Tante Maggy schloss gerade den Verschluss einer dünnen silbernen Kette mit Bergkristall - Anhänger in meinem Nacken. Ich war überrascht gewesen, als sie an meine Zimmertür geklopft hatte, wie immer wunderschön in ihrem femininen, apricotfarbenen Hosenanzug und dem breiten Schal, den sie sich um die Schultern gelegt hatte. Sie und Granny gingen regelmäßig ins Theater und als sie mich nach meinem Einkaufsbummel gefragt hatten, ob ich sie begleiten wollte, hatte ich kurzerhand von meiner Verabredung mit Logan erzählt. Es schien mir nicht fair, es zu verheimlichen. Grandma hatte sich sichtlich gefreut, dass ich Kontakt zu meinen Mitschülern gefunden hatte, war aber auch erleichtert, dass die Verabredung im Hotel standfand und ich nicht in der Dunkelheit allein quer durch die Stadt fahren würde. Maggy war wie so oft in den letzten Tagen seltsam ruhig gewesen. Umso mehr hatte ich mich über ihren Besuch in meinem Zimmer gewundert. „Danke, Tante Maggy, die Kette ist zauberhaft. Ich leihe sie mir heute Abend gern aus." Ich wurde rot. Gemeinsame Vorbereitungen auf ein Date mit meiner Großtante hatten schon etwas Peinliches und gehörten, wie es schien, nicht zu meinen Stärken. Meiner sonst wortgewandten und selbstsicheren Großtante schien es merkwürdiger Weise nicht anders zu gehen. Mich überkam das Gefühl, dass die Kette nicht der einzige Grund für ihren unerwarteten Besuch war. Und mit dieser Vermutung schien ich richtig zu liegen.

„Nell, ich wollte dir noch etwas sagen." Sie sah mich direkt an. Offenbar musste ich ziemlich erschrocken aussehen, denn sie stockte und fing dann etwas nervös an zu kichern. „Keine Sorge, dich erwartet jetzt kein Aufklärungsgespräch von einer viel zu alten Verwandten. Es geht um etwas Anderes und das wird sich für dich ziemlich mysteriös anhören. Als ich etwa in deinem Alter war kannte ich einen Jungen, er sah deinem Bekannten aus dem Hotel verblüffend ähnlich. Sehr ähnlich." Sie hielt kurz inne, doch bevor ich mich wundern konnte, woher

142

sie wusste, wie Logan aussah, fuhr sie gedankenverloren an ihrem Schal zupfend fort: „Ich war damals ziemlich verliebt. Der Junge war anders als andere. Er hieß Eric. Er war unwahrscheinlich gutaussehend, charmant und… Wie soll ich es beschreiben? Er war einfach etwas Besonderes, schien Dinge zu können, die anderen verwehrt bleiben und... Eines Tages rettete er mir sogar das Leben. Aber am nächsten Tag war er verschwunden. Ich habe ihn nie wiedergesehen." Tante Maggy sah verträumt durch das große Fenster in den Garten hinaus, wo die untergehende Sonne den Himmel rot gefärbt hatte.

„Das tut mir sehr leid." Ich wusste nicht recht, was ich sagen sollte, die Erinnerung schien sie sichtbar zu schmerzen.

„Das muss es natürlich nicht." Maggy lächelte nun wieder, doch das Lächeln schien ihre Augen nicht zu erreichen. Wie sie so vor mir stand, mit traurigem Blick und hängenden Schultern, die eingeübte aristokratische Haltung abgelegt, wirkte sie ungewohnt zerbrechlich und man sah ihr an, dass sie eigentlich schon eine alte Frau war. „Ich möchte dich nur vor meinen eigenen Fehlern bewahren. Bitte verliere nicht dein Herz an einen Jungen, der dich von einem Tag auf den nächsten verlassen kann, weggeht aus der Stadt und du weißt nichts von ihm, nicht einmal seinen vollen Namen." Sie machte eine Pause und sammelte sich. Als sie weitersprach war sie gefasster: „Ich sage dir das nicht, weil ich dich zu Hause einsperren möchte oder dir deinen Spaß und deine Jugend nicht gönne. Ich mag alt und langsam senil werden, aber die Ähnlichkeit ist verblüffend. Wirklich verblüffend."

Ich versuchte, meine Großtante möglichst aufmunternd anzulächeln, dabei hatte ihre Warnung mich tiefer berührt als ich hätte zugeben wollen. „Ich verspreche dir, dass ich auf mich aufpassen werde. Logan ist nett und freundlich, aber er ist sehr beliebt in der Schule und er könnte jedes Mädchen ausführen. Ich bin mir sicher, dass er kein ernstes Interesse an mir hat. Es kam zu der Verabredung heute, weil…" Ja, warum eigentlich? „Weil er mir Antworten auf ein paar Fragen schuldet."

Tante Maggy straffe die Schultern und drückte mir einen Kuss auf die Stirn. „Lass dich einfach nicht zu leicht beeindrucken. Ich hab` dich lieb." Und mit einem letzten zufriedenen Blick auf mein Spiegelbild und einer kurzen Verabschiedung ging sie durch die Tür, wieder ganz die uneinnehmbare, unerschütterliche Frau, als hätte es die Geständnisse der letzten halben Stunde nie gegeben. Ich sah ihr nach. Vielleicht war Tante Maggy gar nicht so beherrscht und kontrolliert wie es immer schien, vielleicht hatte sie sich in ihrem Leben in einer strengen Adelsfamilie einfach eine Maske angelegt, um ihre Gefühle zu verbergen.

Ich schaute auf die Uhr. Noch fünf Minuten. Himmel, war ich aufgeregt. Ein spontanes Essen in einem Hotelrestaurant war das Eine – aber eine Verabredung allein in einem Hotelzimmer… das war etwas ganz Anderes.

Diesmal kam ich bis zur Haustür, ohne jemandem zu begegnen. Auf dem kurzen Weg über unsere Auffahrt bis zum Hotel hörte ich Musik. In der Hotelbar schien heute eine Liveband zu spielen. Die Türen waren offen und zwischen den zusammengeklappten Sonnenschirmen der Terrasse standen Grüppchen von Menschen, einige in Gespräche vertieft, viele lachend und sich zuprostend. Komisch, in London fingen die Partys um diese Uhrzeit noch nicht einmal an. Wer etwas auf sich hielt, tauchte kaum vor Mitternacht in den angesagten Clubs auf. Jedenfalls hatte ich das den prahlenden Gesprächen meiner Mitschüler entnehmen können. Ich vermutete aber, dass die Jugend sich auch hier im Ort noch etwas Zeit lassen würde und die Bars erobern würde, wenn die ältere Generation schon fast wieder auf dem Weg nach Hause war. Ich nahm die Abkürzung über die Terrasse und schlängelte mich durch die Grüppchen. Eine völlig überstylte und augenscheinlich schon leicht alkoholisierte Frau in den Fünfzigern stolperte mir in den Weg, so dass ich ausweichen musste, um nicht mit ihr zusammenzustoßen. Sie ließ eine übertriebene Schimpftirade auf mich los ehe sie ungelenk weitertorkelte. Ich überlegte kurz, ob Logans Weg über den Balkon und die Gartenmauer nicht vielleicht sogar die angenehmere Variante gewesen wäre. Nur leider würde ich fünf Jahre auf einer Artistenschule benötigen, um auch nur vom Balkon im ersten Stock herunterklettern zu können. Grimmig drängelte ich mich weiter und beschloss, beim nächsten Mal den Umweg über den Kiesweg in Kauf zu nehmen. Ich kam unbeschadet an der Bar vorbei und der Hotelhaupteingang war erfreulich leer und nur an der Rezeption, deren mächtiger, aus massiven Holzplanken gefertigter Empfangstresen indirekt angeleuchtet wurde, stand eine einzelne Frau und schaute auf einen Bildschirm. Ich war seit dem Umbau zur Hotelanlage nicht mehr in diesem Flügel des Hauses gewesen und war erstaunt, wie viel hier verändert worden war. Sogar die alte Steintreppe war einer neuen Holztreppe, die perfekt zu dem großen Tresen passte, gewichen. Alles wirkte großzügig und offen, aber gemütlich. Als die Frau am Tresen aufschaute und mich fragte, ob sie helfen könnte, wurde mir plötzlich bewusst, dass ich Logans Nachnamen nicht kannte. Deshalb konnte ich nur sagen, dass ich jemanden besuchen wollte. Ich wollte schon mein Handy zücken, um Logan zu schreiben, dass er mich bei der Rezeption abholen müsste, da meinte die Frau freundlich: „Herzlich Willkommen, Mr. Blake erwartet Sie. Zimmer 109 finden Sie im ersten Stock. Gehen Sie die Treppe hinauf und halten Sie sich rechts."

„Vielen Dank!" Eigentlich sollte ich mich nicht wundern. Gäste mussten im Hotelbetrieb angemeldet werden. Das Ziehen im Magen, das sich schon beim Betreten des Gebäudes bemerkbar gemacht hatte verstärkte sich, als ich den ersten Stock erreicht hatte und ich hätte die Nummern auf den Türschildern nicht benötigt um das richtige Zimmer, das letzte im Gang, zu finden. Merkwürdig... und ziemlich unheimlich. Das sollte es zumindest sein. Aber wenn ich ehrlich zu mir selbst war, genoss ich das mittlerweile vertraute und angenehme Gefühl. Es würde mir fehlen, wenn Logan aus dem Hotel ausgezogen war. Ich erhoffte mir von diesem Abend eine Erklärung für dieses Phänomen. Und für vieles andere ebenso. Bevor ich klopfen konnte öffnete Logan die Tür. „Hi! Komm doch rein!"

„Hi! Danke!"

Logan grinste und lehnte sich lässig gegen den Türrahmen um mich vorbei zu lassen. Mein Blick fiel in das Zimmer. Es war geräumig und hatte große Fenster. Links von mir führte eine Tür in einen kleinen Flur und vermutlich in das Badezimmer. Man sah sofort, dass Logan nicht wie die meisten Hotelgäste nur ein paar Tage blieb. Es standen keine halb ausgeräumten Koffer auf dem Fußboden. Ein kleiner Tisch unter einem der Fenster war als Schreibtisch eingerichtet. Eine Gitarre stand an das große Bett gelehnt und in ein kleines Regal neben dem Bett waren haufenweise Bücher gestapelt.

„Du liest gern?", fragte ich freudig überrascht. Die meisten Jungs, die ich aus London kannte, interessierten sich für Videospiele und Actionfilme. Bücher waren ihnen oft zu anstrengend.

„Ja, aber besonders die alten Klassiker. Schau dich ruhig um!"

Neugierig ging ich durch den Raum. Hemmingway, Tolstoi, Melville… - Die kleine Auswahl hielt tatsächlich die größten Autoren der Weltliteratur bereit.

„Hast du Hunger?" Logan lehnte immer noch neben der verschlossenen Tür, „Ich habe uns einen Tisch im Restaurant reserviert – für alle Fälle! Es gibt einen Extraraum nur für Essensgäste, wo die Livemusik nur noch leise zu hören ist."

„Ja, ehrlich gesagt, verhungere ich fast!" Ich war dankbar für dieses Angebot. Nicht nur, weil mein knurrender

Magen ansonsten sämtliche Gespräche übertönt hätte, sondern auch, weil ich mit Eintritt in dieses Zimmer eine starke Befangenheit gespürt hatte. In diesen Bereichen des Lebens hatte ich absolut keine Erfahrung und ich wusste einfach nicht, wie ich mich verhalten sollte. Ein gut besuchtes Restaurant mit Musikuntermalung würde meine Stimmung sicherlich auflockern.

Doch ich hatte mir unnötig Sorgen gemacht. Es war leicht, sich mit Logan zu unterhalten. Schon auf dem Weg nach unten fragte er mich über das Herrenhaus aus und wie der Hotelflügel vor seinem Umbau ausgesehen hatte. Er war ein geduldiger Zuhörer und hatte viele Fragen, auch über meine Kindheit hier im Haus und in unserer Wohnung in London. Kaum hatte ich eine Frage beantwortet kam auch schon die nächste. So kam es, dass ich kaum mitbekam, wie Logan mich in einen Nachbarraum des Lokals führte, wo außer uns nur noch zwei weitere Tische besetzt waren und wie wir zwei Cola, Ofenfeta und Salat für mich und Medaillons mit Buttergemüse für Logan bestellten. Bis der Kellner das Essen brachte, hatte ich mehr geredet als in den letzten zwei Wochen zusammen. Logan wollte gerade mit der nächsten Frage losschießen als ich lachen musste und ihn stoppte: „Moment, hattest du nicht eigentlich gesagt, dass wir uns heute treffen, weil DU mir einige Fragen beantwortet wolltest?"

Logan grinste zurück. „Ja, das werde ich. Das habe ich dir versprochen. Aber ich habe dich nicht ohne Grund in mein Zimmer eingeladen. Diese Dinge möchte ich mit dir nicht in einem öffentlichen Raum besprechen. Das

148

wäre… Ich sage mal, es wäre nicht angebracht. Also, hab etwas Geduld. Und bevor ich nachher von mir erzählen werde, möchte ich etwas von dir erfahren. Das ist nur fair." Er grinste unschuldig. Er schaffte es wirklich, mich noch neugieriger zu machen. Doch schon kam die nächste Frage. Ich erzählte davon, wie ich als Kind mit meinen Eltern in allen Sommerferien und über Weihnachten nach Backingshire Manor gekommen war, wie ich mit meinem Großvater auf dem vollgestellten, großen Dachboden nach Geheimnissen gesucht hatte, wie ich auf der Bank unter der großen Linde im Garten meine erste eigene Geschichte geschrieben hatte, wie ich das Kinderzimmer meines Vaters durchstöbert hatte und wie groß der Weihnachtsbaum im Salon gewesen war, der jetzt im Hotelflügel lag. Während ich erzählte erfüllte die Liebe für dieses Haus meinen ganzen Körper. Mein Zuhause war nie die kleine Wohnung in London gewesen. Heimat ist nicht der Ort, wo man viel Zeit verbringt, Heimat ist dort, wo man selbst Spuren hinterlässt, seien es Kratzer im Parkett eines Hauses, gepflanzte Bäume oder Kontakte zu Menschen vor Ort. Ebenso hinterlässt die Heimat dann auch Spuren in uns, durch Erfahrungen und Erinnerungen. All dies verband ich nicht mit London.

Logan hatte aufmerksam zugehört und mich nicht ein einziges Mal unterbrochen. Er hatte seinen Teller mit Medaillons aufgegessen und obendrein noch die Reste des Fetas, die ich pappsatt von mir geschoben hatte. Ich atmete tief ein. Es war ein ungewohntes Gefühl, so viel geredet zu haben. Ich war es gewohnt, die Zuhörerin zu sein, aber es tat unerwartet gut. Ich lächelte. „Bei all den Geschichten musst du mir gleich mindestens einen dreistündigen Monolog bieten."

Logan lächelte zurück. „Danke! Es war sehr schön, dir zuzuhören. Ich könnte es noch stundenlang tun. Und sobald sich die Gelegenheit bietet werde ich das auch wieder tun. Möchtest du ein Dessert?"

„Nein, danke! Ich kann bestimmt drei Tage lang nichts mehr essen. Aber lass dich davon nicht abhalten, selbst etwas zu bestellen."

„Nein, danke. Ich habe noch Eis oben auf dem Zimmer." Er strahlte mich an. Seine Augen leuchteten von innen heraus und ich wurde mir bewusst, dass ich mich in diesen Jungen verliebt hatte. Ich hatte es mir nicht eingestehen wollen, aber ich wurde nervös, wenn ich an ihn dachte, ich fühlte mich in seiner Gegenwart unwahrscheinlich wohl, es fiel mir leicht, von mir zu erzählen, ich hatte dieses Ziehen im Bauch und da war noch ein anderes Gefühl, das von Tag zu Tag immer stärker geworden war, wie ein Magnet, der mich immer und immer wieder in seine Nähe zog, eine unbekannte Sehnsucht. Doch ich wusste, dass es dumm war. Die Warnung von Großtante Maggy klang mir im Kopf. Aber es war zu spät. Logan würde früher oder später aus diesem Hotel ausziehen und wer wusste, ob ich ihn je wiedersehen würde.

Als hätte Logan meine Traurigkeit gespürt, griff er langsam über den Tisch und berührte mit den Fingerspitzen meine Hand. Wärme schoss in meine Finger, doch die Berührung war schon vorüber und Logan zog seine

150

Hand zurück und ließ sie unter dem Tisch verschwinden. Ich beschloss, mir diesen Abend nicht von bedrückter Stimmung verderben zu lassen. Außerdem brannte ich vor Neugier, endlich Antworten auf meine Fragen zu bekommen. Wo kam Logan her? Warum hielt er einerseits so großen Abstand zu mir und wollte mich andererseits allein treffen? Warum hatte er mich bei meiner ersten Begegnung so hasserfüllt angesehen? Und schließlich: Warum war er so anders? Warum konnte ich spüren, wenn er in meiner Nähe war? Warum konnte er gegen ein übernatürlich starkes Riesenwesen kämpfen und es besiegen? Warum wusste er, dass Menschen hinter ihm standen, ohne sie zu sehen? Die letzten Fragen würde ich jedoch erst einmal für mich behalten, sonst hielt Logan mich noch für völlig übergeschnappt. Ich holte tief Luft: „Also, gehen wir nun nach oben und du erzählst mir deine Lebensgeschichte und peinliche Kindheitsmomente so wie ich?"

Logan blickte zu Boden. Das Strahlen war aus seinen Augen verschwunden. „Ich wünschte, ich könnte dir so schöne Geschichten erzählen wie du mir." Er stockte. „Nell, ich möchte, dass du einige wichtige Dinge von mir weißt. Ich werde bei allem ehrlich zu dir sein, aber es wird dir nicht gefallen, was du hörst. Dennoch möchte ich, dass du ein paar Dinge verstehen kannst. Das ist wichtig für mich. Und für dich!" Das letzte hatte er sehr leise gesagt, als hätte er nicht gewollt, dass ich es überhaupt höre.

„Gehen wir hoch", sagte ich lächelnd und stand auf, „so leicht kommst du mir nicht davon!"

KAPITEL 21

LOGANS GESCHICHTE

Ich saß gegen die Wand gelehnt auf dem großen Hotel-
bett mit einem Becher Minze-Schokochips-Eis auf dem
Schoß. Logan saß mir gegenüber am Fußende. Er hatte
seinen Pullover ausgezogen und trug jetzt nur noch aus-
gewaschene Jeans und ein enganliegendes graues T-
Shirt, dass seinen durchtrainierten Oberkörper perfekt
betonte. Ich musste mich stark zusammenreißen, um an
meine Fragen zu denken und nicht wie ein hormonge-
steuertes Teenie- Mädchen nervös auf dem Bett auf und
ab zu hüpfen. Als Logan einen großen Löffel mit Cheese-
cake-Eis in den Mund schob, nahm ich meinen Mut zusammen. „Also, du wolltest mir ein paar Dinge erzählen.
Gibt es da bestimmte oder soll ich einfach ein paar Fragen stellen?" Ich schaute ihn auffordernd an.
Er stellte den Eisbecher zur Seite und fuhr sich mit den
Fingern durch die Haare. „Das alles fällt mir nicht leicht,
weißt du? Es ist kompliziert und … Naja, ich habe Angst
vor deiner Reaktion." Er lächelte schief und schaute mich
prüfend an, wie um meine Reaktion einzuschätzen. „Ich
habe noch nie mit jemand Außenstehendem darüber gesprochen. Aber mit dir ist es etwas Anderes. Du bist leider auch davon betroffen. Auch wenn ich es nicht wahr-
haben möchte. Und Vincent meinte, es wäre höchste Zeit,
dass ich mal ein bisschen aus meinem Leben plaudere."
Logan rollte mit den Augen. Dann schnappte er sich ein

Kissen, legte es sich auf die Beine und stütze die Ellenbogen darauf. „Ok, bevor ich anfange möchte ich dich bitten, mir die Chance zu geben, dir alles bis zum Ende zu erklären. Wenn du danach nie wieder etwas mit mir zu tun haben möchtest, dann werde ich dies verstehen und respektieren. Und dann werde ich dich nie wieder belästigen. Aber bitte geh nicht schon mittendrin einfach weg."

Mir wurde mulmig im Bauch. Was um Himmels Willen erwartete mich hier? Doch ich nickte. Wenn hier unangenehme Dinge auf den Tisch kamen, dann wollte ich zumindest die ganze Wahrheit hören, vom Anfang bis zum Ende.

Logan schien etwas beruhigt. „Ok, dafür bin ich dir sehr dankbar." Er seufzte und sammelte sich kurz. „Nell, als du hier nach Wickershan gekommen bist sind einige Dinge ins Rollen geraten, die nun nicht mehr aufzuhalten sind. Aber damit du das alles verstehen kannst, muss ich ganz von vorne anfangen." Er rückte sich noch einmal zurecht und seufzte. Ich saß bewegungslos auf meinem Platz, als würde jede Bewegung meinerseits ihn von seinem Vorhaben abhalten, mir endlich alles zu erzählen. „Ich habe schon als kleines Kind gemerkt, dass ich irgendwie anders bin. Ich konnte früher laufen als andere, konnte lesen und schreiben lange bevor ich in die Schule kam und konnte einfach Dinge, die andere nicht konnten. Es ist ein wenig schwer zu beschreiben, da ich es selbst als Kind natürlich nicht so einschätzen konnte. Aber es war schon damals für mich offensichtlich. Meine Mutter fand das zuerst großartig. Ich war die kleine

Vorzeigepuppe in ihrem perfekten Millionärsgattinenleben. Der kleine hochintelligente Junge, den sie in der neureichen Nachbarschaft herumreichen und Klavierkonzerte spielen lassen konnte, der Klassen in der Schule übersprang und Sportpokale nach Hause brachte. Sie hat mit mir angegeben wie mit einem Schmuckstück, mich herumgereicht und bei jeder sich bietenden Gelegenheit vorgeführt. Schon als kleiner Junge habe ich mich dabei nicht wohl gefühlt. Später habe ich es gehasst. Ich habe die neidvollen Blicke der anderen Mütter gespürt, die Missgunst der anderen Kinder und vor allem habe ich gespürt dass das Interesse meiner Mutter nicht mir galt, sondern nur der Aufmerksamkeit der anderen Menschen auf ihre eigene Person. Doch irgendwann hat sich das Blatt gedreht. Als die Lehrer vor unserem Anwesen standen, weil sie meinten, ich würde bei den Arbeiten in der Schule betrügen, da meine Leistungen unglaubwürdig wurden, als ich von Sportveranstaltungen disqualifiziert wurde, weil ich besser war als Erwachsene und als die ach so wichtigen Nachbarn anfingen unangenehme Fragen zu stellen, da wurde ich meiner Mutter unangenehm. Plötzlich passte ich nicht mehr in das Bild, das sie von sich und unserer Familie zeichnen wollte. Meine Existenz hinterließ langsam aber sicher Flecken auf der schneeweißen Weste ihres Lebens und verminderte die Chancen Ehemann Nummer vier zu ehelichen. Und der war der reichste ihrer bisherigen. Meine Fähigkeiten taugten nicht mehr dazu, vor anderen anzugeben sondern wurden „abnormal". Und meine Mutter hasste alles Abnormale.

154

Eines Abends veranstaltete meine Mutter eine Cocktailparty. Sie schickte mich ungewöhnlich früh auf mein Zimmer, wahrscheinlich um mich vor den Gästen zu verstecken und weiteren Fragen oder unerklärbaren Situationen aus dem Weg zu gehen. Ich saß allein in meinem Zimmer und wusste nicht, was ich mit dem Abend anfangen sollte. Die Musik und das Lachen von unten wurden von Stunde zu Stunde lauter. Ich konnte nicht einschlafen, wälzte mich hin und her, und schließlich bin ich aufgestanden. Ich wollte mich einfach oben an den Treppenabsatz hocken und ein bisschen zusehen, bis mir die Augen zugefallen wären. Das elektrische Licht im Obergeschoss war bereits gelöscht worden und so war ich mir sicher, dass ich im Schatten des Geländers gar nicht auffallen würde. So war es auch und ich habe die Feier von oben durch die geöffnete Salontür verfolgen können. Ich konnte nicht jedes Gespräch verstehen aber bei einer Frage wurde ich hellhörig. Einer der Nachbarn, ein pensionierter Notar mit einer ziemlichen Plauze, hat meine Mutter nach mir gefragt. Als meine Mutter geantwortet hat, hörte ich das erste Mal seit langer Zeit wieder Stolz in ihrer Stimme. Sie schwärmte, dass ich sehr bald auf ein Internat für hochbegabte Kinder gehen würde, dass meine Talente dort besonders gefördert werden könnten und wie schwer es gewesen wäre an dieser Eliteschule einen Platz zu bekommen. Sie sprach in den schönsten Tönen von mir und von dem Internat und ich war zum ersten Mal seit langer Zeit wieder glücklich. Endlich konnte ich meine Mutter wieder stolz machen.

Am nächsten Morgen wachte ich neben dem Treppenabsatz auf. Ich war tatsächlich dort eingeschlafen und niemand hatte mich in mein Bett gebracht. Als meine Mutter aufwachte war sie wortkarg und schlecht gelaunt. Ich war mir sicher, dass sich das bald wieder bessern würde. Nach langen Feiern war meine Mutter oft einen ganzen Tag nicht ansprechbar gewesen. Nach einem späten Frühstück setzte sie sich eine Sonnenbrille auf und fuhr mit mir in unserem Automobil davon. Ich war aufgeregt und voller Vorfreude auf das Internat, das ja wahrscheinlich eine Überraschung für mich werden sollte, sonst hätte sie mir ja schon davon erzählt. Und ich war überglücklich, dass ich meine Mutter nun endlich stolz machen konnte. Sie brachte mich zu einem Haus, wo sie mich einer Frau übergab und mir versicherte, dass ich nun an einem besseren Ort sei und meine Talente dort gefördert werden könnten." Logan verzog spöttisch die Mundwinkel. Und ich saß wie versteinert da. „Wie sich herausstellte, war ich statt in dem Internat in einem Kinderheim für schwer erziehbare Jugendliche gelandet. Ich ging dort durch die Hölle. Solche Internate waren in den 30ern wahre Drilllager."

Ich krallte meine Hände in die Bettlaken. In den 30ern? Dann war Logan etwa 100 Jahre alt. Ich brachte keinen Ton heraus und mir wurde schwindelig.

Logan fuhr fort: „Doch das ist jetzt nicht so wichtig. Nach einem halben Jahr bin ich dort ausgebrochen und bin nach Hause zurückgelaufen, fest davon überzeugt, dass meine Mutter sich geirrt hatte und mich aufnehmen und trösten würde, wenn sie hörte, wie es mir ergangen war.

Doch als ich vor ihrer Tür stand und sie mich sah, war sie unglaublich wütend. Sie tobte, stieß mich die Treppe herunter und schrie, ich sollte nie wieder einen Fuß auf ihr Grundstück setzen."

Mir stockte der Atem. „Oh mein Gott", flüsterte ich, „Wie konnte sie das nur tun?" Vor meinen inneren Augen hatte ich die ganze Geschichte mitangesehen und das Bild des kleinen verlorenen Jungen in meinem Kopf brach mir das Herz. Ich stellte das Eis, dass ich schon fast vergessen hatte auf den Nachttisch, krabbelte zu Logan und nahm seine Hand in meine. Er drückte sie. „Es ist ok. Ich bin darüber hinweg und es ist lange her. Sehr lange. Meine Mutter ist längst tot und ich habe ihr verziehen, was sie getan hat. Sie hat es in ihrem Leben auch nicht immer leicht gehabt. Ich erzähle es nur, weil ich dadurch gelernt habe, zu verstecken, was ich kann und was ich bin. Ich habe jahrelang auf der Straße gelebt und habe niemandem gezeigt, was ich konnte und dass ich anders war. Ich habe geglaubt, dass ich etwas Schlechtes an mir hatte. Ich hielt mich versteckt und setzte meine Talente wie ich es damals nannte nur ein, wenn ich in Notsituationen war. Leider geriet ich immer häufiger in diese Situationen und ich war kurz davor in ernste Schwierigkeiten zu geraten, als ich jemanden traf, der so war wie ich."

Logan streichelte mit seinem Daumen über meine Fingerknöchel. Die sanfte Berührung hinterließ ein warmes, elektrisierendes Gefühl auf meiner Haut. „Ich erkannte ihn sofort. Ich spürte einfach, dass er war wie ich. Er wurde mein Mentor und nahm mich mit aufs Land in einen alten, abgelegenen Hof. Dort wohnte er mit zwei jungen Männern, die waren wie ich. So lernte ich Kendrit und Grayson kennen. Sie nahmen mich auf wie eine Familie. Sie lehrten mich, mich zu akzeptieren wie ich bin und zum ersten Mal seit meiner Kindheit hatte ich die Möglichkeit, auszuprobieren, was ich wirklich konnte. Aber da liegt der springende Punkt. Nell, ich musste einsehen, dass ich nicht wie andere Menschen bin. Ich habe Fähigkeiten, die die anderer Menschen übersteigen. Keiner von uns wusste genau, warum wir anders waren. Vincent vermutet, dass wir einen Gendefekt haben. Er nennt uns die Schatten, weil wir wie ein Abdruck normaler Menschen sind und versteckt unter ihnen leben."

Mir schwirrte der Kopf. Doch ich wollte nicht, dass Logan aufhörte zu erzählen. Deshalb versuchte ich möglichst gefasst zu klingen: „Dann hat Vincent dieselben Fähigkeiten wie du?"

Logan ließ meine Hand los und setzte sich an das Kopfende des Bettes. Ich schob mich rückwärts und setzte mich neben ihn. Meine Hand fühlte sich ohne seine kalt und leer an, deshalb schob ich sie wieder in seine.

„Vincent ist wie ich. Wir sind zusammen, seit er zu uns auf diesen Hof kam. Ein weiterer Schatten, Jared, hat uns gefunden und einer, unser Anführer, der Mann, der mich damals rettete, ist vor einigen Jahren gestorben. Außerdem ist noch eine Frau dazu gekommen. Nun sind wir zu sechst. Fünf Männer und eine Frau. Aber entschuldige, ich sollte auf den Punkt kommen." Logan ließ meine Hand los und lehnte sich nach vorn. Ich hatte ungefähr tausend Fragen, aber ich hatte Sorge, dass ich ihn in seinem Redefluss unterbrechen könnte und ich war froh, endlich Antworten zu bekommen. Logan schaute auf einen willkürlichen Punkt an der gegenüberliegenden Wand. „Nun kommst du ins Spiel. Und wegen dem, was ich dir jetzt sagen muss, hatte ich Angst mit dir zu sprechen. Im Laufe der Jahre hat sich herausgestellt, dass wir Schatten nicht nur körperlich und geistig anders sind als Menschen. Wir sind auch anders, wenn es um Gefühle geht. Wir verlieben uns nicht wie andere. Es scheint, als wären wir von Geburt an an eine einzige Frau gebunden. Egal, ob sie schon geboren wurde oder erst Jahre später geboren wird. Deshalb bleiben die meisten von uns allein. Aber wenn wir diese Frau treffen, dann wissen wir es sofort. Das alles hat aber einen Haken… Wenn wir die Eine treffen, dann verändern wir uns. Und… Wir verändern die Frau." Logan drehte sich zu mir und ich merkte, dass ich die Luft angehalten hatte. Er schaute mich eindringlich an. „Nell, die Frau, an die ich gebunden wurde, bist du!"

KAPITEL 22
FLATTERN IM BAUCH

Ich hatte das Gefühl, mein Herz hätte sekundenlang ausgesetzt und wäre dann stolpernd wieder in Gang gekommen, um in einer anderen Tonart weiterzuschlagen als bisher. Was hatte Logan damit gemeint, er wäre an mich gebunden? Er sah mich unvermindert eindringlich an mit seinen stechenden Augen. „Nell, das ist jetzt alles wirklich viel für dich, das verstehe ich. Es ist aber wichtig, dass du verstehst, dass wir uns durch diese Verbindung verändern. Alle beide. Deshalb habe ich versucht, Abstand zu dir zu halten. Ich möchte dich nicht verändern und dich nicht in mein abnormales Leben hineinziehen. Ich hatte gehofft, dich so aus allem heraushalten zu können. Aber das ist nicht so einfach. Zum einen widerspricht es all meinen Instinkten, meiner ganzen Natur... Und zum anderen ... bist du in Gefahr. Diese Veränderung... sie würde mich stärker machen, alle Fähigkeiten, die ich habe, verdoppeln..."

„Stopp", unterbrach ich ihn. „Ich habe tausend Fragen. Aber das hier verstehe ich absolut nicht. Ich versuche, deine ganze Geschichte zu glauben, auch wenn es wirklich noch nicht ganz in meinen Kopf will. Aber du sagtest, dass dich diese Veränderung, von der du sprichst, stärker machen würde. Warum möchtest du es dann verhindern indem du dich von mir fernhältst?"

Logan drehte sich zu mir und nahm nun meine beiden Hände in die seinen. „Nell, verstehst du nicht, was dieses Leben mir alles angetan hat? Ich wurde von meiner Mutter verstoßen, ich fühlte mich jahrelang als Aussätziger und kann auch heute in der Öffentlichkeit nicht zeigen, wer ich bin. Ich kann zu niemandem ehrlich sein. All das würde ich dir nie antun wollen. Ich habe es schon in eurem Garten und an der Straße gespürt aber nach unserer ersten Begegnung im Café war ich mir sicher. Ich wäre nach diesem ersten Aufeinandertreffen sofort sehr weit weggefahren und hätte nie wieder einen Fuß in diesen Ort gesetzt. Aber dann habe ich noch am selben Abend

160

gespürt, dass du in Gefahr bist. Ich musste dir helfen und seitdem versuche ich, auf dich aufzupassen bis ich sicher bin, dass du nicht mehr in Gefahr bist."

„Moment!", ich unterbrach ihn erneut, „Das heißt, dass dieser Riese auf dem Feldweg auch kein gewöhnlicher Mensch war. Er war auch ein Schatten, oder?" Plötzlich ergab alles einen Sinn. Die übernatürliche Stärke, die Größe, diese unheimlichen gelben Augen… Ich erschauderte.

„Er war einmal ein Schatten." Logan ließ meine Hände wieder los und fuhr mit den Fingerspitzen das Muster auf seiner Bettdecke nach. „Einige Schatten versuchen diese Veränderungen durch die Partnerin von denen ich dir erzählt habe zu erzwingen. Sie gieren nach dieser Verwandlung, nach Stärke und Macht. Sie suchen krampfhaft nach ihrer gebundenen Frau und wenn sie sie nicht finden, versuchen sie, die Kräfte durch andere Frauen zu bekommen. Sie benutzen sie, um sich zu verwandeln. Das funktioniert natürlich nicht wirklich, aber für kurze Zeit hat es eine ähnliche Wirkung. Aber da es gegen unsere Natur verstößt, hinterlässt es auch negative Spuren. Es verändert unser Wesen und unseren Verstand. Schatten, die Frauen, an die sie nicht gebunden sind, benutzen, um sich zu verwandeln, werden zu einem anderen Wesen. Sie werden brutal und machtsüchtig. Sie sind unberechenbar. Wir nennen sie Mutanten. Am Samstag hat dich so ein Mutant verschleppt. Und mir wird immer noch schlecht, wenn ich nur daran denke." Logan kniff den Kiefer zusammen.

Mir wurde auch schlecht. Ein übernatürliches Wesen mit mutierter Gestalt und verändertem Wesen hatte mich in seiner Gewalt gehabt?

„Nell, du musst dir keine Sorgen machen. Vincent und Grayson hatten noch am selben Abend die Verfolgung des Mutanten aufgenommen, sie haben ihn vorgestern an der schottischen Grenze aufgespürt." Logan machte eine Pause. „Er ist tot. Er war nach dem Kampf verletzt und hatte sich in einen Abwasserkanal zurückgezogen. Dort ist er gestorben."

Mir wurde eiskalt. Und die Übelkeit verstärkte sich noch. Ein unaussprechlicher Gedanke überkam mich. „Habe ich ihn mit dem Stein... Bin ich schuld an seinem Tod? Und wie hat er mich gefunden? Was wollte er von mir?" Meine Stimme wurde immer hoher und hysterischer.

Logan fasste mich an den Oberarmen. Er sah mich wieder mit seinem durchdringenden Blick an. „Nell, hör mir gut zu. Dich trifft keine Schuld! Du bist nur spazieren gegangen. Du wurdest überfallen und der Mutant hatte die Absicht, erst mich anzulocken und dann dich zu töten. Vielleicht hätte er vorher sogar noch Schlimmeres mit dir angestellt, um sicher zu sein, dass ich auch kommen würde! Er hatte es auf mich abgesehen. Er hat ein Verbrechen begangen und du warst in Lebensgefahr. Außerdem ist er nicht an einer Kopfverletzung gestorben. So ein Stein konnte ihm nicht einmal etwas anhaben. Wenn jemand Schuld hat, dann ich. Denn wegen mir hatte er dich verschleppt. Er wollte verhindern, dass ich durch dich stärker werde. Wir kämpfen gegen die wenigen Mutanten, die es gibt und wollen die Menschen vor ihnen

162

beschützen. Deshalb wollen sie verhindern, dass wir uns verwandeln."

Das Übelkeitsgefühl verschwand langsam, aber ich zitterte unkontrolliert. Mir war kalt und ich wusste nicht, wie ich mit all diesen Informationen klarkommen sollte. Ich stellte die erste Frage, die mir in den Sinn kam. „Warum warst du so wütend, als du mich das erste Mal gesehen hast? Ich habe es dir sofort angesehen und ich konnte es nicht verstehen. Wir kannten uns doch gar nicht."

Logan schüttelte langsam den Kopf. Nicht, wie um etwas abzustreiten, sondern, wie um seine Gedanken zu sortieren. „Das war nicht fair, ich weiß. Manche Schatten suchen eine Ewigkeit nach ihrer gebundenen Frau, manche finden sie nie. Es hätte der glücklichste Moment in meinem Leben sein sollen. Aber… Ehrlich gesagt hat es mir Angst gemacht. Mein Mentor hatte vor vielen Jahren seine gebundene Frau gefunden. Er wollte sie nicht verwandeln. Aus den gleichen Gründen wie ich. Er wollte sie nicht in Gefahr bringen. Deshalb hat er sie verlassen, bevor sie beide sich verwandeln konnten. Es hat ihn sein ganzes Leben lang gequält. Er hat sich nie wieder vollständig gefühlt. Es war schlimm, ihn so leiden zu sehen. Er ist daran zugrunde gegangen." Eine tiefe Traurigkeit lag in Logans Augen. Doch schnell hatte er sich wieder gefangen. „Es macht uns stark, aber es ist auch wie eine Schwachstelle, an der wir verletzbar sind."

Ich dachte nach. „Wie hast du das mit der Verwandlung bei mir gemeint?" Das Ganze machte mir zugegebenermaßen etwas Angst.

Logan lehnte sich neben mir zurück. „Bei uns Schatten ist es im Prinzip wie bei allen anderen auch. Wenn Menschen lange genug mit einem Partner zusammenleben, dann werden sie einander immer ähnlicher. Sie gewöhnen sich ähnliche Mimik und Gestik an, ihr Kleidungsstil gleicht sich einander an, mit der Zeit nehmen sie sogar einen Teil der partnerlichen Denkmuster auf. Das ist normal und von der Natur auch so vorgesehen. Es gibt sogar genügend Leute, die behaupten, dass Menschen im Laufe der Jahre sogar ihren Haustieren immer ähnlicher würden. Darüber lässt sich natürlich streiten aber ich denke, du verstehst meinen Standpunkt." Logan grinste kurz, sah mir dann aber wieder eindringlich in die Augen. „Bei uns ist es wie gesagt vom Prinzip her ähnlich. Es ist nur drastischer und es geht viel schneller. Keiner von uns kann es bisher vollkommen verstehen. Und das ist der Punkt, warum ich mir nicht erlaube, zu viel Zeit mit dir zu verbringen."

„Das heißt, ich werde ein Schatten, wenn ich zu viel Zeit mit dir verbringe?", platzte es aus mir heraus.

„Nein, bisher kennen wir nur männliche Schatten und ich habe die Verwandlung nur an einem hautnah mitbekommen, an meinem Bruder Kendrit. Seine Frau Helen ist ein Mensch geblieben, aber sie hat viele seiner Fähigkeiten angenommen."

„Aber nun haben wir schon viel Zeit zusammen verbracht. Und ich fühle mich nicht anders." Ich runzelte die Stirn. Vielleicht stimmte mit mir etwas nicht und dieses Verwandlungsdings funktionierte bei mir nicht?

Logan musste grinsen. „Sei ehrlich und überlege in Ruhe. Konntest du meine Anwesenheit nicht spüren? Hast du es nicht von vornherein gemerkt, wenn ich in deiner Nähe war? Und deine Wunden, die du bei dem Kampf davongetragen hast, sind ziemlich schnell verheilt, oder? Ich… Ehrlich gesagt habe ich dafür gesorgt, dass ich in dieser Nacht in deiner Nähe war, damit du schnell heilst. Ich habe auf deinem Balkon gesessen."

Ich war sprachlos. Ich hatte mir all das also wirklich nicht eingebildet. Ich hatte an meinem gesunden Menschenverstand gezweifelt, gedacht, meine Fantasie würde mit mir durchgehen und nun zeigte sich, dass ich nicht übergeschnappt gewesen war, sondern alles wirklich so geschehen war. „Das heißt, wenn du nicht in mein Leben getreten wärst, wäre ich ein ganz normales Mädchen geblieben? Ohne jegliche Fähigkeiten, ohne Besonderheiten und ohne ständig in Schwierigkeiten zu geraten?"

Logan schaute gequält. „Ja! Und genau deswegen und weil deine Großmutter sonst bald eine landesweite Suchaktion starten wird, bringe ich dich jetzt nach Hause." Er grinste schief, stand auf und ging Richtung Tür. Als ich ihm nicht folgte drehte er sich zu mir um und sah mich fragend an.

Ich nahm all meinen Mut zusammen. „Logan, was ist, wenn es mir egal ist. Wenn ich in Kauf nehme mich zu verändern, weil ich nicht möchte, dass du so viel Abstand zu mir hältst?"

Etwas flammte in seinen Augen auf und ein Zucken ging durch seinen Körper, so dass ich einen Moment der Meinung war, er würde zu mir zurück auf das Bett kommen.

Doch schnell war der Moment vorbei und er hatte sich wieder unter Kontrolle. „Es gibt noch viele Fragen zu klären und du weißt nicht, worauf du dich einlassen würdest. Was ich dir heute erzählt habe ist eigentlich schon zu viel zu verdauen, wir werden bald wieder die Gelegenheit haben zu reden," wich er aus, „Komm, lass uns gehen."

Widerwillig folgte ich ihm. Etwas in mir sagte mir, dass ich heute nicht mehr aus ihm herausbekommen würde. Außerdem dröhnte mir tatsächlich der Kopf von all den Informationen, die ich erst einmal „verdauen" musste, wie er es nannte.

Die Hotelterrasse war inzwischen bis auf ein einzelnes knutschendes Pärchen leer, doch durch die geschlossene Tür hörte man noch immer Musik und Stimmen. Schweigend gingen wir nebeneinander. Und schon wieder hielt Logan seinen gewöhnlichen Mindestabstand zu mir ein. Ich hing meinen Gedanken nach. Es fiel mir schwer, das alles zu deuten. Warum musste es so kompliziert sein, wenn ich das erste Mal in meinem Leben einen Jungen wirklich mochte? Was er von mir hielt oder dachte wusste ich immer noch nicht. An diesem Punkt war ich nur wenig schlauer als vorher. Vor unserer Eingangstür blieben wir stehen. Ich wollte den Abschied noch um jeden Preis herauszögern und so stellte ich wieder die erste Frage, die mir in den Sinn kam: „Was genau hast du für Fähigkeiten, die sich von denen normaler Menschen unterscheiden?"

Logan grinste. „Mit dieser Frage hatte ich schon viel früher gerechnet. Jedenfalls würden die meisten Menschen sie zuerst stellen. Aber du bist nicht wie die meisten Menschen." Er lächelte mich warm an. „Ok, ich möchte mich vor dir nicht verstellen, das fällt mir ohnehin viel zu schwer, aber ich möchte dich auch nicht verängstigen."

„Ich verspreche, nicht verängstigt zu sein", sagte ich grinsend und hob feierlich zwei Finger als Versprechen in die Luft. Dabei war ich mir damit gar nicht so sicher, aber das wollte ich mir nicht anmerken lassen.

„Ok, gut, dass ich dich im Dunkeln nach Hause bringe." Logan ging zwei große Schritte zurück ohne mich aus den Augen zu lassen, fasste mit einer Hand hinter sich unter die Stoßstange des geparkten Wagens und hob ihn auf der Vorderseite hoch, so dass die dunklen Scheinwerfer etwa in Höhe seiner Schulter waren, dann setzte er das Fahrzeug behutsam und lautlos wieder ab und kam zu mir zurück. Dabei hatte er mir die ganze Zeit in die Augen gesehen. Ich sog geräuschvoll die Luft ein.

„Ok, ja, das ist definitiv nicht normal."

Logan musterte mich aufmerksam. „Schatten sind stärker als Menschen, wir heilen schneller, es fällt uns leichter, komplexe Sachverhalte zu verstehen oder fremde Sprachen zu lernen…", er sprach langsam, als wollte er mir schlechte Nachrichten in kleinen Happen servieren, als wären sie dann leichter „verdaulich". „All sowas und noch ein paar Kleinigkeiten. Ich verspreche dir, ich werde dir alles in Ruhe erklären und zeigen aber nun… solltest du schlafen."

Wieder eine Entscheidung über das, was ich tun sollte. Aber da ich wirklich hundemüde war, nickte ich nur. „Ich glaube, es reicht wirklich für heute, aber nur, wenn du mir versprichst, mir morgen mehr zu erzählen."

Logan steckte die Hände in die Taschen, schaute zu Boden und wippte auf den Ballen hin und her. Dann blickte er von unten zu mir herauf. „Wie könnte ich dir diesen Wunsch abschlagen, nachdem du mir heute so mutig zugehört hast. Ich hätte erwartet, dass du schon nach spätestens 15 Minuten schreiend davonläufst. Dass du bei mir geblieben bist, jetzt wo du weißt, dass ich ein Freak bin, das ist mehr als ich verdiene. Danke!" Logan nahm die Hände aus den Taschen und trat einen Schritt auf mich zu. „Schlafe gut, Nell! Danke für alles, es hat mir viel bedeutet, dir all das zu erzählen." Er hob die Hand und streichelte über meine Wange. Einen Augenblick hatte ich das Gefühl, er würde mich küssen. Aber schon nach viel zu kurzer Zeit ließ er die Hand wieder sinken. Mein Herz geriet durch die sanfte Berührung mächtig ins Stocken, stolperte und setzte in einem viel zu schnellen Rhythmus wieder ein.

„Ich habe zu danken", flüsterte ich atemlos, „dafür, dass du so ehrlich zu mir warst." Ich nahm all meinen Mut zusammen und nun war ich diejenige, die über seine Wange strich.

Logan schloss die Augen und hielt den Atem an. Als ich die Hand sinken ließ, lächelte er mich an und wieder lag so viel Wärme in seinem Blick. „Danke, auch dafür! Gute Nacht!" „Gute Nacht!" Ich drehte mich Richtung Haustür, da ich wusste, dass er nicht gehen würde ehe ich im

Haus war und gab die Nummer für die nagelneue Alarmanlage ein. Kurz bevor ich die Tür hinter mir schloss blickte ich zu ihm. Er stand lächelnd im Dunkeln, die Augen wieder einmal leuchtend wie angestrahlte Saphire und ich wurde mir bewusst, wie schwer es mir fiel, mich von ihm zu trennen. Es war so weit, irgendwann hatte es ja so kommen müssen, ich war drauf und dran meinen Verstand zu verlieren und mein Leben nur noch um einen Punkt kreisen zu lassen – um diesen einen Jungen, der, wenn ich alles richtig verstanden hatte was ich heute gehört hatte, an mich gebunden war. Was auch immer das für Auswirkungen auf uns beide haben würde.

Tante Maggy und Grandma waren anscheinend noch unterwegs, da die Eingangshalle noch hell erleuchtet war. Grandma hatte sich angewöhnt, über Nacht ein kleines Nachtlicht anzuzünden, wenn sie nach Hause kam, deshalb legte ich nur einen kleinen Zettel auf die Kommode, um eine Nachricht zu hinterlassen, dass ich sicher zu Hause angekommen war und ging über das Schachbrettmuster und die Treppen hoch in mein Zimmer. Jetzt wo ich allein war, schwirrte mir der Kopf von allem, was ich gehört hatte und ich vermisste das warme Gefühl im Bauch, das mich den ganzen Abend in Logans Nähe begleitet hatte. Die Unruhe wich einer bleiernen Müdigkeit als ich nach einer kurzen Katzenwäsche im Bad endlich in meinem Bett lag. Ich versuchte noch, meine Gedanken durch Lesen etwas zu beruhigen, doch ich schlief sofort ein.

Ich träumte von dunklen Gassen und einem einsamen kleinen Jungen mit himmelblauen Augen, der von großen, irren Männern mit gelben Augen verschleppt wurde. Einer der Riesen zog eine Frau an der Hand hinter sich her, die einen gold -grünen Seidenschal trug und den Riesen ausschimpfte, dass er sich nach diesem Übergriff nie wieder auf ihrem Grundstück blicken lassen sollte. Doch diese wirren Gedanken waren es nicht, die mich weckten, vielmehr verschwanden die dunklen Bilder und es wurde hell in meinen Träumen, eine tiefe Wärme breitete sich in mir aus und ein angenehmes Ziehen war in meinem Bauch zu spüren. Durch die Schleier meines Traumes dämmerte mir, dass sich dieses vertraute Gefühl zu real anfühlte. Ich kämpfte mich durch den Schleier der Müdigkeit und wurde wach. Ja, ich war mir sicher. Logan musste in der Nähe sein. Ich setzte mich auf und schaltete mein Nachtlicht ein, kurzzeitig tatsächlich der Meinung, Logan würde mitten in meinem Zimmer stehen. Aber ich war allein. Natürlich. Dennoch wurde ich das Gefühl seiner Nähe nicht los. Ich wusste einfach, dass er hier war. „Logan?", ich flüsterte, da ich mir sicher war, dass er mich hören konnte, auch wenn er nicht im Zimmer war. Keine Antwort. Aber ich gab nicht auf: „Logan, ich weiß, dass du hier bist. Du hast mich heute erst selbst darin bestätigt, dass ich spüren kann, wenn du da bist. Also komm raus." Ich versuchte, meine Stimme sicher klingen zu lassen aber als es von außen an der Balkontür schüchtern klopfte fuhr ich doch erschrocken zusammen. Doch der Schreck wich sofort einem wohligen Glücksgefühl. Ich sprang aus dem Bett und
170

öffnete mit einem breiten Grinsen die Tür. Logan stand auf dem Balkon und sah ertappt und unglücklich auf einmal aus. „Es tut mir leid", murmelte er, „ich wollte dich nicht erschrecken und… Ich weiß, ich habe hier nichts zu suchen, ich habe nur gespürt, dass du unruhig schläfst und… Naja, deshalb bin ich hier. Es hätte eigentlich helfen sollen." Er blickte zerknirscht.

„Danke, das hat es auch. Ich habe es trotzdem gemerkt. Aber keine Sorge, ich bin nicht böse. Ich freu mich, komm rein." Das war nicht untertrieben. Ehrlich gesagt war es mir unmöglich, das Grinsen aus meinem Gesicht verschwinden zu lassen. Auch nicht als mir bewusst wurde, dass ich statt eines schicken modischen Pyjamas nur eine alte graue Jogahose und ein langärmliges ausgewaschenes T-Shirt mit einem Loch unter dem Arm trug. Wow, nicht gerade gesellschaftsfähig. Deshalb krabbelte ich schnell wieder ins Bett, lehnte mich gegen die Bettkante und zog mir die Decke bis zur Schulter.

„Bist du dir sicher?", Logan trat zaghaft ein paar Schritte ins Zimmer und zog die Balkontür hinter sich zu, „Es ist spät, du solltest schlafen!"

„Ja!", ich wurde ernst, „aber es scheint so, als würde ich wirklich ruhiger schlafen, wenn du in meiner Nähe bist." Ohne weiter nachzudenken oder weitere Fragen zu stellen, klopfte ich mit der flachen Hand neben mir auf das Bett und bedeutete ihm so, sich zu mir zu setzten. Als er sich zaghaft auf der andren Seite des Bettes auf die Decke setzte, löschte ich das Licht.

„Schlaf gut!", murmelte er und zog meine Decke noch etwas weiter nach oben. Alle Bedenken über einen Jungen in meinem Bett waren wie ausgelöscht. Mir war alles egal. Hauptsache, ich war in seiner Nähe. Und mit ihm in meiner Nähe fiel ich in einen friedlichen, traumlosen Schlaf.

KAPITEL 23

KONTROLLGANG

Ich blinzelte mit den Augen. Helles Sonnenlicht fiel durch einen Spalt der dicken Vorhänge. Ich versuchte, mich an einen Traum zu erinnern, doch es gelang mir nicht. Dafür kamen bruchstückhaft Erinnerungen an den gestrigen Abend an die Oberfläche. Logan, der neben mir auf dem Bett saß und mir von seiner Kindheit erzählte, der mir erzählte, dass er anders war, ein Schatten. Logan, wie er mir tief in die Augen sah und mir eröffnete, dass er an mich gebunden war, wie er mitten in der Nacht auf meinem Balkon gestanden hatte. Auf einmal war ich hellwach. Ich schaute neben mich, doch meine linke Bettseite war leer. Oh Mann, ich hatte geträumt, dass er hier in mein Zimmer gekommen war und neben mir auf dem Bett gesessen hatte. Was für eine traumhaft schöne Vorstellung... Ich wühlte mit meinen Händen durch meine Haare. Das war doch verrückt.

„Guten Morgen!", Logans Stimme kam von der anderen Seite meines Zimmers. Ich zuckte erschrocken zusammen und schaltete das Licht an. Dort saß er, gemütlich auf mein Sofa gelümmelt. Er war tatsächlich noch da.

Mein Herz hüpfte freudig. „Guten Morgen! Ähh, schön, dass du noch da bist!"

Mist! Was würde ich die Hauptdarstellerin in einer meiner Geschichten in so einer Situation sagen lassen? Ich durchforstete in Gedanken alle Geschichten, die ich gelesen oder selbst geschrieben hatte aber an eine ähnliche Situation konnte ich mich nicht erinnern. Das Leben ist einfallsreicher als jede Fiktion. Ich war etwas verlegen nach all den Geständnissen des gestrigen Abends und die Tatsache, dass ich zerzaust in der verbeulten Jogahose vor Logan stand, machte es nicht besser. „Gibst du mir 15 Minuten?", fragte ich ihn deshalb, „ich muss einmal für kleine Schatten und würde gerne unter die Dusche springen." Ich war skeptisch, was Logan zu meinem kleinen Scherz sagen würde, es fiel mir leichter mit den Informationen des letzten Abends umzugehen, wenn ich nicht zu ernst war. Logan lachte leise. Ein glockenklares Geräusch, dass mir Schmetterlinge in den Magen trieb. „Der Schlaf scheint dir gut getan zu haben. Klar, lass dir Zeit, ich habe heute nichts weiter vor." Schnell hüpfte ich an ihm vorbei in den Flur und da ich aus den unteren Stockwerken noch nichts hörte trat ich vorsichtig über die knarrende Diele und huschte ins Bad. Ich nahm mir nicht viel Zeit für den Toilettengang und das Zähneputzen und stieg schnell unter die Dusche. Ich versuchte, mich zu beeilen, doch als ich gerade noch rechtzeitig bemerkte, dass ich kurz davor war, mich mit Sonnenmilch, statt Shampoo einzutreiben, zwang ich mich, ruhiger zu werden. Ja, da war ein Junge in meinem Zimmer. Ja, er hatte mir gestern seine Lebensgeschichte erzählt und hatte mir dann beim Schlafen zugesehen. Ob er selbst eigentlich gar nicht mehr geschlafen hatte? Und... Ja, er war warmherzig, liebevoll und sah einfach übernatürlich gut aus - Aber ich musste in die Realität zurückkehren und mich beruhigen. Logan hatte immer Abstand zu mir gehalten. Ja, er hatte mir viel von sich erzählt, aber es war nicht so, wie man denken würde, dass es zwischen Jungs und Mädchen in unserem Alter laufen würde. Die Mädchen in meiner alten Schule hatten einen wahren Wettstreit daraus gemacht, nach wie vielen Dates sie einen Jungen geküsst hatten und wann sie weitere Schritte gegangen waren. So war es nicht. Und es sah nicht so aus, als ob sich daran etwas ändern würde. Deshalb sollte ich nicht so aufgeregt sein. Ich trocknete mich ab, bürstete meine Haare und verzichtete darauf, sie zu föhnen. Erst jetzt bemerkte ich, dass ich vergessen hatte, mir Kleidung mit ins Badezimmer zu nehmen. Ich zog meinen Bademantel über und ging zurück in mein Zimmer. Logan saß noch immer auf meinem Sofa und er lächelte, als ich hereinkam. „Von unten habe ich noch keine Stimmen gehört." „Ja, jeder im Haus schläft noch. Es ist erst sechs Uhr in der Früh." „Was hast du da gesagt?" Ich schaute auf die Wanduhr hinter mir. „Unglaublich, ich hatte das Gefühl, ich hätte ewig geschlafen." Logan lächelte verlegen. „Moment!" Ich schaute ihn erschrocken an. „Du warst das. Dein Einfluss hat das gemacht, ich meine..." Logan lachte leise. Er beugte sich vor und nahm meine Hände. „Ja, ich brauche kaum Schlaf und weil ich bei dir war hast du kleine Nachteule jetzt ausgeschlafen." „Dann funktioniert es wirklich," flüsterte ich aufgeregt,

174

„weil du bei mir warst habe ich mich verändert und brauche weniger Schlaf!" Logan ließ meine Hände los und blickte ernst. „Es ist nur vorübergehend, Nell." Er horchte auf. „Ich hätte gern noch länger mit dir geredet. Ich dachte, wir hätten mehr Zeit aber deine Tante scheint eine Frühaufsteherin zu sein." Er hielt inne und schien weiter zu lauschen. „Und sie scheint ziemlich besorgt um dich. Deshalb wird sie gleich nach oben kommen, um nach dir zu sehen. Jedenfalls murmelt sie das vor sich hin. Weil du sicher nicht möchtest, dass sie mich hier oben sieht, gehe ich jetzt besser." Ich schaute ihn erschrocken an. „Ja, es wäre dann besser, wenn du schnell verschwindest. Ich wüsste nicht, wie ich ihr erklären sollte, dass so früh am Morgen ein Junge in meinem Zimmer ist. Sie würde sicher denken…" Ich wurde rot und wandte mich ab. Doch Logan schien kein bisschen verlegen zu sein. Er grinste und sah mich vielsagend an. „Ich finde nicht, dass das eine so erschreckende Vorstellung wäre." Er stieg elegant vom Sofa und ging zum Balkon. „Im Gegenteil!", fügte er leise hinzu. So leise, dass ich nicht sicher war, ob ich es hören sollte. Ich wurde rot. Hatte er das wirklich gerade gesagt? Die kalte Morgenluft drang durch die offene Balkontür und die ersten Vögel sangen trotz der sich erst langsam lichtenden Dunkelheit. „Danke", sagte ich und Logan drehte sich noch einmal zu mir um, „ich habe wirklich gut geschlafen – dank dir!" Logan strahlte und die Freude ließ seine sonst so durchdringend stahlbauen Augen warm leuchten. „Dann konnte ich mich zumindest ein bisschen für deine Geduld und dein Zuhören gestern Abend bedanken. Bis bald, Nell." Mit einem letzten kurzen Streicheln über meine erhitzte Wange drehte er sich um und schwang sich über das Geländer. Mit einem einzigen langen Satz landete er unten mit einem dumpfen Geräusch auf dem Rasen. War er tatsächlich einfach gesprungen? Ich merkte, dass ich erschrocken den Atem angehalten hatte und hielt mich zurück um nicht besorgt nach ihm zu fragen. Er verstellte sich nicht mehr vor mir und das wollte ich nicht wieder kaputt machen. „Bis bald!", flüsterte ich deshalb nur leise hinter ihm her. Dann war er schon in der Dunkelheit verschwunden. Ich wäre gern noch ein wenig auf dem Balkon geblieben und hätte die Morgenluft mein gerötetes Gesicht kühlen lassen, doch ich wollte nicht, dass Tante Maggie mich für völlig übergeschnappt hielt, wenn sie schon nach mir sehen wollte. Kurzentschlossen löschte ich das Licht und legte mich wieder in mein Bett und tat als würde ich schlafen. Ich hoffte, dass meine immer noch feuchten Haare mich nicht verraten würden. Aber selbst wenn, würde mich Tante Maggie nicht ansprechen, wenn ich scheinbar schlafend im Bett lag. Und auf ein neugieriges Verhör meiner Großtante konnte ich gut und gerne noch bis zum Frühstück verzichten.

Kapitel 24
Sägemehl Und Förmlichkeiten

Das Frühstück lief tatsächlich völlig normal ab. Die be-
fürchteten Verhöre waren blieb aus. Tante Maggie schien
sich damit zufrieden zu geben, dass ich noch unter den
Lebenden weilte und Grandma flüsterte mir nur einmal
ins Ohr, dass meine Augen strahlen würden und zwinkerte mir dann wie ein Teenager grinsend zu. Nach dem
Frühstück verzog ich mich auf mein Zimmer. Ich hatte
noch einen ziemlich langen Aufsatz für meinen Literaturkurs zu schreiben und die Mathehausaufgaben warteten auch noch auf mich. Nachmittags ging ich eine
Runde mit Schalk auf der Wiese hinterm Haus spazieren.
Ich hatte das Gefühl, mich bewegen zu müssen, um das
rastlose Gefühl in mir zu beruhigen und meine Gedanken zu ordnen und Schalk schien nach einem längeren
Spaziergang zu lechzen. Er schleppte den erstbesten
Stock an und legte ihn mir auffordernd vor die Füße. Obwohl meine Werfkünste nicht gerade olympiaverdächtig
waren, schien Schalk sich damit zu begnügen und
brachte mir den Stock unermüdlich wieder zurück. Tatsächlich klärte die klare Mailuft meine Gedanken und
der Blick über die frühlingshaft erwachte Natur ließ mich
klarer sehen. Ich konnte es nicht mehr verdrängen. Auch
wenn Logan wirklich ein Schatten war, was auch immer
das bedeutete, änderte es nichts daran, dass ich über
beide Ohren in ihn verliebt war. Im Gegenteil – dass wir
so offen gesprochen hatten und ich jetzt seine

Vergangenheit kannte, hatte uns nur noch nähergebracht und meine Faszination für ihn verstärkt. Ich konnte kaum abwarten, ihn wiederzusehen. Sehnsüchtig schaute ich auf mein Handy, doch es war nur eine Nachricht von Lauren zu sehen.

> Hi Nell,
> das Wetter soll zum Wochenende gut werden und daher möchten wir am Freitag im Wald picknicken. Bist du dabei? Wie lief dein Date mit Logan? Annie meinte schon, sie platzt beinahe vor Neugier und ich habe auch die ganze Zeit an dich gedacht. Seid ihr nun zusammen? Bring ihn Freitag doch einfach mit.
> Bis dann,
> Lauren

Ich musste lächeln. Ich konnte mir nur zu gut vorstellen, wie Annie überdreht und hippelig auf einem Stuhl auf und ab hüpfte, weil sie kaum erwarten konnte, endlich mehr von unserem Treffen zu erfahren. Ein schlechtes Gewissen machte sich in mir breit. Ich hatte versprochen, mich nach dem Treffen bei den beiden zu melden. Dabei konnte ich gar nicht so viel berichten, denn von Logans Geschichte konnte ich schließlich nichts weitererzählen. Ich beruhigte den ungeduldigen Schalk, indem ich ihm noch zwei Mal sein Stöckchen über die Wiese warf und schrieb dann schnell eine Antwort und schickte sie an beide.

Hallo ihr beiden,

bitte entschuldigt, dass ich mich jetzt erst melde. Ich hatte einen schönen Abend. Aber nein, Logan und ich sind nicht zusammen. Wir haben gemeinsam gegessen und dann ziemlich lange geredet. Ich bin morgen gern dabei und ich werde auch Logan fragen.

Bis bald!

Ich schaute meine Antwort nachdenklich an: Kurz und knapp und alles entsprach der Wahrheit. Aber sie schilderte nicht die Sehnsucht, die dieser Abend in mir geschürt hatte. Von dem klitzekleinen Zwischenfall ganz abgesehen, als mein Date lässig eine Mercedes S-Klasse zurechtgerückt hatte. Mit der Hand.

Schalk legte mir zum gefühlt hundertsten Mal seinen Stock vor die Füße. Naja, Stock war inzwischen wohl etwas übertrieben. Ich nahm mit spitzen Fingern, den durchgekauten, vollgesabberten Rest hoch und schleuderte ihn leicht angewidert von mir. Schalk hingegen schien von dem verstümmelten Teil nur noch mehr angetan zu sein. Er würde wahrscheinlich nicht aufhören, bevor er den Stock komplett zu Sägemehl verarbeitet hatte.

Ich streckte mein Gesicht in die Sonne, schloss die Augen und zwang mich, meine Gedanken zur Ruhe zu bringen. Die Wärme breitete sich auf meiner Stirn und meinen Wangen aus und eine zarte Brise strich durch meine Haare.

Je mehr sich meine Gedanken ordneten, je mehr der Wind den Tumult in meinem Bauch besänftigte, desto klarer wurde mir, dass es mir nicht mehr möglich war, mich von Logan fern zu halten. Mit dieser Erkenntnis trat ich gefolgt von Schalk den Rückweg zum Haus an.

Enrico der Gärtner zupfte gerade emsig an einigen Pflanzen vor der Haustür herum und begrüßte mich überschwänglich. Ich mochte ihn. Er war anscheinend ebenso neu hier wie ich und schien in seiner Arbeit aufzugehen, sonst würde er wohl kaum auf einen Sonntag in der Erde wühlen. Sein überdimensionaler Schnauzbart war zwar nicht gerade mein Geschmack aber zu ihm passte es irgendwie.

Als ich in mein leeres Zimmer kam ertappte ich mich dabei, dass ich beinahe damit gerechnet hätte, Logan hier vorzufinden. Ich öffnete die Balkontür, schaute hinaus und beugte mich sogar suchend über die Balustrade, obwohl ich genau wusste, dass er nicht hier war. Schließlich kannte ich das Gefühl inzwischen ziemlich gut, das mir zeigte, wenn er in der Nähe war. Und momentan war es in meinem Bauch ernüchternd ruhig. Kein übernatürliches Ziehen hinter meinem Nabel, nicht einmal das kleinste Zucken. Enttäuscht setzte ich mich auf mein Sofa und zog die Beine an. In meiner Hosentasche kramte ich nach meinem Handy und schrieb Logan eine Nachricht.

> Hallo Schatten,
> ich hoffe, du hast die letzte Nacht und deinen überstürzten Aufbruch heute Morgen gut überstanden! Falls du noch nicht genug von

menschlichen Gesprächen hast, könntest du mich morgen zu einem Picknick im Wald begleiten. Annie und Lauren werden auch dabei sein und sie schäumen über vor Neugierde – das ist eine Warnung, die du ernst nehmen solltest. Die beiden sind kein so leichter Brocken wie der Benz vor dem Haus.

Und… Danke, dass du heute Nacht dageblieben bist. ;)

Bis bald

Ich las die Nachricht noch zwei Mal durch bevor ich sie abschickte. Es war wahrscheinlich die längste Textnachricht, die ich je geschrieben hatte. Ich sann darüber nach, als sich wie von allein ein Lächeln auf meinen Lippen breitmachte. Mein Herz tat vor Freude einen Sprung. Also doch, er kam. Ich spürte es so deutlich, wie man an heißen Sommertagen die Sonne auf nackter Haut spürte. Ich legte mein Handy weg. Gut, dann konnte er mir gleich persönlich antworten, umso besser. Ich sprang vom Sofa auf und eilte zum Balkon, gerade rechtzeitig, um Logan zu beobachten, wie er mit einem einzigen Satz hinaufsprang, sich an dem Geländer des Balkons festhielt, Schwung holte und dann mit einem eleganten Satz neben mir zum Stehen kam. Ich grinste ihn an. Es war nicht nur dieses unglaubliche Schauspiel an sich, das mir ein Gefühl gab als würde der Boden des Balkons unter mir wanken, sondern auch das Gefühl, dass es sich vor mir nicht länger verstellte, sondern sich so zeigte wie er war. Mit all seinen Besonderheiten – und Fähigkeiten.

„Könntest du nicht unten an der Tür klingeln, wie es ein Mensch tun würde? Ich wohne hier nicht allein!", tadelte ich Logan scherzhaft. In Wahrheit war es mir nur allzu recht, wenn er hier jederzeit hereinspazierte wie es ihm beliebte. Am liebsten pausenlos. Und dass die anderen Bewohner dieses Hauses nicht zwangsläufig etwas davon mitbekamen war ein positiver Nebeneffekt. „Ich kann auch wieder gehen und in 1 ½ Minuten im Sakko und mit Blumen in der Hand an deiner Tür klingeln und deine Großmutter in aller Förmlichkeit bitten, mich zu dir zu lassen", meinte Logan gelassen und grinste mich ebenfalls an. „Ich denke, für heute dürfte es noch einmal so gehen. Ausnahmsweise natürlich!" Ich würde ihn so schnell nicht wieder gehen lassen. Nicht einmal für die 1 ½ Minuten. Nicht bevor er mir noch geschätzte 4538 Fragen beantwortet hatte. Und außerdem wollte ich ihn einfach unbedingt bei mir haben. Aber das konnte ich ihm natürlich nicht einfach so sagen.

„Dann habe ich ja noch einmal Glück gehabt!", grinsend ging er wie selbstverständlich an mir vorbei in mein Zimmer und ich versuchte mich leicht panisch daran zu erinnern, ob ich heute Morgen meine Schmutzwäsche ordnungsgemäß weggeräumt hatte. Ein Blick an Logan vorbei verriet mir, dass meine Schulsachen zwar quer über mein Sofa verstreut lagen, meine Unterhosen aber dankenswerterweise vorbildlich im Wäschekorb verstaut zu sein schienen.

Logan nahm mein Mathebuch und den dazugehörigen Collegeblock mit meinen Aufzeichnungen in die Hand und setzte sich auf den frei gewordenen Platz auf das

Sofa. Mit einem kurzen Blick auf meine Rechnungen kommentierte er: „Vektorrechnung? Dir liegt Mathe, was? Alles richtig!" Ich blieb vor ihm stehen und war mir nicht sicher, ob ich mich zu ihm setzen sollte. „Das siehst du so auf den ersten Blick? Gehört die perfektionierte Kenntnis der höheren Mathematik etwa auch zu deinen speziellen Fähigkeiten?" Ich versuchte, locker und beiläufig zu klingen, doch es gelang mir nicht ganz. Ich wollte die Offenheit des gestrigen Abends unbedingt aufrechterhalten. Nach den anfänglichen Spannungen zwischen uns und dem derart offenen Gespräch gestern Abend war ich mir unsicher, wie es nun zwischen uns beiden weitergehen würde. Logan sah zu mir hoch und zu meiner Erleichterung grinste er. „Ehrlich gesagt ist das nicht ganz verkehrt. Wir wurden nicht mit irgendwelchen mathematischen Ableitungen im Kopf geboren. Aber uns allen fällt es einfach leicht, Dinge zu behalten. Wir vergessen einfach kaum etwas, was wir je gehört oder gelesen haben." Er legte die Aufzeichnungen und das Buch bedächtig auf den Tisch und schaute dann wieder zu mir auf: „Willst du dich nicht zu mir setzen? Oder hat dich meine verrückte Lebensgeschichte gestern so abgeschreckt, dass du dich nicht mehr traust, neben mir zu sitzen?" Er sagte das scherzhaft aber sein Blick war durchdringend und prüfend und von dieser Intensität, an die ich mich wohl nicht so schnell gewöhnen würde und die mir bis in mein Innerstes zu gehen schien. Als sein Blick langsam zweifelnd wurde merkte ich, dass ich immer noch stand. Schnell setze ich mich neben Logan aufs Sofa. „Ich bin hier, weil ich dich fragen wollte, ob du heute Nachmittag Zeit hast", Logan lehnte sich bequem zurück, „Ich habe dir so viel von meiner „Familie" erzählt. Ich wollte sie dir gern vorstellen. Außerdem liegt Vincent mir seit Tagen in den Ohren, weil er dich kennen lernen möchte. Also, was sagst du?" Ich erstarrte. Er wollte mich seiner Familie vorstellen? War das sein Ernst? Machte man so etwas nichterst, wenn man fest zusammen war und schon eine ganze Weile kannte? Jedenfalls war das bei den Mädchen in meiner alten Klasse in London so gewesen. Die Eltern kennen lernen – das war ein Schritt, den die oberflächlichen on-off Beziehungen dort meistens nie erreicht hatten.

Ich musste wohl ein ziemlich verdutztes Gesicht machen, denn Logan fing auf einmal an zu lachen.

„Nell, du siehst ja so aus, als wollte ich dich den Löwen zum Fraß vorwerfen. Es geht nur um ein Essen unter Freunden – mehr nicht."

Ich versuchte zu lächeln. Ich wollte seine Familie kennen lernen. Ehrlich gesagt, hatte mich seine Geschichte gestern Abend neugierig gemacht. Auch wenn ich bei dem Gedanken an fünf weitere übernatürliche Wesen durchaus nervös wurde. „Nein, so ist es nicht. Aber…" Es fiel mir schwer, es auszusprechen und ich konnte ihn dabei unmöglich ansehen. „Stellt man ein Mädchen nicht seiner Familie vor, wenn sie… Naja, wenn man zusammen ist?" Ich nestelte nervös an dem Saum meines Oberteils herum.

Logan hob mein Kinn an. Nun musste ich ihm tatsächlich in die Augen sehen. Sie strahlen eine tiefe Wärme aus. Wie konnte ein einzelner Mensch nur so emotionale

Augen haben? An einem Tag schien sein Blick einen fast zu töten und jetzt … jetzt sahen sie mich mit einer Wärme an, die mich bis ins Herz traf. Was machte dieser Junge nur mit mir? „Nell, sieh mich an. Ich weiß! Ich weiß, wie das alles auf dich wirken muss. Erst behandle ich dich so abweisend, dann lade ich dich zu mir ein und erzähle dir meine ganze verrückte Lebensgeschichte, ich übernachte sogar in deinem Zimmer. Und um das Ganze auch noch zu toppen erzähle ich dir, dass ich an dich gebunden bin und sich mein Leben nur noch um dich dreht. Und trotzdem tue ich zu keinem Zeitpunkt das, was normale Männer in meiner Situation schon lange getan hätten." Er lächelte gequält.

Aber meine Gedanken kreisten nur noch um einen Punkt. Er hatte gesagt, dass sich sein Leben um mich drehte! Dieser eine Satz schien mein eigenes Leben wiederum völlig aus dem Angeln zu heben. Doch er hatte Recht. Wenn Logan Interesse an mir hatte, dann wären genug Möglichkeiten gewesen, das zu zeigen. Ich wollte gerade all meinen Mut zusammennehmen, um ihm genau das zu sagen als er mich unterbrach: „Nell, ich weiß, was du jetzt denken musst. Und du glaubst nicht, wie es mich schmerzt, dir sagen zu müssen, dass es so bei uns beiden nie werden kann. Ich werde dich nie dieser Gefahr aussetzen. Das kann ich einfach nicht. Es ist besser für dich, wenn wir uns nicht so nahe kommen."

Seine Worte trafen mich tiefer als ich es für möglich gehalten hatte. Sie stachen in mein Innerstes und hinterließen eine unbekannte Verletzung. Ich hatte mich nie sonderlich für Männer interessiert, aber dafür war ich auch nie zurückgewiesen worden. Bis jetzt. Ich sah auf. Doch was ich in Logans Gesicht sah, ließ mich meinen Schmerz vergessen. Logans Gesicht glühte vor einer einzigen Emotion: Kummer. „Du musst dich nicht erklären", platzte es aus mir heraus, „Wir kennen uns kaum. Es ist in Ordnung. Vielleicht wäre es besser, wenn ich heute nicht mit zu deiner Familie kommen würde."

Als der Kummer nicht aus seinem Gesicht weichen wollte tat es mir fast körperlich weh. Ich konnte es nicht ertragen, sein wunderschönes Gesicht traurig zu sehen. Ich versuchte, ein unverfängliches Thema anzuschneiden und schlug einen möglichst unbekümmerten Plauderton an. „Vielleicht könntest du aber morgen mitkommen zum Picknick. Natürlich nur, wenn du als Superheld die Gefahr liebst. Denn wie gesagt, Lauren ist vielleicht höflich und zurückhaltend aber für Annie kann ich nicht garantieren. Wahrscheinlich wird sie dich vierteilen wollen, wenn sie nicht befriedigende Antworten auf all die Fragen bekommt, die sie seit gestern Abend quälen. Und dann müsstest du vielleicht deine Deckung aufgeben und deine wahre Identität preisgeben. Ich weiß nicht, ob du das riskieren kannst", neckte ich ihn.

Es funktionierte. Logan schien sich wieder zu fangen und nach einiger Zeit huschte sogar ein Blitzen über sein Gesicht. „Ich habe eine hervorragende Idee! Ich werde dich morgen zu diesem Picknick begleiten, wenn du mich dafür heute zu meiner Familie begleitest."

Ich schaute ihn verdutzt an. Seine Mimik verriet mir, dass er diesen Vorschlag ernst meinte. Ich dachte kurz über seinen Vorschlag nach. Ihn bei dem Picknick dabei

186

zu haben war nur allzu verlockend. Vielleicht könnte ich allzu neugierigen Fragen dann noch einige Zeit aus dem Weg gehen. Andererseits hatte ich ziemliches Lampenfieber wenn ich daran dachte, wie er mich seiner Familie vorstellen würde. Was sollte ich zu ihnen sagen? Hi, ich bin diejenige, die Logan die letzten Tage die Laune vermiest hat und dafür gesorgt hat, dass er sich mit einem gelbäugigen Monster geprügelt hat. Kein Problem. Das wäre doch mal ein guter erster Eindruck. Andererseits war die Vorstellung von Annie, wie sie mich hemmungslos ausfragen konnte ziemlich gruselig. Wenn Logan dabei war, würde sie sich wahrscheinlich etwas mehr zurückhalten. Außerdem würde der Tag mit Logan sicherlich doppelt so schön werden, musste ich mir eingestehen. Plötzlich sah ein Nachmittag mit sechs übernatürlichen Wesen gar nicht mehr so abwegig aus. Logan schien meine lange Bedenkzeit etwas nervös zu machen. Daher seufzte ich einmal tief und hoffte, dass meine Stimme nicht zu leidend klang: „Okay, ich bin einverstanden. Aber was ist, wenn sie mich nicht mögen?" Ohne Absicht war mir eine meiner größten Sorgen herausgerutscht. Logan sah erfreut aus und ziemlich erleichtert. Irgendwie hatte ich das Gefühl, dass es ihm nicht nur darum ging, dass ich seine Familie kennen lernen sollte.

„Nell, sie werden dich mögen. DAS sollte nun wirklich nicht deine Sorge sein!", meinte Logan belustigt. Und meinte Intuition schien mich nicht zu täuschen, denn Logan fügte hinzu: „Es ist wichtig, dass sie dich kennen lernen. Wenn ich einmal nicht da bin, dann werden sie auf dich aufpassen. Ich werde dich nicht ohne Schutz lassen und du sollst wissen, mit wem du es zu tun hast."

Seine Worte trafen mich erneut. Sprach er von einem Abschied? „Sag sowas nicht", flüsterte ich, „Ich möchte nicht, dass du fort gehst!"

Logan blickte gequält. „Du weißt inzwischen, wie ich darüber denke. Ich könnte es mir nie verzeihen, wenn du noch einmal wegen mir in Gefahr geraten würdest." Wir schwiegen eine Weile. Ich rang nach Worten, aber mir fiel einfach nichts ein, was ich dazu sagen konnte. Natürlich hatte Logan recht. Ich konnte auf eine weitere Begegnung mit einem dieser Wesen mit den fürchterlichen gelben Augen gern verzichten. Andererseits fühlte sich schon die Vorstellung von Logan getrennt zu sein einfach nur falsch an.

Nach einiger Zeit stand Logan auf und meinte betont fröhlich: „So, ich werde jetzt noch meinen Aufsatz über Puk aus Shakespeares Mittsommernachtstraum für Mr. Robertson fertig schreiben und dann hole ich dich um 14.30 Uhr ab."

KAPITEL 25

HEIMATHAFEN

Nervös strich ich mir zum gefühlt hundertsten Mal die Haare aus dem Gesicht. Ich saß in einem riesigen schwarzen Mercedes mit abgedunkelten Heckscheiben und cremefarbenen Ledersitzen – dem klischeehaften Abbild einer sauteuren Luxuslimousine. Logan saß neben mir am Steuer, sichtlich gut gelaunt und ausgelassen. Schon seit er mich, diesmal offiziell an der Haustür, abgeholt hatte, war das zufriedene Grinsen nicht aus seinem Gesicht gewichen. Die teure Ausstattung des Luxuswagens und das unnatürlich leise Surren des Motors bei vergleichsweise schneller Geschwindigkeit, ließ meine Nervosität nur steigen. Der offensichtliche Reichtum Logans Schattenfamilie schüchterte mich ein. Tatsächlich musste ich nach kurzer Überlegung aber einsehen, dass es wahrscheinlich nahezu unmöglich war, keinen Reichtum anzuhäufen, wenn alle Mitglieder der Familie übernatürliche Fähigkeiten hatten. Ich wusste nicht, wie lang wir schon unterwegs waren aber die Straßen, auf denen wir fuhren, wurden immer unwegsamer und schon seit den letzten fünf Kilometern hatte ich kein einziges Haus mehr gesehen. Der Blick über die nahezu unberührte Natur des Lake Districts war atemberaubend. Da wir stetig nordwärts fuhren fragte ich mich, ob wir bald die schottische Grenze passieren würden. Da beschrieb der schmale sandige Weg, der von einer der landschaftstypischen Steinmauern eingefasst wurde, eine Kurve und Logan hielt das Auto an. Zuerst war ich verwundert, da weit und weit kein Grund für das Stoppen des Wagens zu sehen war. Doch als Logan wortlos schräg nach vorn deutete, sah ich es. Mein Blick fiel auf ein futuristisches Anwesen, das in einiger Entfernung auf einem der Hügel prangte. Auf den ersten Blick hatte ich es nicht erkannt und auch jetzt musste ich mich anstrengen, die Umrisse genau zu erkennen, denn die Fassade bestand fast ausschließlich aus verspiegeltem Glas. Es fing ein Abbild des Himmels und des Waldes auf und verursachte, dass das Gebäude bei beiläufigem Betrachten des Panoramas kaum auszumachen war. Die Form des Hauses erinnerte mich auf den ersten Blick an den Bug eines Schiffes. Ich bewunderte die Eleganz und Schönheit des Gebäudes. Erst nach einiger Zeit bemerkte ich, dass Logan mich vom Fahrersitz aus forschend ansah.

„Was ist?", fragte ich ihn, „Warum fährst du nicht weiter?"

„Ist es nicht zu protzig?" Logan lächelte schief und nestelte an dem Lenkrad herum.

Ich musste grinsen. Logan war tatsächlich nervös. Nach meiner Aufregung, die mich seit seinem Besuch heute Mittag begleitet hatte und meiner Nervosität hier im Wagen kam mir dies geradezu widersinnig vor. Der weltgewandte, stets selbstsichere Logan war aufgeregt, weil er Sorge hatte, dass ich sein Zuhause nicht mögen würde.

„Kendrit hat es selbst entworfen. Ich weiß, es ist ungewöhnlich, aber die Aussicht…"

„Scht…", unterbrach ich ihn. Nun war ich diejenige, die grinste. „Ich komme um vor Neugier. Fahr weiter!" Dass Logan nervös wurde, weil ihm meine Meinung wichtig war hob meine Laune erheblich und zügelte meine Nervosität auf ein normales Maß.

„In diese Gegend verirrt sich kaum jemals ein Mensch", begann Logan zu erzählen, während er den Wagen weiter den sandigen Weg folgen ließ, „daher haben wir hier unsere Ruhe. Nur Zuhause können wir sein, wie wir wirklich sind und müssen uns nicht verstecken. Durch

190

die Glasfront hat man einen umwerfenden Blick über den Lake District. Es wird dir gefallen. Wir müssen aber auch auf unsere Sicherheit achten. Du weißt, wer dich verfolgt hat. Diese Wesen versuchen immer wieder, uns aufzuspüren und nahe zu kommen. Daher die verspiegelten Fenster. Sie lassen das Gebäude optisch vor dem Hintergrund verschwinden. Außerdem liegt ein Großteil des Anwesens unterirdisch. Denn auch wenn wir wenig Schutz nötig haben sind wir einfach gern vorbereitet."

Während Logan redete waren wir in den Wald gefahren und eine nahezu unsichtbare Straße die Anhöhe hinauf abgebogen. Ich war mir nicht sicher, ob ich diesen Weg jemals wiederfinden würde. Die einzelnen Abbiegungen waren allesamt zwischen den Bäumen und Büschen verborgen und so schmal, dass ein Normal- Sterblicher das Auto wahrscheinlich in drei Wendeschritten um die Kurve manövrieren müsste – mir würde es zumindest so gehen. Logan hingegen lenkte das große Auto mühelos und in einem Zug um jede Kurve. Er streifte nicht einmal einen der kleinen Zweige. Nach einer Weile erwartete mich eine Überraschung.

„Soso, ein Zaun mit Sicherheitstor gehört also auch zu euren Fort-Knox-Vorkehrungen. So langsam wäre ich von einem Burggraben und einer Zugbrücke nicht mehr überrascht," gab ich grinsend zu.

Logan grinste zurück, offenbar wieder einmal erleichtert, dass mich die Sicherheitsvorkehrungen nicht abschreckten. „Lieber Vorsicht als Nachsicht", gab er zurück.

Nun kam das Haus in Sicht, aus der Nähe bestätigte sich der optische Vergleich mit dem Bug eines Schiffes. Wir fuhren auf den Vorplatz und Logan parkte schwungvoll vor einer großen Flügeltür aus dunklem Nussholz. Wir standen nun parallel zu dem großen gläsernen Bug des Hauses und eine Schneise zwischen den Bäumen gab einen umwerfenden Blick über den Hügel hinunter auf die Weiten des Lake Districts frei. Leuchtend blaue Seen, Täler, schroffe Felsbrocken und tief dunkle Wälder wechselten sich ab. Die Schönheit und Ursprünglichkeit der Natur ließen mich sprachlos in die Weite starren. In meiner Kindheit hatte ich bei fast jedem Besuch bei meinen Großeltern einen Ausflug in die Natur des Lake Districts gemacht und schon als Kind war ich überwältigt gewesen. Mit Mum war ich immer auf den typischen Touristik-Wegen und in den überlaufenen Ausflugsrestaurants geblieben, doch mit meiner Grandma und meinem Grandpa war ich mehrfach in die unberührteren Teile der Natur vorgedrungen und war kilometerweit mit Rucksack auf dem Rücken und Wanderstiefeln an den Füßen durch die Wälder gewandert. Auf diesen Ausflügen hatte ich den Lake District auf eine ganz andere, irgendwie intimere Weise, kennen gelernt und ihn für den Rest meines Lebens in mein Herz geschlossen. Diesen Ausblick gleich nach dem Aufstehen noch verschlafen im Pyjama mit dem ersten Morgenkaffee genießen zu können musste unvergleichlich sein. Und ohne Frage schier unbezahlbar. Logans Familie musste tatsächlich unendlich reich sein – und einflussreich.

„Gefällt es dir?", fragte Logan mit sanfter Stimme. Er hatte den Motor abgestellt und sich auf dem Sitz zu mir gelehnt. Sein Gesicht war meinem nun sehr nahe und

192

seine Augen hatten wieder dieses innere Leuchten angenommen, das ich inzwischen schon gut kannte. Mein Herz fing sofort an, in unregelmäßigen Hüpfern zu klopfen.

„Ja, es gefällt mir sehr!", hauchte ich. Seine unerwartete Nähe verhinderte, dass ich klar denken konnte.

„Ich wollte mich bei dir bedanken, Nell. Es bedeutet mir viel, dass du mich heute zu meiner Familie begleitest. Eigentlich sollte ich das hier nicht tun – aber ich kann nicht anders." Er legte eine Hand an meine Wange, beugte sich zu mir und legte seine Lippen sanft auf meine. Sie waren warm und weich und es fühlte sich an, als würde ich nach Hause kommen. Mir war, als müsste ich jeden Moment ohnmächtig werden oder zumindest ziemlich ungelenk seitlich vom Sitz rutschen. Mein Herz pochte mir bis zum Hals und flatterte von innen gegen meine Rippen wie ein nervöser Vogel. Wie oft hatte ich mir meinen ersten Kuss vorgestellt. Aber mit einer solchen Wucht meiner Gefühle hätte ich nie gerechnet.

Es war viel zu schnell vorbei. Langsam löste Logan sich von mir. Er lächelte mich an und seine Augen waren voll von einer ungekannten Wärme.

Atemlos saß ich da, unfähig mich zu bewegen.

„Danke", flüsterte Logan lächelnd, „das wollte ich schon so lange tun. Eigentlich schon seit dem ersten Augenblick wo ich dich sah." Er grinste nun schelmenhaft. Dann fuhr er in einem geschäftigeren Ton fort: „Bist du bereit? Wollen wir reingehen?"

Wie könnte ich nach diesem Kuss für irgendetwas bereit sein? Trotzdem räusperte ich mich und kniff einmal die

Augen zusammen: „Klar, äh... Ich bin bereit!" Meine Stimme klang merkwürdig hoch und brüchig. Ich räusperte mich erneut.

Logan grinste noch breiter. Meine offensichtliche Überwältigung schien ihm zu gefallen. Er stieg aus dem Auto und ging vorne um die Motorhaube herum. Bevor ich aus dem Auto aussteigen konnte war er bei mir und reichte mir seine Hand. Ich atmete ein paar Mal tief durch, um mich zu beruhigen. In ein paar Minuten würde ich Logans Familie vorgestellt werden und ich konnte gut darauf verzichten, dabei knallrot, zerzaust und außer Atem zu sein.

KAPITEL 26
KUCHENSCHLACHT UND DOPING

Eine Stunde später saß ich pappsatt auf einem wunderschönen Stuhl an einem massiven Eichenholztisch.

„Jared, halte ihn auf, er will mit dem Kuchen in die Küche verschwinden. Wenn er damit einmal außer Sicht ist sehen wir höchstens noch ein paar Krümel davon!"

Ich musste grinsen. Grayson lag mehr auf seinem Stuhl als dass er saß und hielt sich seinen Bauch, der nach den sechs Stücken Torte sichtbar geschwollen war. Wahrscheinlich würde er nicht einmal mehr die beschriebenen Krümel essen können. Dennoch reagierte Jared blitzschnell und erwischte Vincent am Hemd, der taumelte, sich jedoch abfing und das riesige Tablett mit dem

194

Kuchen hoch in die Luft hielt. Es entstand ein kurzes Gerangel zwischen den beiden hochgewachsenen Jungs, bei dem einige Krümel auf den riesigen Eichentisch spritzen. Ich konnte nicht umhin, mich zu fragen, wie freundschaftlich leicht diese Knuffe wirklich waren oder ob ein normaler Junge dabei quer durch die Küche geflogen wäre. Ich schaute etwas besorgt zu Logan, der jedoch völlig entspannt in seinem Stuhl saß.

„Jared würde ihn fertig machen, wenn er nicht so viel Sorge um den Kuchen hätte", murmelte er schläfrig.

„Das habe ich gehört, Logan", schimpfte Vincent.

„Ha!", Jared hatte sich den Kuchen geschnappt und trug ihn mit wildem Siegesgeheul zum Tisch, wo sofort wieder Leben in die Jungs kam. In Sekundenschnelle hatte jeder von ihnen ein Kuchenstück in der Hand und kaute genüsslich. Ich war fassungslos. Wie konnten sie auch nur noch einen einzigen Bissen hinunter bekommen, nach den Massen an Torte, die sie eben verdrückt hatten. Jared stellte sich hinter Vincent, knuffte ihn gegen den Oberarm und wuschelte Kuchenkrümel aus seinen struppigen blonden Haaren direkt auf Vincents Teller. Unbeeindruckt von Vincents Protest schnappte er sich ein Stück Kuchen und ließ sich neben Logan auf den freien Stuhl fallen.

Alle vier Jungs aßen eine Weile schweigend und ich hatte Zeit, Logans Familie genauer zu betrachten. Vincent hatte ich ja schon einmal vor dem Manor gesehen. Er war etwas schlanker als die übrigen Schatten. Grayson war mir schon bei der Begrüßung aufgefallen. Laut Logan war er nach seinem ehemaligen Mentor am längsten in der Schattenfamilie. Er hatte dunkelbraune Haare, die immer wieder in die Stirn fielen. Jared sah aus wie ein typischer Surfertyp. Seine strohblonden Haare standen im zu allen Seiten ab. An der rechten Wange hatte er eine lange Narbe und ich fragte mich, woher er sie hatte, da die Schatten ja anscheinend über besondere Selbstheilungsfähigkeiten verfügten. Der Anführer der Gruppe, Kendrit, und die einzige Frau wollten später zu uns stoßen.

Jared stand auf. „Ich hole noch ein paar Stücke aus der Küche."

Logan grinste ihn an: „Sieh zu, dass sie hier auch ankommen, mich kriegst du nicht so schnell klein wie Vinc."

Jared tat übertrieben erschrocken. „Keine Sorge, ich leg mich nicht mit dir an. Du schummelst. Schließlich bist du heute gedopt, da komme ich dir lieber nicht zu nahe." Er schaute zu mir und zwinkerte mir zu.

Ich wurde rot. Meinte er damit, dass sich Logans Kräfte durch mich bereits verstärkt hatten? „Keine Sorge, ich kann auch für einen Moment raus gehen. Sag mir einfach, wenn du fertig bist, dann komm ich wieder." Ich musste grinsen. Mit diesen Jungs fiel es mir leicht auch herumzualbern.

Logan neben mir stöhnte auf und rollte mit den Augen. „Nun verbündet ihr euch auch noch. Solltest du nicht auf meiner Seite sein?", fragte er mich mit einem schiefen Seitenblick. Und er nahm wie selbstverständlich meine Hand. Mir wurde heiß und mein Blut schien in meinen Adern zu kochen. Ich schaute mich verstohlen um, aber die anderen Jungs schienen davon überhaupt keine

Notiz zu nehmen oder es völlig normal zu finden. Grayson sah sogar so aus, als würde er jeden Moment einschlafen.

Logan drückte meine Hand. „Komm, ich zeige dir das Haus. Nicht, dass die komischen Kerle hier noch einen schlechten Einfluss auf dich haben." Er grinste und Vincent startete einen müden Versuch, ihm einen Klaps auf den Hinterkopf zu geben. Ich nickte. Die Schlacht um die Kuchenmassen hatte recht lange gedauert und da ich nach zwei Stücken Apfelkuchen dankend abgelehnt hatte, hatte ich einige Zeit gehabt, die Jungs zu beobachten. Ich war fasziniert von ihrem Umgang miteinander, mehr wie wahre Brüder als wie Freunde. Und sogar noch mehr als das. Ich nahm mir vor, Logan zu fragen, wie lange sie schon zusammen wohnten. Und nun war ich schon ziemlich neugierig, wie der Rest dieses umwerfenden Hauses aussehen würde. Logan zog mich an der Hand hoch und das war auch besser so, denn allein durch diese Berührung waren meine Beine unter mir weich wie Wackelpeter. Ich schüttelte innerlich den Kopf über mich selbst. Wie oft hatte ich fassungslos dabei zugesehen, wie an meiner Londoner Schule die Mädchen scheinbar jedes bisschen Verstand verloren wegen eines Jungen, der sie doch nach drei Monaten wieder in die Wüste schickte, weil sie nicht mehr die Beliebteste des Jahrgangs war oder weil sie die Haare inzwischen unerlaubter Weise kurz trug oder die sexuellen Ambitionen der hormongebeutelten Jungs nicht denen der Mädchen entsprochen hatten. Gründe hatten sich immer ausreichend gefunden. Ich hatte vom Rande aus oft bestürzt zugesehen, wie selbstbewusste Mädchen wegen dieser Jungen zu einer Art hinterherwatschelndem Dackel geworden waren, die sich ziemlich affig benahmen. War ich auch auf dem besten Weg genauso zu werden? Schließlich wusste ich nicht viel von Logan, noch weniger von seiner Gefühlswelt und eigentlich nicht einmal, ob er noch lange hierbleiben würde. Klar, das Haus hier sprach dafür, dass er nicht einfach verschwinden würde. Aber mir war auch klar, dass es für einen Besuch an meiner Schule eigentlich zu weit entfernt war. Und wer sagte eigentlich, dass jemand der augenscheinlich so viel Geld besaß nicht noch mehr Häuser hatte? In ganz Europa verteilt. Oder auf verschiedenen Kontinenten. Und so drohten düstere Gedanken meine Stimmung zu verdunkeln, als Logan mich über die großzügige Freitreppe in das Obergeschoss führte. Er schien meinen Stimmungsumschwung zu spüren, denn am Ende der Treppe blieb er so abrupt stehen, dass ich überrascht von seiner Hand aufgehalten zurücktaumelte. Logan schaute mir tief in die Augen. „Was ist los, Nell?"

Schon wieder wurden mir unter seinem eindringlichen Blick die Knie weich. Er hielt weiterhin meine Hand fest in der seinen und drückte sie leicht. Ich schluckte. „Es ist alles gut. Wirklich!... Weißt du, es ist ziemlich neu für mich und ich weiß noch nicht recht, was ich darüber denken soll."

Logan schaute mich verwirrt an. „Was meinst du?", fragte er. War das nicht offensichtlich? Anstatt einer Antwort hielt ich unsere verschränkten Hände in die Höhe. Ein kurzer Schatten huschte über Logans Gesicht. Doch diese Gefühlsregung war so schnell verschwunden, dass ich nicht einmal sicher war, ob ich sie mir nicht nur eingebildet hatte. Schon war er wieder der selbstbewusste, unerschütterliche Junge. Doch er ließ meine Hand los und als er an mir vorbei in den oberen Flurbereich trat grinste er zwar, hielt aber mehr Abstand zu mir als bisher an diesem Tag. Aus diesem Jungen sollte man schlau werden. Doch wenn er das Thema nicht weiter besprechen wollte, würde ich ihn nicht drängen. Ich schaute mich um. Das Erdgeschoss war in große Räume aufgeteilt gewesen, von denen jeder etwa so groß war wie Mums und meine Wohnung in London. Große bodentiefe Fenster hatten Licht in das mit Eichenholzmöbeln ausgestattete Wohnzimmer fallen lassen und hatten eine sensationelle Aussicht über den Lake Distrikt geboten. Auch hier im ersten Stock war die schiffsbugartige Form des Hauses zu erkennen. Zwei Fensterfronten liefen spitz aufeinander zu und gaben den gleichen wunderschönen Blick auf Hügel und Seen frei wie unten. Auf der gegenüberliegenden Seite führte ein schmalerer Flur zu sechs Türen. „Hier sind unsere Wohnungen", meinte Logan und bedeutete mir, voraus zu gehen. „Wohnungen?", fragte ich erstaunt, „Jugendzimmer sind wohl nicht mehr ganz so angesagt, wenn man ein Schatten ist?!" Logan grinste. Nun ging er doch voraus. Er drehte sich in meine Richtung und ging rückwärts an den ersten Türen und mehreren großen Blütengemälden vorbei. „Weißt du, wir wohnen schon eine halbe Ewigkeit zusammen. Wir sind froh, dass wir uns haben. Wenn man anders ist als alle anderen Menschen, dann ist es eine Befreiung, wenn man nach jahrelanger Einsamkeit Gleichgestellte trifft. Nur unter uns können wir absolut ehrlich sein. Du kannst dir kaum vorstellen, was wir uns bedeuten. Aber dennoch, nach vielen Jahren waren wir das WG – Leben leid. Nun haben wir jeder ein Zimmer mit eigener kleiner Küchenzeile und Bad. Meist verbringen wir die Zeit unten gemeinsam und kochen abwechselnd, aber manchmal ist es einfach erholsam, auch mal für sich sein zu können. Gerade in den letzten Wochen war ich dankbar, im Hotel und nicht zwischen den anderen Jungs zu wohnen. So bleiben einem anstrengende Verhörfragen erspart. Zumindest eine Zeitlang." Er seufzte und blieb vor der letzten Tür auf der rechten Seite stehen. Mit den Händen in den Hosentaschen und auf den Fußballen wippend deutete er mit einem Kopfnicken auf die Tür. „Hier wohne ich!"

Da er stehen blieb nahm ich meinen Mut zusammen und öffnete die Tür. Ich trat in einen hellen Raum, der mit einem dunkelbraunen Holzfußboden ausgelegt war, auf dem mehrere dicke cremefarbene Teppiche lagen. Ein großes dunkelbraunes Sofa stand vor einem hellen kleinen Tisch, an der Wand hing einer der teuren Flachbildfernseher, die ich nur aus den Londoner Schaufenstern kannte. In der rechten hinteren Ecke stand ein helles Bett und die linke Seite des Zimmers wurde von einer Küchenzeile mit einem kleinen Esstisch davor ausgefüllt. Der Kühlschrank war augenscheinlich leer und stand halb offen. Natürlich, Logan wohnte ja zur Zeit im Hotel. Daneben war eine Tür. Logan bemerkte meinen Blick. „Geh' ruhig hinein!" Und so öffnete ich die Tür. Sie führte in ein kleines, aber luxuriöses Badezimmer mit Dusche und Badewanne. Ein kleines Fenster zeigte wie in dem Hauptzimmer die Aussicht auf in den dichten Wald, der sich hinter dem Haus erstreckte.

Logan war in der Tür stehen geblieben. „Gefällt es dir?", fragte er leise. Er hatte die Hände noch in den Hosentaschen.

„Naja", meinte ich und schlenderte betont langsam zurück in sein Zimmer „Die Aussicht ist ganz passabel, die Möbel sind ganz nett, aber die Nachbarschaft… Ich weiß nicht recht… etwas zwielichtig, recht verfressen und…"

Weiter kam ich nicht, denn zwei starke Arme hoben mich hoch, wirbelten mich herum und ehe ich wusste wie mir geschah, saß ich auf dem Sofa und Logan neben mir, meine Hände an den Handgelenken gefangen in seinen Händen. Erschrocken stieß ich die Luft aus. Ich hatte das erste Mal am eigenen Leib gespürt, wie übermenschlich stark Logan war.

„Dafür, dass du ziemlich weit weg von zu Hause bist, in einem Haus voller skrupelloser Schatten, bist du gefährlich mutig."

Ich versuchte, meine Hände zu befreien aber Logans Griff war fester als jeder Schraubstock. Im Gegenteil, er griff eher fester zu und zog mich an sich heran. Er drückte meine Hände gegen seine Brust. Mir wurde heiß und kalt und ich merkte, wie mein Gesicht glühte und mein Herz so stark schlug, dass ich das Gefühl hatte, Logan müsste meinen Pulsschlag über meine Hände in seiner Brust spüren. Logans Gesicht kam meinem immer näher. Himmel, würde er mich wieder küssen? Trotz all meiner Bedenken von vorhin war ich mir sicher, dass ich absolut nichts dagegen unternehmen würde. Denn alles in mir, jede Zelle, sehnte sich danach. Doch Logan hielt inne. Er schaute aufmerksam und schien zu lauschen. „Du hast Glück gehabt", meinte er nach einer kurzen Weile, „Kendrit und Helen sind gerade gekommen. Du scheinst mit deinen Frechheiten heute durchzukommen... Fürs Erste!", fügte er grinsend hinzu. Dann gab er meine Hände frei, nahm aber sofort wieder eine in die Hand und zog mich vom Sofa hoch.

„Komm, du solltest die beiden unbedingt kennen lernen."

Ich war immer noch verwirrt von Logans unerwarteter Nähe und musste ein paar Mal tief durchatmen, um mein Herz wieder in einen einigermaßen normalen Takt zu bekommen. Dem gutgelaunten Jungen neben mir blieb durchaus nicht verborgen, was für eine Wirkung er auf mich gehabt hatte und er grinste erneut auf seine schiefe, etwas überhebliche Art. Ich ärgerte mich ein wenig darüber, dass er mich so in der Hand hatte und ihm dies auch noch so bewusst war.

„Danke, ich kann es kaum erwarten die beiden kennen zu lernen." Es klang schnippischer als beabsichtigt, aber mein Ton bewirkte, dass Logans Grinsen einen kleinen Dämpfer erhielt. Ich folgte ihm in den Gang mit den Blumenbildern, vorbei an dem bugförmigen Panoramafenster und die leicht geschwungene Freitreppe hinab. Die Jungs unten schienen aus ihrer Futterstarre erwacht zu sein, denn schon oben im Flur war ihr Gelächter zu hören.

„Ich wusste, dass Helen dich kalt macht. Das nächste Mal müsst ihr uns vorher Bescheid sagen. Ich hätte gern Geld auf sie gesetzt." Graysons dröhnendes Lachen tönte nach oben.

„Danke, ich werde das nächste Mal darauf zurückkommen", antwortete ihm eine glockenhelle weibliche Stimme. Wir waren am Ende der Treppe angekommen und konnten die Neuankömmlinge sehen. Mein erster Blick fiel auf den Mann. Er schien etwas älter als die anderen Schatten. Erwachsener. Aber das war nicht das, was mir ins Auge stach. Er war einfach… riesig. Seine Arme waren so muskulös, dass meine Taille schmal dagegen erscheinen würde. Seine ebenso muskulösen Oberschenkel glichen eher Baumstämmen als menschlichen Gliedmaßen. In mir zog sich krampfhaft etwas zusammen. Dieser Mann hatte die gleiche Statur wie der Mann, der mich abends auf dem Spazierweg angegriffen hatte. Die Erinnerung ließ eine Beklemmung in mir aufsteigen, doch als die anderen uns bemerkten und zu uns sahen, wandte sich auch der Riese mir zu und ich sah ein sanftes Paar brauner Augen, die mich unter einem zerzausten blonden Haarschopf freundlich anschauten. Dies musste Kendrit sein. Logans Erzählungen nach war er so etwas wie der Anführer der Schatten. Seinem Erscheinungsbild nach zu urteilen war das nicht verwunderlich. Ich spürte Logans Blick auf mir. Er sah mich an, als ob er sich vergewissern wollte, ob ich aus dem was ich sah die richtigen Schlüsse ziehen würde.

Inzwischen war es im Wohnzimmer still geworden. Eine zierliche wunderschöne Frau mit schulterlangen roten

Haaren kam hinter Kendrit hervor. Sie hatte eine ebenmäßige Porzellanhaut und blitzende grüne Augen. Ich hatte das Gefühl, sie irgendwo schon einmal gesehen zu haben. „Jungs, seid nicht so schlecht erzogen, stellt uns vor!" Sie ging zielstrebig auf Logan zu und zog ihn in ihre Arme. „Schön, dich wieder hier zu haben", sagte sie an seinen Hals. Dann hielt sie ihn auf Armeslänge Abstand, wie eine Mutter, die die Gesichtsfarbe ihres Sohnes kontrollierte.

Logan lächelte sie an und gab ihr einen Kuss auf die Stirn. „Danke, ich habe euch auch vermisst! Also, das ist Nell, Nell, das sind Kendrit und Helen."

„Hi, schön, euch kennen zu lernen", murmelte ich und hielt Helen die Hand hin.

Doch sie grinste und zog auch mich in die Arme. „Willkommen in diesem verrückten Haufen unerzogener Wilder. Es wurde ja auch mal Zeit, dass ich hier ein wenig weibliche Unterstützung bekomme. Gemeinsam werden wir über kurz oder lang die nichtsnutzigen Kerle schon auf Vordermann bringen."

Halbherziges Protestgemurmel ertönte von der Jungsmeute im Wohnzimmer, die jedoch weniger gefährlich aussah, sondern als würden sie Helen allesamt vergöttern. Und ich konnte sie sofort verstehen. Helen war so fröhlich und herzlich, man musste sie einfach gernhaben. Nur der Blick von Kendrit war mehr als das. Er zeigte aufrichtige und tiefe Liebe. Ein warnender Protestlaut war jedoch wirklich zu hören. Er kam von Logan neben mir und klang überraschend ernst. Irgendetwas in mir sagte mir, dass diese unausgesprochene Warnung jedoch nichts mit der Bezeichnung als nichtsnutzige Kerle zu tun hatte, sondern vielmehr mit der Tatsache, dass Helen mich bereits wie ein Familienmitglied begrüßt hatte.

„Also, bei welcher Wette möchte Grayson demnächst sein Geld verlieren?", wechselte Logan das Thema. Sofort war das Gemurmel wieder in vollem Gang und Kendrit ließ sich auf einen der freien Stühle am Tisch fallen, dass es nur so krachte und schaufelte sich einen beachtlichen Berg Kuchen auf einen freien Teller.

Vincent grinste schelmisch. „Unser Großer hier war doch tatsächlich der Meinung, er könnte Helen im Sprint schlagen und hat versucht, die letzten beiden Kilometer bis zum Haus im Wettlauf gegen sie zu laufen. Ich muss wohl nicht erwähnen, dass er vernichtend geschlagen wurde." Er und Helen lachten rau und klatschen sich ab. Kendrit am Tisch machte ein gequältes Gesicht und verdrehte die Augen, sagte jedoch nichts. Logan stimmte in das Lachen ein. „Also wirklich, Ken, langsam solltest du es besser wissen."

Helen und ich setzen uns nebeneinander an den Tisch. Es war leicht, sich mit ihr zu unterhalten. Sie fragte mich über meine Familie und meine Hobbies aus, ohne dass es sich wie ein Verhör anfühlte. Sie schaute mich mit einem derartigen Interesse an, dass man denken könnte, sie hätte noch nie etwas so Spannendes gehört wie meine Erzählungen. Anfangs erzählte ich schüchtern und stockend, doch nach und nach war ich immer mehr in das Gespräch vertieft, antwortete ausführlich auf Helens Nachfragen und bekam nur noch am Rande mit, dass die Jungs in ein lautstarkes Tischfußballmatch eingestiegen waren und Logan immer wieder mit einem schwer zu deutenden Blick zu mir herübersah.

Der Rest des Tages verging wie im Flug. Noch während des Tischfußballmatches wurde eine Lasagne in den Ofen geschoben, deren Größe eine ganze Militärkompanie hätte ernähren können. Und so ging die Essensschlacht, die mir schon vom Nachmittag bekannt war vor einer atemberaubenden Sonnenuntergangskulisse hinter der Fensterfront in eine zweite Runde. Nach meinem zweiten Teller (war dieser Heißhunger ansteckend???) lehnte ich mich zurück und beobachtete die Jungs und Helen beim Essen. Sie waren gelöst und fröhlich, alberten herum und zogen sich gegenseitig auf. Ihren Umgang miteinander und ihren tiefen Zusammenhalt zu beobachten war ein schönes Gefühl und es zeigte mir eine lockere und gelöste Seite von Logan, die mir bisher verborgen geblieben war. Sie gefiel mir sehr. Erst als es hinter der riesigen Panoramafensterscheibe schon komplett dunkel geworden war, verabschiedeten wir uns herzlich und alle Hausbewohner begleiteten uns bis zum Auto und winkten uns nach, bis wir aus dem Lichtkreis des Hauses verschwunden waren.

Kapitel 27
Kribbeln und Ziehen

Ich genoss es, Logan auf der Rückfahrt noch einmal für mich allein zu haben. Er saß entspannt am Lenkrad, hatte im Radio einen Oldiesender eingestellt und erzählte mir im ruhigen Ton von den anderen Schatten. Jeder von ihnen hatte Schlimmes erlebt und war auf verschiedenste Weise von nahestehenden Menschen enttäuscht worden bevor er zu der Gruppe gestoßen war. Doch jeder von ihnen schien nun seinen Platz im Leben gefunden zu haben und glücklich zu sein und so erzählte Logan gelöst und summte hin und wieder eine Melodie aus dem Radio mit. Es war schön, ihn so entspannt zu erleben und ich fühlte mich neben ihm so sicher und geborgen wie ich mich zuletzt gefühlt hatte als ich noch nachts im Bett meiner Mutter geschlafen hatte. Seine Entspannung schien sich auf mich zu übertragen und ich fragte und sprach ebenso gelöst wie er, nicht gehemmt durch irgendwelche Ängste um meine Wirkung auf ihn.

Der Kies knirschte, als Logan den großen Wagen über die dunkle Auffahrt des Manors lenkte und vor der warm beleuchteten Flügeltür hielt. Das entspannte Gefühl in mir wurde ein wenig gedämpft und wich einem Bedauern, in der Aussicht, mich gleich von Logan trennen zu müssen. Nach diesem intensiven Tag kam es mir unwirklich vor, in mein Zimmer zurück zu kommen und dort zur Tagesordnung über zu gehen. Schließlich mussten wir morgen wieder in die Schule. Doch darüber wollte ich noch nicht nachdenken. Noch saß er hier neben mir und ich wollte jede Sekunde in seiner Nähe genießen.

Logan stellte den Motor ab und in meinem Bauch begann es zu kribbeln. Er hatte mich heute vor dem Haus seiner Familie geküsst. Würde er dies zum Abschied wieder tun? Schon bei der Vorstellung beschleunigte sich meine Atmung und mir wurde heiß. Logan schien jedoch lässig wie immer und drehte sich in seinem Sitz lächelnd zu mir um. „Danke, dass du das für mich getan hast." Er seufzte. „Eigentlich wollte ich dir heute meine Familie vorstellen, damit du weißt, wer auf dich aufpassen wird, wenn ich einmal nicht da bin. Wir passen seit Jahren auf einen bestimmten Menschen auf. Und dass wir dies heimlich, ohne dessen Wissen tun müssen, hat in der Vergangenheit schon für viele Probleme gesorgt. Das möchte ich dir nicht antun. Aber dich so nah zu haben und dich mit meiner Familie zu sehen war einfach wunderschön und hat einiges mit mir angestellt."

Das Kribbeln in meinem Bauch wurde von einem kurz aufflammenden Verlustgefühl gedämpft. Warum sprach er ständig von Abschied? Selbst nach so einem besonderen Tag? Dachte er ernsthaft darüber nach, demnächst von hier fort zu gehen und meinen Schutz seinen Brüdern zu überlassen? Doch ich hatte keine Zeit, diesem Gedanken lange nachzuhängen, denn Logan beugte sich nun zu mir herüber und flüsterte: „Und deshalb kann ich mich auch nicht zurückhalten, dies zu tun…" Und er schaute mir tief in die Augen, legte eine Hand an meine Wange und senkte seine Lippen auf meine. Dieser Kuss war anders als der erste, lang und auskostend. Ich

208

schloss meine Augen und gab mich ganz dem Gefühl hin. Es war berauschend, Logan endlich so nah zu sein. Es fühlte sich fantastisch an, richtig und vollständig. Ich war völlig versunken und vergaß Raum und Zeit, deshalb bemerkte ich anscheinend auch etwas verspätet, dass sich neben dieses neue, wunderschöne Gefühl ein anderes, seltsames gelegt hatte: ein Ziehen in meinem Bauch. Aber nicht, weil Logan bei mir war. Es war anders, unangenehm und fast schmerzhaft. Ich versteifte mich, zog mich zurück, legte Logan sanft die Hand auf die Brust und horchte. Er spürte die Veränderung meiner Gefühle sofort und sah mich fragend und ziemlich besorgt an. Das Ziehen kam wieder, wie eine Welle, und ich verspürte leichte Übelkeit. Und mit einem Mal wusste ich, woher ich dieses andere Gefühl kannte. Ich hatte es bei meinem einsamen Spaziergang hinter unserem Haus gefühlt, an dem Abend, wo Logan mir das Leben gerettet hatte. Dieses Gefühl bedeutete Gefahr. Ein Mutant war in der Nähe.

KAPITEL 28

SOLDAT

Erschrocken riss ich die Augen auf und starrte panisch in alle Richtungen in die Dunkelheit. Doch die dichten Büsche um die Auffahrt behinderten meine Sicht. Alles war voller dunkler Winkel, es gab einfach unzählige Verstecke, hinter denen jemand lauern könnte.

„Nell, was um Himmels Willen…", Logans Stimme hörte sich so an, als hätte er schon mehrfach versucht, mich anzusprechen. Ich blickte zu ihm. Er sah ziemlich verstört aus, überrascht… Aber kein bisschen alarmiert oder sogar ängstlich. Hatte er es etwa nicht bemerkt? Hatte er nicht… Da überkam mich das Ziehen erneut, heftiger als bisher und ich keuchte auf. Ich krümmte mich zusammen unter dem stechenden Gefühl in meiner Magengegend. Nun war Logan ernsthaft besorgt. Er nahm mich an beiden Oberarmen und zwang mich, ihn anzusehen. „Nell, was geht hier vor? Bist du krank? Ich…"
Doch ich unterbrach ihn voller Angst. „Schnell, wir müssen sofort hier weg. Sie sind hier. Oder zumindest einer von ihnen."
Logan verstand immer noch nicht: „Von wem redest du bloß, Nell?"
Doch diesmal musste ich ihn nicht unterbrechen. Mit einem Mal schien er zu verstehen und sein Verhalten änderte sich schlagartig. Er ließ mich sofort los, verriegelte die Autotüren mit einem Griff und wurde schlagartig ruhig und konzentriert. Alle Muskeln in seinem Körper waren angespannt und seine Aura schien sich zu wandeln. Neben mir saß ein Kämpfer. Er war bereit, es mit jedem Gegner aufzunehmen und er war… gefährlich. Ich war zu sehr mit dem ekelerregenden Gefühl in meinem Bauch beschäftigt, um eingeschüchtert zu sein. Ehrlicher Weise beruhigte mich sogar, dass Logan reagierte wie ein erfahrener Soldat. Routiniert suchte er die nächtliche Umgebung des Manors durch die Autoscheiben ab und schließlich fluchte er leise. „Du hattest Recht. Hinter den

drei Eichen steht einer von ihnen. Er sieht völlig überrascht aus. Anscheinend hat er nicht damit gerechnet, dass wir ihn entdecken. Jetzt dreht er sich sogar um, er rennt davon." Logan bewegte sich keinen Zentimeter. All seine Muskeln waren weiterhin angespannt und ich hätte wetten können, dass er weniger als eine hundertstel Sekunde benötigt hätte, um aus dem Auto zu rauschen und bei den Eichen zu sein. Vielleicht hätte er das auch schon lange getan, wenn ich nicht mit ihm hier drinnen sitzen würde. Diese Vorstellung jagte mir große Angst ein und ich legte eine Hand auf seinen Arm wie um ihn aufzuhalten, dabei wusste ich genug von ihm, um mir sicher zu sein, dass ich ihn niemals hätte aufhalten können. Doch die Berührung löste ihn aus seiner Starre und auch in mir löste sich der Krampf um meine Nabelgegend und ich konnte wieder freier atmen. Der Fremde war tatsächlich verschwunden. Als das Ziehen verschwand merkte ich erst, wie unkontrolliert meine Beine zitterten.

Logan sah jetzt wieder mich an und legte mir beruhigend die Hände an die Wangen: „Nell, sieh mich an, wir werden jetzt gemeinsam ins Haus gehen. Es wird dir nichts passieren, ich bringe dich sicher hinein und dann werde ich…"

„Nein!", rief ich panisch. Schon wieder ließ ich ihn nicht ausreden und mein Zittern verstärkte sich nur. Und meine Stimme klang leicht hysterisch: „Du darfst ihm nicht nachlaufen. Das kannst du einfach nicht tun, was ist, wenn er dir etwas antun, wenn du verletzt wirst oder noch schlimmer." Bei dieser Vorstellung versagte mir die Stimme und nur ein heiseres Krächzen kam noch aus meinem Mund. Panisch sah ich auf die Stelle, wo der Mutant verschwunden war. Logan hielt kurz inne, schien aber zu sehen, wie viel Angst mir diese Vorstellung machte. „Ok, beruhige dich. Ich bleibe bei dir und kümmere mich um dich. Es wird alles gut. Wir müssen nur erstmal aus diesem Auto heraus. Falls er wiederkommt ist es eine denkbar ungünstige Position, um dich zu verteidigen."

Ich konnte mich immer noch nicht rühren und Logan fragte mich langsam und betont, als würde er mit jemandem sprechen, der unserer Sprache nicht ganz mächtig war: „Wie ist die Codenummer eurer Alarmanlage?"

Ich blinzelte ein paar Mal und es kostete mich immense Konzentration, ihm die achtstellige Nummer zu nennen. Bevor ich wusste wie mir geschah hatte Logan, der gerade noch auf dem Fahrersitz gesessen und mein Gesicht in seinen Händen gehalten hatte, die Beifahrertür von außen geöffnet und mich aus meinem Sitz gehoben. Ich hatte nicht einmal sehen können, wie er außen um den Wagen gelaufen war. In ebenso halsbrecherischem Tempo war er mit mir im Arm zur Eingangstür gerannt und hatte die Nummer für die Alarmanlage eingegeben. Sobald die Tür sich öffnete war er schon drinnen und schloss die Tür hinter uns. Unsere Flucht aus dem Auto hatte weniger als sechs Sekunden gedauert und die Geschwindigkeit hatte mich schwindelig gemacht. Als Logan mich nach einigen Sekunden sanft absetzte, musste ich mich an ihm festhalten damit meine Beine nicht einknickten. Logan vergewisserte sich erst, dass auch die Hintertür der Halle vollständig gesichert und alle

Fenster geschlossen waren und nahm erleichtert davon Notiz, dass Granny einen Zettel auf die Kommode gelegt hatte mit der Nachricht, dass sie zu Hause war und hoffte, dass ich einen schönen Abend gehabt hatte. Dann zog Logan mich die Treppe zu meinem Zimmer hinauf. Nachdem er die Tür hinter uns geschlossen hatte musste ich mich wieder auf ihn stützen. Erst nach einiger Zeit merkte ich, dass Logan mich ebenso fest an sich drückte und sein Gesicht in meine Haare vergraben hatte. als er mich schließlich losließ, schniefte ich leise. Ich war mir sicher, dass der Mutant verschwunden war, weil meine Beine zwar zittrig und schwach waren, mein Bauch aber ruhig – bis auf das schöne und inzwischen vertraute Gefühl, weil Logan bei mir war. Logan jedoch war immer noch angespannt. Er setzte mich sanft auf das Sofa und überprüfte dann die Balkontür und zog die Gardinen in einer Geschwindigkeit zu, dass meine menschlichen Augen ihm kaum folgen konnten. Erst dann setzte er sich neben mich. Er nahm meine rechte Hand und ich nahm nur verschwommen wahr, dass er Kendrit anrief und ihm kurz die Ereignisse der letzten Minuten schilderte. Als er aufgelegt hatte war er nicht mehr ganz so angespannt, aber er sah mich forschend an: „Wie geht es dir? Es tut mir so unendlich leid!"

Ich atmete tief durch. „Es geht wieder, danke. Aber hör` bitte auf, dich für Dinge zu entschuldigen, für die du keine Verantwortung trägst. Du kannst nichts dafür, dass es böse Menschen oder Wesen auf der Welt gibt. Und es ist zum Glück nichts passiert." Ich fühlte mich tatsächlich mit jeder Sekunde normaler und ruhiger und realisierte langsam, dass diese Sicherheit wohl auch mit Logans Anwesenheit zu tun hatte. Zum einen fühlte ich mich in seiner Gegenwart sicher und beschützt, zum anderen, schien er mich nach so einem langen Tag mit ihm – und nach zwei wundervollen Küssen – tatsächlich ein klein wenig verändert zu haben. Ich fühlte mich mutiger und stärker und das unangenehme Ziehen und die Krämpfe, die ich im Auto gespürt hatte, schienen weit entfernt zu sein. Deswegen war ich auch verwundert, dass er immer noch in einer Pose auf meinem Sofa saß, die vermuten ließ, dass er sich innerlich noch immer für einen Kampf bereithielt. „Logan, der Mutant ist über alle Berge, das Ziehen ist nicht wieder aufgetaucht, ich bin mir ganz sicher, dass…"

„Das Ziehen?" Logan sah mich verständnislos an. Er kniff die Augen zusammen und starrte mich an. „Nell, wie hast du den Mutanten eigentlich bemerkt? Hast du ihn gesehen, als wir uns geküsst haben? War er da näher am Auto gewesen?"

Nun war ich diejenige, die verständnislos aussah. „Nein, ich habe dieses ekelhafte Zerren im Bauch gespürt, wie das letzte Mal, als ich einem von ihnen begegnet bin, daher wusste ich ja, was es zu bedeuten hatte, aber jetzt ist es still. Fühlst du es etwa immer noch?"

„Nein", Logan schaute mich unvermindert verwundert und durchdringend an und ich war verwirrt. „Nein", wiederholte er, „Ich fühle nichts dergleichen. Und das liegt daran, dass Schatten Mutanten nicht fühlen können. Niemals."

Kapitel 29
Charismatisch, gutaussehend
und interessant

Am nächsten Morgen in der Schule kam mir die normale Teeniewelt merkwürdig fremd und unwirklich vor. Ich hatte hervorragend geschlafen, was daran gelegen hatte, dass Logan wieder die ganze Nacht bei mir geblieben war. Zum einen hatte er sichergehen wollen, dass auch wirklich keine Gefahr mehr drohte und zum anderen hatte es viel zu besprechen gegeben. Ich hatte den Mutanten nun schon zwei Mal sehr deutlich gespürt, beim zweiten Mal sogar noch sehr viel deutlicher als beim ersten Mal. Und da ich ja auch Logan so deutlich spüren konnte und er mich und anscheinend alle anderen auch, war ich wie selbstverständlich davon ausgegangen, dass alle Schatten die Mutanten erspüren konnten. Doch von Logan hatte ich erfahren, dass er niemanden kannte, der jemals eines dieser Wesen erspürt hatte. Normalerweise konnten Schatten jeden anderen Schatten spüren, ihre Partnerinnen am deutlichsten, auch Menschen, die ihnen bekannt waren, konnten sie fühlen. Die Frauen, die sich durch einen Schatten als Partner verwandelt hatten, hatten diese Gabe auch. Meist fühlten sie jedoch nur ihren eigenen Partner, selten auch andere sehr nahestehende Menschen. Einen Mutanten konnte jedoch niemand von ihnen erspüren. Sie scheinen für die Wahrnehmungslandkarte der Schatten wie ein blinder Fleck zu sein. All dies hatte Logan mir erklärt, nachdem klar wurde, dass ich anscheinend eine einsame Ausnahme war und die Anwesenheit eines Mutanten dennoch fühlen konnte. Ich wusste nicht, ob mir diese außergewöhnliche Gabe Angst machen sollte, oder ob ich es vielleicht ganz nützlich fand. Logan jedenfalls hatte mir beinahe schon bewundernde Blicke zugeworfen und hatte ein zweites Mal mit Kendrit telefoniert. Bei unseren Gesprächen waren wir uns einig, dass der Mutant anscheinend ebenso überrascht gewesen war, dass wir ihn entdeckt hatten und er nun wahrscheinlich ahnte, dass ich ihn auf irgendeine Art bemerken konnte.

Als mich Annie und Lauren vor dem Geschichtsunterricht über mein Wochenende und das Treffen mit Logan am Samstagabend ausfragten kam es mir vor, als wäre schon eine Ewigkeit vergangen, seit ich mich Logan in seinem Hotelzimmer gesessen hatte und er mir offenbart hatte, dass er „anders" war. Es fiel mir schwer, die unbeschreiblichen Ereignisse des Wochenendes in Worte zu fassen, die nichts über Logans wahre Identität verrieten und so fasste ich mich doch etwas kürzer als die neugierige Annie sich wahrscheinlich wünschte. Zum Glück war Mr. Goldberg heute sehr pünktlich in seiner Klasse und ich konnte die Befragung unverdächtig abbrechen. Beim Mittagessen wollte Annie gerade die nächste neugierige Frage stellen, als Logan die Mensa betrat, drei Goldies wild kichernd hinter sich. Wie jeden Tag verabschiedete er sich von den drei Mädchen nachdem er sich sein Essen geholt hatte und ich konnte nicht leugnen, dass ich eifersüchtig war. Die permanente Anwesenheit von hübschen Mädchen in seiner Nähe gefiel mir gar nicht. Andererseits mochte ich ja an ihm, dass er zu jedem nett und hilfsbereit war. Aber konnte er nicht ein etwas normalsterblicheres Aussehen haben, damit ihm nicht die halbe Schule hinterherlief?

Logan lächelte mich auf dem Weg zu unserem Tisch an und er setzte sich zum ersten Mal direkt neben mich. Und nicht nur das, nachdem er seinen Teller auf dem Tisch abgestellt hatte, legte er wie selbstverständlich eine Hand unter mein Kinn und küsste mich sanft auf die Lippen. Sprachlos und mit hochrotem Kopf saß ich wie versteinert da. Ich hatte das Gefühl, dass die komplette Schule uns anstarrte. Logan war jedoch selbstbewusst wie immer, streichelte mir einmal über die Wange und fing dann ungerührt an, sein Mittagessen in sich hineinzuschaufeln. Ich löste mich erst wieder aus der Erstarrung, als Tom prustend durch die Mensa marschierte und das Goldierudel höflich darauf hinwies, dass sie grün angelaufen seien und ihnen Sabber aus dem Mundwinkel tropfen würde. Schnell blickte auch ich hinunter auf mein Essen, ich sah nur noch aus den Augenwinkeln, wie Lauren und Annie mir begeistert zuzwinkerten.

In den nächsten Tagen wechselten Logan und seine Brüder sich mit Streifzügen durch die nähere Umgebung ab, auf der Suche nach dem Mutanten, der sich in der Nähe herumgetrieben hatte, um ihn zu stellen oder zumindest aus der näheren Umgebung zu vertreiben. Daher sah ich Logan leider nur selten und vermisste ihn sehr. Auch in die Schule kam er nicht. Doch einer der Schatten war immer in der Nähe des Manors und so besuchte mich Vincent am Mittwoch nach dem Abendbrot. Er kam wie Logan über den Balkon und so langsam fragte ich mich, ob es nicht allmählich ratsam wäre, dort eine Türklingel anzubringen. Ich saß gerade an meinem Schreibtisch und schrieb an einer Restaurantszene für mein aktuelles Buch als es an der Balkontür klopfte. Ich schrak hoch, obwohl Logan mir Vincents Besuch angekündigt hatte. Ich wunderte mich über mich selbst, wie unmittelbar ich in mich hineinhorchte. Doch das Ziehen hinter meinem Bauchnabel blieb aus. Ich öffnete die Tür. Vincent stand grinsend an das Balkongitter gelehnt. Das Licht aus meinem Zimmer beleuchtete seine athletische Figur nur spärlich. Er war ebenso groß und wie Logan, jedoch nicht ganz so muskulös. Seine Gesichtszüge waren weicher und seine allgemeine Erscheinung war weniger einschüchternd als Logans. Unwillkürlich musste ich auch grinsen und winkte Vincent herein, der auf dem Weg zum Sofa zwei Essenstüten hinter seinem Rücken hervorzauberte. „Lust auf Thailändisch?"

„Gibt es bei euch eigentlich auch andere Themen als das Essen?", fragte ich gespielt entrüstet.

Vincent ließ sich nicht aus der Ruhe bringen. Er setzte sich breitbeinig aufs Sofa und ließ die beiden Tüten auf den Tisch fallen. „Doch, natürlich!", antwortete er, „Wenn wir satt sind!"

Ich setzte mich neben ihn. Eigentlich war ich nicht hungrig, aber ein Blick in die Tüte konnte nicht schaden.

„Som Tam Thai!", schoss es aus mir heraus und ich hob den Pappkarton sofort aus dem Tütchen.

„Ah, ein Kenner!" Vincent hatte seinen Mund schon voll Essen.

„Naja, das nicht gerade. Aber wenn ich mit meiner Mutter in London beim Thailänder war, war dies meine erste Wahl." Ich schnappte mir die beigefügte Gabel und begann zu essen. Ich machte mir weiterhin Sorgen und wusste nicht recht, wie ich ein heiteres Gespräch hier mit Vincent führen sollte, wenn seine Brüder dort draußen einen Mutanten verfolgten und vermutlich in Gefahr waren. „Gab es eine Spur von ihm?", fragte ich daher leise. Vincent aß ungerührt weiter. Er schien sofort zu merken, dass ich meine Frage nicht aus informellen Gründen sondern aus Angst gestellt hatte. „Mach dir keine Sorgen, Nell!", wir sind immer zu dritt oder zu viert unterwegs. Es gab tatsächlich Spuren von ihm, Gerüche oder ähnliches. Gestern waren wir ihm einmal sogar so nah, dass wir ihn gesehen haben. Aber es ist in eine Menschenmenge geflüchtet. Da hatten wir keine Chance." Vincent stopfte sich eine neue Gabel gebratene Nudeln in den Mund. „Früher oder später schnappen wir ihn, es ist nur eine Frage der Zeit."

Ich wusste nicht, ob mich Vincents Erläuterungen tatsächlich beruhigen sollten oder ob es mich nicht noch nervöser machte, dass er so sorglos war. Sorglosigkeit machte unvorsichtig. Doch was konnte ich tun? „Bitte passt trotzdem auf euch auf!", flüsterte ich daher nur.

Vincent hörte auf zu kauen. „Er ist schnell und nach Kendrit der geschickteste Kämpfer von uns. Wir bringen ihn dir heil zurück, Nell!"

Ich schaute zu Boden und es dauerte etwas, bis ich antworten konnte. „Es geht mir um euch alle, nicht nur um ihn." Ich konnte die Gedanken, dass Logan verletzt werden könnte kaum ertragen, daher versuchte ich, unser Gespräch in eine andere Richtung zu lenken.

„Kannst du mir erklären, warum es diese Mutanten überhaupt gibt? Ich meine, es will nicht in meinen Kopf, wie man als Schatten geboren wird, also alles kann, was man sich nur wünschen könnte, man ist stärker, klüger und schlauer als alle anderen Menschen…"

„Und natürlich viel charismatischer, gutaussehender und interessanter!", warf Vincent betont lässig ein und strich sich dabei kokett durch die Haare.

Ich musste grinsen.

„Im Ernst, Nell, überschätze uns nicht!" Vincent lag nun mehr auf meinem Sofa als dass er saß und rieb sich über seinen vollgegessenen Bauch.

„Nein, ich meine es ernst", unterbrach ich ihn, „ihr Schatten habt so viele Fähigkeiten. Wie kann man dann noch immer nicht zufrieden sein und noch mehr wollen?"

Vincent setzte sich leise stöhnend auf und reichte mir eine der beiden Coladosen rüber. Dann öffnete er seine und trank, bevor er antwortete. „Hmm… Stell`dir einmal vor, du würdest in einer großen Agentur arbeiten. Dir macht der Job viel Spaß und du bist auch richtig gut darin. Am Jahresende kommt dein Chef zu dir, bedankt sich für die Arbeit und belohnt dein besonderes

220

Engagement mit einer Sonderauszahlung von 25.000 Pfund. Wie würdest du dich fühlen?"

Ich musste nicht lang überlegen. „Wow, das ist viel Geld, natürlich würde ich mich sehr freuen. Das würde doch jeder!" Worauf wollte er hinaus?

Vincent räusperte sich. „Klar! Mit 25.000 Pfund hat man das große Los gezogen. Aber nun stelle dir einmal weiter vor, dass nun eine Woche später deine Kollegin zu eurem Chef gerufen wird und sie bekommt eine Auszahlung von 50.000 Pfund als Jahresabschluss. Könntest du dich über deine 25.000 immer noch genauso freuen?"

Ich dachte nach. „Nein, wahrscheinlich nicht. Ich würde denken, dass ich nicht so gute Arbeit geleistet hätte, wie meine Kollegin. Es würde mich sehr verunsichern."

Vincent lachte laut und hell auf. „Das passt zu dir, Nell! Du scheinst oft zuerst die Fehler bei dir zu suchen. Die meisten anderen Menschen würden wütend werden bei dieser Ungerechtigkeit. Du denkst zuerst einmal, du hättest etwas falsch gemacht. Aber das Ergebnis ist dennoch dasselbe."

Ich stellte die Coladose auf den Tisch und drehte sie in meiner Hand. „Ja, das stimmt. Ich würde mich über die 25.000 Pfund nicht mehr so freuen können wie vorher."

Vincent wurde nun ernst. „Ja, der Wert des Geldes hat sich nicht verändert. Und dennoch scheint es weniger wert zu sein als vorher. Menschen neigen dazu, sich ständig miteinander zu vergleichen und fühlen sich schnell benachteiligt, wenn andere es vermeintlich besser haben als sie. Bei Schatten ist es ganz genauso."

Ich verstand, wie er es meinte. Und es machte mich traurig, dass sowohl Menschen als auch Schatten durch die Verlockung von noch mehr Macht, Geld oder Anerkennung dazu bereit waren, so weit von ihrem eigentlichen Weg abzukommen. Doch zum Glück waren ja nicht alle so. Weder Menschen noch Schatten.

Vincent sah auf seine Armbanduhr. „Ich muss noch `ne Runde ums Haus und über die Felder in der direkten Umgebung drehen. In einer dreiviertel Stunde löst Jared mich ab. Und dann kann ich erstmal ein paar Stunden schlafen. Mal sehen, ob Helen noch etwas von dem Braten von gestern übrig hat…"

Ich musste lachen. „Wie kannst du jetzt schon wieder ans Essen denken?"

Vincent wuschelte mir durch die Haare und zog mich dann unerwartet kurz in seine Arme. „Weil ich einer dieser charismatischen und unvergleichlich gutaussehenden Schatten bin, von denen du eben gesprochen hast."

Laut lachend öffnete er die Balkontür und war so schnell verschwunden, dass ich mich nicht mehr verabschieden konnte. Kopfschüttelnd aber grinsend ging ich zurück in mein Zimmer.

Am Donnerstag kam weder Vincent noch Logan vorbei. Je mehr Zeit verging, desto größer wurden meine Sorgen. SO einfach schien die Jagd wohl doch nicht zu sein. Deshalb waren meine Gedanken häufig woanders. Daher war es wohl auch nicht verwunderlich, dass ich grade in meine Gedanken vertieft war, als ich am Donnerstagabend bei Granny im Malzimmer mit

222

angezogenen Beinen auf dem Fußboden saß und ihr beim Malen zusah. Sie hatte gerade mit einem neuen Auftrag begonnen, dem Bild einer Natursteinbrücke über einem kleinen Fluss. Es war komplett in Braun- und Beigetönen gehalten, wie die Sepiaversion einer Fotografie. Auch dieses Bild gefiel mir unwahrscheinlich gut, da es die fehlenden Farben durch ausdruckstarke Details und geschickt gesetzte Fluchten wettmachte. Wieder einmal bewunderte ich meine winzige Großmutter. Doch diesmal nicht nur wegen ihres künstlerischen Talents, sondern vor allem für ihren Mut. Den Mut, den sie vor vielen Jahren bewiesen hatte als sie sich entschied, nicht den ihr von ihren Eltern vorbestimmten Weg in einem seriösen und bodenständigen Beruf zu bestreiten sondern ihren Traum zu leben, alles auf eine Karte zu setzen und Malerin zu werden. Ohne eine Sicherheit im Rücken, einfach mit dem Wissen, dass dies ihr Weg war, dass sie es einfach versuchen musste. Ich dachte an mein Gespräch am Sonntag mit Helen. Wir hatten auch über mein Schreiben gesprochen und sie hatte mich gefragt, ob es für mich in Frage käme, dies später beruflich zu machen. Ich hatte es als völlig unmöglich abgetan. Aber wie sollten sich Träume verwirklichen, wenn man ihnen nicht einmal eine Chance gab?

„Neeeelllyyy!", Grannys Stimme klang, als hätte sie meinen Namen schon diverse Male gesagt. Überrascht und etwas schuldbewusst blickte ich auf. Ich war zu tief in meine Gedanken versunken gewesen. Zum Glück sah Granny mehr belustigt als böse aus. „Entschuldige, Granny, ich war etwas in Gedanken, was wolltest du mir erzählen?" Sie grinste. „Kein Problem, Liebes, ich war schließlich auch mal jung." Sie zwinkerte mir zu. Eine Sekunde lang wunderte ich mich darüber, dass ich nicht rot wurde wie normalerweise, doch dann schien mein Gehirn diesen Umstand als nicht wichtig abzustempeln.

„Ich wollte dich nur fragen, ob du Maggie ihre Post vorbeibringen würdest. Sie wurde bei Martha Blythe abgegeben. Sie liegt dort drüben auf der Kommode. Es ist wirklich merkwürdig. Ich glaube, Maggy hat schon drei Mal mit dem Postboten gesprochen. Würdest du sie ihr `runterbringen? Meine Hände sind voller Farbe und ich möchte die Umschläge nicht beschmutzen."

Ich stand auf und schnappte mir den kleinen Stapel weißer Umschläge. „Klar, Granny, ich mach es jetzt gleich. Und danach bin ich in meinem Zimmer und schreibe."

Die Erinnerung an mein Gespräch mit Helen und der Anblick meiner malenden Großmutter hatte mich wieder an meine eigenen Träume erinnert. Schreiben. Das hatte ich schon immer getan und wollte ich immer tun. Vielleicht würde ich meine Geschichten doch irgendwann einmal jemandem zeigen. Ich wollte das einfach nicht mehr ausschließen und mich nur von meinen Ängsten und Hemmungen leiten lassen. Und da Logan heute eh den Nachmittag mit Vincent in den Wäldern verbrachte und ich dringend Ablenkung gebrauchen konnte, um mir nicht zu viele Sorgen zu machen, hatte ich viel Zeit. Leider war es für eine Schreibeinheit auf meiner geliebten Schaukel schon zu dunkel.

Auf dem Weg durch den Flur spielte ich gedankenverloren mit den Briefen. Dabei fiel mir auf, dass der

Umschlag des untersten Briefes an einer Stelle ungewöhnlich rau war. Ich wendete den Umschlag in der
Hand. Der Verschluss wies kleine Falten auf und das Pa-
pier war an dieser Stelle härter als sonst. War der Brief
etwa geöffnet worden? Da fiel mir ein, dass Grandma gesagt hatte, dass der Brief versehentlich falsch abgegeben
wurde. Sicherlich hatte der falsche Empfänger ihn geöffnet, ohne vorher die Adresse zu überprüfen und hatte
dann gemerkt, dass der Brief nicht für ihn bestimmt war
und hatte ihn wieder zugeklebt. Ich ging den Flur entlang, vorbei an Grandmas Tür, vor der ein storchenbei-
niger schmaler Tisch mit den unumgänglichen Porzel-
lanfigürchen darauf stand, vorbei an dem Gemälde des
vermissten Mädchens, über das Grandma und Maggie
beinahe in Streit geraten waren und gelangte schließlich
zu Maggies Tür, ohne Tisch und ohne Bild. Ich hatte die
Hand zum Klopfen schon erhoben, als ich erstarrte. Es
lief mir kalt den Rücken hinunter und ich erstarrte. Etwas
stimmte nicht. Ich drehte mich langsam um. Was hatte
meine Aufmerksamkeit auf sich gezogen? Die Porzel-
lankätzchen standen friedlich Männchen machend und
Garnknäuel spielend auf dem Tischchen als könnte sie
kein Wässerchen trüben. Nein, nicht die Figuren – das
Bild! Ich hatte es schon einige Male gesehen, hatte es
flüchtig betrachtet als ich als Kind auf dem Dachboden
gespielt hatte. Hatte mit kindlichem Grusel die Geschichten der alten Haushälterin verfolgt als sie mir erzählte,
dass diese junge Frau vor 70 Jahren unter mysteriösen
Umständen verschwunden war als sie einige Zeit auf Backingshire Manor verbrachte. Mit unheilvollem Blick

hatte die Haushälterin gemunkelt, sie wäre einem Gewaltverbrechen zum Opfer gefallen, doch ihre Leiche wäre nie gefunden worden. So war ich mir als Kind nie sicher gewesen, welche Geschichten wahr waren und welche die Zeit und die Menschen ersponnen hatten, aber unheimlich war mir dieses Bild immer vorgekommen. Doch nie hatte es mich so verängstigt wie heute. Ich kannte das Mädchen, dass vor über siebzig Jahren Modell gesessen hatte. Auch wenn das Bild das blasse Gesicht kränklicher zeigte, die roten Haare nicht so leuchtend. Es gab keinen Zweifel. Es war Helen.

KAPITEL 30

ERNSTE WORTE

Das Freizeichen ertönte nur ein einziges Mal bevor Logan ans Telefon ging. „Nell?" Seine Stimme klang immer besorgt, wenn ich ihn anrief und entspannte sich stets erst zu dem lockeren selbstbewussten und leicht neckenden Ton nach den ersten Sätzen unseres Gesprächs, wenn er sich sicher sein konnte, dass alles gut war. Normalerweise kam mir seine Fürsorge leicht übertrieben vor, aber heute war ich derart verwirrt und zittrig, dass Sorge vielleicht durchaus angebracht war. Auch meine Stimme klang etwas schwach: „Logan, ich habe eben Helen auf diesem Bild erkannt. Auf diesem Nachkriegsgemälde. Sie wird für tot gehalten ..." Meine Stimme versagte und dieselbe Panik schien mich zu überrollen, die mich unten im Flur ergriffen hatte, als ich den Briefstapel achtlos vor Maggies Tür abgelegt hatte und ohne des Bildes noch eines Blickes zu würdigen nach oben gerannt war. Dabei hatte ich beinahe Silvester umgerempelt, der mir völlig überrascht hinterher gestarrt hatte. Nüchtern betrachtet hätte mich dieses neue Wissen eher beruhigen sollen. Schließlich wusste ich nun, dass dieses hübsche Mädchen mit der typischen 40er-Jahre-Frisur keinem Verbrechen zum Opfer gefallen war, sondern glücklich und zufrieden lebte. Immer noch lebte. Während alle anderen Mädchen ihres Alters inzwischen alt und grau oder bereits verstorben waren. Das tote Mädchen hatte sie alle überlebt.

„Nell?" Zum zweiten Mal an diesem Tag schien ich verpasst zu haben, dass jemand mit mir redete. „Nell, es tut mir leid. Ich werde sofort vorbeikommen. Es gibt einfach noch so viel, was ich dir erzählen muss. Atme tief durch. Es ist alles gut, ich bin gleich da." Ich atmete tief durch und seine Stimme brachte meinen Herzschlag tatsächlich dazu, sich etwas zu beruhigen und dämpfte die drängenden Fragen in meinem Kopf. „Ok, danke, dass du vorbeikommst!", flüsterte ich ins Telefon. Ich traute meiner Stimme noch nicht ganz. Es tat mir leid, dass ich die Pläne der Schatten durcheinanderbrachte. Doch gleichzeitig hatte die Erkenntnis mit diesem Bild mir gezeigt, wie wenig ich noch über sie wusste. Logan hatte mir schon viel über sich erzählt, einiges gezeigt, und doch wusste ich so wenig über ihn und seine Familie.

Ich wusste nicht, wie lange ich in meinem Zimmer saß und auf das vertraute Ziehen in der Nabelgegend wartete. Es kam mir endlos lang vor, obwohl es sicherlich nur wenige Minuten gewesen waren. Logan war enorm schnell. Als ich dann das Ziehen spürte und Logan einige Sekunden später auf meinem Balkon erschien war er nicht einmal außer Atem, obwohl ich mir sicher war, dass er gerannt war, statt das Auto zu nehmen. Nur sein Blick sah besorgt aus und seine Augen leuchteten von innen heraus, was ein klares Zeichen dafür war, dass er aufgeregt war, auch wenn er es zu verbergen suchte. Kaum war er im Zimmer, fiel ich ihm in die Arme. Es war erstaunlich, wie schnell sich mein Puls in seiner Nähe beruhigte und ein Gefühl der Sicherheit mich umgab. Auf einmal war ich nicht mehr aufgeregt, eine andere Erkenntnis setzte sich auf mein Herz. Helen lebte. Sie hatte sich mit Kendrit verbunden und hatte dadurch einen Teil seiner Fähigkeiten übernommen. Augenscheinlich auch die Fähigkeit nicht zu altern – oder zumindest langsamer. All das hatte Logan für mich nie gewollt. Das war der Grund, warum er immer darauf achtete, dass es auch Tage gab, an denen wir uns nicht sahen, dass er auch jetzt noch häufig körperlichen Abstand zwischen uns brachte. Ich hatte es nie richtig verstanden. Ich hatte mich gefragt, was so schlimm daran sein sollte, stärker, selbstbewusster und schneller zu werden. Nun fiel es mir wie Schuppen von den Augen. Wenn ich mit Logan zusammenbleiben würde, wenn ich seine Fähigkeiten annehmen würde, würde es bedeuten, dass ich mit ihm fortgehen müsste. Ich würde Helens Schicksal teilen.

Logan hob mein Kinn mit seinem Zeigefinger an, so dass ich ihm in die Augen sehen musste. Sorge und Kummer

228

spiegelten sich in seinem Blick und er wischte mir mit der freien Hand sanft Tränen von den Wangen. Ich hatte gar nicht gemerkt, dass ich weinte.

„Es tut mir leid", schniefte ich, „Ich weiß nicht, was in mich gefahren ist. Ich gehöre sonst eher nicht zu der Sorte hysterischer Weiber, die wegen jedem bisschen selbstverliebt in der Ecke hocken und…"

Weiter kam ich nicht, denn Logan hielt seinen Zeigefinger an meine Lippen und bedeutete mir, still zu sein. Fast drohend sah er mich an. „Sag so etwas nicht, hörst du? Du musst dich für gar nichts entschuldigen. Ich bin es, der sich entschuldigen muss. Du musst zur Zeit so viel durchmachen, so viel verarbeiten und begreifen. Ich wundere mich jeden Tag, dass du bisher nicht schreiend davon gelaufen bist bei den Enthüllungen und Aufregungen der letzten Tage." Er nahm mich sanft in die Arme und trug mich wie ein Baby auf das Sofa. Es wurde draußen langsam dunkel aber keiner von uns beiden kam auf die Idee, ein Licht anzuschalten. „Nell, es ist kein Wunder, dass dir alles zu viel wird. Was du die letzten Wochen gesehen und erlebt hast, erleben andere Menschen nicht in ihrem ganzen Leben. Und du steckst das einfach so weg, denkst nicht einmal an dich, sondern an alle anderen Menschen um dich herum. Das musste einfach früher oder später soweit kommen, dass auch du einmal Angst davor bekommst, was mit dir passieren könnte." Wie auf ein Stichwort hin rückte Logan auf dem Sofa ein Stück von mir ab.

Ich schaute ihn nur verständnislos an. Wovon redete er da? Ich setzte mich etwas auf und wischte mir die letzten

Tränenreste von der Wange. „Was meinst du damit? Nein, Logan, ich habe keine Angst davor, was mit mir passieren würde. Im Gegenteil. Durch dich fühle ich mich das erste Mal in meinem Leben stark. Stärker als ich es zu träumen gewagt hätte. Nicht eure komische „Ich – hebe – mal – eben – den – Mercedes – meiner – Nachbarin – aus – dem – Weg – Stärke", sondern ein Gefühl nicht so leicht verletzbar zu sein, sich nicht ewig verstecken zu müssen. Nein, ich fürchte mich nicht davor mich zu verändern. Ich habe Angst um meine Familie. Angst davor, dass ich sie eines Tages verlassen muss und ihnen keinen Grund nennen kann. Ich habe Angst vor ihrer Angst. Meine Mum hat nach der Trennung von Dad niemanden mehr." Ich musste abbrechen, weil inzwischen die Tränen wiederkamen. Sie schienen aus mir heraus zu brechen wie die Worte, die ich nicht finden konnte.

Logan schaute mich perplex an. „Das hätte ich mir denken können, sagte er zerknirscht. Wieder einmal machst du dir Sorgen um alle anderen statt um dich selbst." Er klang leicht resigniert und er reichte mir ein Taschentuch, welches ich dankend annahm. Nach einer Weile sagte er ernst: „Helen hatte keine Wahl, Nell. Du schon." Sein Blick wanderte durch die Balkontür auf den Garten, der fast völlig im Dunkeln lag. „Helen wurde als Helene 1930 in Deutschland geboren. Wie du weißt waren die politischen Verhältnisse in dieser Zeit dort sehr angespannt, da muss ich dir gar nicht viel darüber erzählen, wie es politisch unangepassten Menschen damals ging. Und solche Menschen waren Helens Eltern. Sie wurden ins Gefängnis gebracht, als sie den Nazis zu unangenehm wurden. Helen kam auf einen der berühmten Kindertransporte nach Dovercourt und wurde dort an eine Familie vermittelt, die sie aufnahm. Doch auch dort fand sie kein neues Zuhause und sie wurde nach Wickershan gebracht. Deine Urgroßeltern nahmen sie auf und halfen Helen, ihre Familie in Deutschland zu suchen. Doch sie erfuhren, dass ihre Eltern den Weltkrieg in Deutschland nicht überlebt hatten."

Ich atmete abrupt ein und Logan nahm meine Hand.

„Helen war am Boden zerstört. Sie trauerte lange, ging kaum aus dem Haus und hatte ja auch niemanden, an den sie sich hätte wenden können. Es gab keine weiteren lebenden Verwandten. Deine Urgroßeltern gaben sich jegliche Mühe und Helen war ihnen sehr dankbar, doch die Trauer und das Gefühl als einzige entkommen zu sein nagten so stark an ihr, dass kaum jemand an sie herankam. Sie zog sich vollständig zurück. Nur in den Wald hinter dem Anwesen ging sie. Dort fand sie etwas Ruhe und dort traf sie auch das erste Mal auf Kendrit. Von da an änderte sich ihr Leben. Sie verliebte sich, blühte auf, wurde stärker und sah wieder einen Sinn in ihrem Leben. Kendrit und sie blieben zusammen und als klar wurde, dass sie sich verändern würde, ging sie mit ihm davon. Sie wollte deinen Urgroßeltern keine Probleme bereiten. Deshalb ging sie mit Kendrit fort. Sie wollte nicht, dass jemand nach ihr suchte. Nach Ende des Krieges gab es viele Menschen, die wegen Familienzusammenführungen die Städte verließen. Andere zogen zu ihren Familien, weil nicht alle Soldaten zurück nach Hause kamen. Da war es nicht so ungewöhnlich wie heute, dass ein junges Mädchen von heute auf morgen verschwand. Alles war unorganisierter, im Aufbau. Aber Helens Verschwinden hinterließ natürlich trotzdem jede Menge Fragen. Und viele Menschen suchten nach ihr. Doch Helen und Kendrit verbrachten die nächsten Jahrzehnte im Ausland und auch noch heute zeigt sich Helen in dieser Gegend nicht in der Öffentlichkeit. Aber irgendwie scheint dieser Ort – dieses Haus, oder besser gesagt seine Bewohner uns anzuziehen. Dieser Ort scheint mit dem Mysterium unseres Daseins verbunden zu sein und wir hoffen immer noch, hier Antworten zu finden auf unsere Fragen. Außerdem scheinen wir hier ständig auf die Liebe unseres Lebens zu treffen." Logan grinste mich schelmisch an und nahm meine Hand.

Mir wurde ganz flau im Magen. Aber warum meinte er eigentlich ständig. Doch ich kam nicht lange zum Nachdenken, denn Logan fuhr fort und seine Geschichte war einfach zu spannend – auch wenn sie mich mehr und mehr bedrückte.

„Also konnten wir uns nicht lange von Wickershan fernhalten. Mein Mentor traf auch hier seine Frau, an die er gebunden wurde. Ich habe dir seine Geschichte erzählt. Er wollte sie nicht in Gefahr bringen, sich nicht mit ihr zusammentun. Aber er wollte sie auch nicht schutzlos zurücklassen. Daher haben wir hier in der Nähe das Haus gebaut und einer von uns war immer ganz in der Nähe. Deshalb …" Er bracht ab als hätte er schon zu viel erzählt.

Irgendetwas in meinem Kopf klingelte bei seinen Worten. Doch ich war zu aufgewühlt, um genauer darüber nachzudenken.

So sehr ich diesen Jungen neben mir auch in mein Herz geschlossen hatte, sosehr er sich schon in mein Leben gewebt hatte wie ein goldener Faden in eine unscheinbare Tischdecke, die letzten Wochen hatte bei all der Unglaublichkeit einen bitteren Beigeschmack, eine Art Wehmut behalten, die ich nicht hatte zuordnen können. Nun war ich mir ihrer bewusst geworden. Der goldene Faden würde meine Decke verschönern, aufwerten, vielleicht sogar wertvoll machen. Doch dann würde sie nicht mehr an ihren bisherigen Platz passen.

Logan kniete sich unerwartet vor meine Füße. „Nell!", sagte er eindringlich, „Ich werde hier noch den Verstand verlieren, wenn du mir nicht endlich sagst, was in dir vorgeht!" Sein verzweifelter Blick ließ mein Gedankenkarussell anhalten. Es drehte noch eine letzte quietschende Runde, dann bliebt es stehen. Die Karusselpferdchen wippten nur noch ein wenig mit den Holzköpfchen, dann war alles ruhig. Wenn Logan mich so ansah war es mir fast unmöglich, einen klaren Gedanken zu fassen. Ich wollte nicht, dass er sich auch noch um mich sorgte. Deshalb schluckte ich einmal und versuchte, mich zu konzentrieren. Ich nahm mir vor, die restlichen Unruhen des Gedankenkarussells zu stoppen und das ganze Ding samt Pferdchen, Drehvorrichtung und Musikgedudel weit hinten in meinem Kopf zu verstauen, die Tür zu schließen und es erst wieder hervorzukramen, wenn ich

Ruhe und Zeit hatte, darüber genauer nachzudenken. Vor allem sollte ich dabei allein sein.

„Nell!" Logans Stimme war jetzt eine Mischung aus Sorge und mühsam zurückgehaltener Ungeduld. „Rede mit mir!"

„Entschuldige", bemühte ich mich schnell zu sagen. Und gleichzeitig bemühte ich mich um einen unverfänglicheren Gesichtsausdruck. Logan war bei mir. Das war alles was zählte und was ich wollte. Alles andere würde sich finden. „Entschuldige! Ich war einfach so… überrascht! Ich weiß ja eigentlich wie es ist. Und doch war es etwas anderes, es so real zu sehen. Ich weiß auch nicht." Ich schaute Logan in die Augen. Doch als ich dort in meinem Zimmer vor ihm saß, die Auswirkungen, von denen er mich immer gewarnt hatte, so direkt vor Augen, wurde mir einiges bewusst. So sehr ich auch Angst davor hatte, meine Eltern, Granny oder meine neuen Freunde zu verletzten, so sehr mich die Vorstellung, wie Helen einfach zu verschwinden, ohne einen Grund nennen zu können auch quälte – es änderte nichts daran, dass es mir einfach nicht mehr möglich war, mich von Logan fern zu halten. Schattenmänner schienen an eine Frau gebunden zu sein – aber anscheinend suchte sich das Schicksal diese Frauen auch ganz genau aus. Und ihnen war es auch nicht so ohne weiteres möglich, sich von denen ihnen vorbestimmten Partnern zu trennen.

Logan schien meine Zerrissenheit wieder einmal zu spüren: „Nell, du siehst traurig aus. Was kann ich tun?"

Ich seufzte und zwang mich innerlich, nicht wie sonst auf den Boden zu gucken, alles abzustreiten und ein „Alles

234

ist gut" heraus zu murmeln. Deshalb schaute ich ihm direkt in die Augen, auch wenn das nicht gerade förderlich war, um eine einigermaßen intelligent formulierte Antwort hervorzubringen. Deshalb versuchte ich, konzentriert und langsam zu sprechen. „Es ist nichts Schlimmes. Logan, dadurch, dass ich dich kennen gelernt habe hat sich viel in meinem Leben verändert. ICH habe mich verändert."

Bei diesem Satz zuckte Logan leicht zusammen und ein Schatten verdunkelte seine sonst so hell leuchtenden Augen. Doch er sah mich weiterhin an und hörte mir still zu.

„Ich möchte einfach wissen, woran ich bin. Ich kann nicht so weitermachen wie vorher und ich möchte nicht ständig in Angst leben, dass du von heute auf morgen verschwinden könntest, weil du kryptische Andeutungen machst. Ich will wissen, ob du mit mir zusammen sein möchtest oder nicht." Ich biss mir nervös auf die Unterlippe und meine Beine zitterten. Ich hatte mit dieser Forderung alles auf eine Karte gesetzt. Das wurde mir mehr und mehr klar, als Logan nicht sofort antwortete. Er ließ meine Wange los und lehnte sich zurück, den Blick hinaus in den dunklen Nachthimmel. Angst stieg in mir auf. War ich wirklich bereit für seine Antwort? War es vielleicht doch besser, in Ungewissheit zu leben als vielleicht ohne ihn? Fast bereute ich meine Frage und wäre gegangen, um einer Antwort zu entgehen. Aber so lief das nicht mehr. Es funktionierte nicht mehr. Es stimmte, dass Logan mich verändert hatte. Auch wenn er solche Angst davor hatte in mein Leben einzugreifen und mich auf irgendeine Weise zu verwandeln, mich ihm ähnlich werden zu lassen, hatte es bereits begonnen. Nicht nur meine Verletzungen waren zu schnell verheilt und mein Schlafbedürfnis war gesunken, vor allem aber fühlte ich mich stärker als je zuvor. Innerlich. Und mutiger. Deshalb war ich überhaupt in der Lage gewesen, dieses Thema anzusprechen. Und das war auch der Grund, warum ich nicht vor der Antwort weglief, sondern die Stille ertrug.

Es dauerte lange bis Logan antwortete. Ich merkte ihm an, dass er zwar früher oder später mit dieser Frage gerechnet hatte, ihm die Antwort jedoch sehr schwer fiel. Als ich schon dachte, er würde nicht mehr antworten oder ich würde vor Nervosität bald anfangen, alles zurück zu nehmen, atmete Logan tief durch. „Es tut mir leid, dass du diese Frage überhaupt stellen musst. So sollte es nicht sein. Du bist so etwas Besonderes. Du verdienst einen Freund, der dir die Welt zu Füßen legt und der nicht den geringsten Zweifel aufkommen lässt, dass er mit dir zusammen sein möchte und nicht einmal eine andere Möglichkeit in Betracht zieht." Seine Augen spiegelten Kummer. „Du glaubst gar nicht, wie zerrissen ich bin, wie es in mir kämpft. Ich wollte nie in dein Leben eingreifen. Du weißt, dass es in meiner Welt Feinde gibt, du musstest es am eigenen Leib erfahren und das nur meinetwegen. Wenn ich nicht rechtzeitig hätte da sein können, hätte ich mir das nie verziehen. Weil ich dich beschützen möchte, würde ich dich gern instinktiv aus meinem abnormalen Leben heraushalten." Logan legte gequält sein Gesicht in seine Hände. „Ich weiß einfach nicht, wie ich jetzt weitermachen soll. Naja, wie ich SOLLTE weiß ich schon. Aber du kannst dir nicht vorstellen, was es bedeutet, als männlicher Schatten gebunden zu sein. Ich konnte es mir noch vor ein paar Wochen selbst nicht vorstellen. Ich habe es gesehen an Kendrit und Helen und die andere Seite an meinem Mentor. Ich habe sie erzählen hören, sie beobachtet. In gewisser Weise konnte ich sie verstehen. Aber ich konnte es nicht nachfühlen, dieses Band, das sich von einer Sekunde auf die andere aufbaut zwischen zwei fremden Menschen, dass sich sofort nur noch alle Gedanken um diese eine Person drehen. Diese Sehnsucht, das Verlangen und die Gewissheit, dass man alles tun würde... für sie."

Seine Worte brannten sich in meine Seele. Meine Atmung schien nicht normal zu funktionieren, aber Logan war noch nicht fertig. „Warte, bevor du etwas sagst, musst du wissen, dass ich all diese Überlegungen nur führe, weil ich an DICH denke. DU sollst glücklich sein und vor allem sicher. Wenn ich nur egoistisch denken würde wäre klar, was ich täte. Aber so darf ich nicht denken."

Mir war schwindelig von so vielen Gefühlen und von der Offenheit mit der Logan sprach. Niemand hatte mir jemals so offen von seinen Gefühlen erzählt wie jetzt gerade. Und ich fühlte mich Logan so nah wie noch nie. Es tat mir leid, dass er sich meinetwegen so zerrissen fühlte. Ich seufzte: „Es tut mir leid, dass ich dich unter Druck gesetzt habe, wenn du dich noch nicht entscheiden möchtest, dann..."

Weiter kam ich nicht, denn er hielt einen seiner langen Finger an meine Lippen, um mich zu stoppen. „Die

Entscheidung ist schon längst gefallen, Nell. Spätestens als ich dich das erste Mal geküsst habe. Für mich gibt es kein Zurück mehr. Ich werde nur versuchen, dass dieser Egoismus dich nicht zu sehr beeinflusst. Es wird nie ganz leicht sein mit mir und vielleicht müssen wir Kompromisse eingehen. Aber ich möchte es mit dir gemeinsam versuchen. Wenn… naja, wenn du mich überhaupt willst." Logan sah mich forschend an.

Ich antwortete nicht. Ich beugte mich zu ihm und diesmal küsste ich ihn. Und dieser Kuss war anders. Langsam und wie ein Versprechen.

KAPITEL 31
BLASS UND BRONZE

Das letzte Licht der untergehenden Sonne schien golden auf Logans Wange und verlieh seinem eh schon wunderschönen Gesicht eine Schattierung, die ihn wie aus Stein gemeißelt erscheinen ließ. Ich setzte mich so nah wie möglich neben ihn auf das kleine Sofa und lehnte meinen Kopf an seine Schulter. Ich atmete tief durch und sagte: „Erzähl mir, wie ihr alle es schafft, dass man euch nicht anmerkt, dass ihr älter werdet. Zieht ihr alle paar Jahre in eine andere Stadt?" Bei dem Gedanken bildete sich wieder ein Kloß in meinem Hals, doch ich versuchte grimmig, ihn durch Schlucken zu vertreiben.

Logan legte den Arm um mich und küsste mich auf die Haare. „Es ist nicht leicht. Wir können nicht zu lange an einem Ort bleiben. Wir ziehen alle paar Jahre fort. Wir haben in England mehrere Häuser, zu denen wir in regelmäßigen Abständen zurückkehren. Kendrit hat auch ein Anwesen in Schweden. Vor ein paar Jahren waren wir in London. Vincent hatte es dort so gut gefallen, dass er stark trauerte als die Zeit kam, wo man uns das vorgegebene Alter nicht mehr abnahm. Wir haben einige Zeit versucht, uns mit Schminke und maskenbildnerischen Utensilien älter wirken zu lassen." Logan lachte trocken bei der Erinnerung daran. „Glaub mir, das war keine gute Idee. Helen ist gut darin, uns zu verwandeln – also in rein optischer Hinsicht. Aber es war einfach nicht praktikabel. Wenn fünf Jungs ständig vor deiner Tür stehen würden, um sich mit Masken oder Makeup einkleistern zu lassen, dann würdest du sicher auch nach einigen Wochen aus der Haut fahren. Obwohl, wenn ich es mir so recht überlege, bin ich mir da bei dir gar nicht so sicher." Er zog mich neckend noch näher an sich. „Naja, ich denke, du kannst dir trotzdem vorstellen, dass wir das nicht so lange durchgehalten haben. Ab und zu hilft uns Helen mit dieser Methode jedoch, damit wir kurzzeitig in eine Gegend zurückkehren können, in der man uns noch kennen könnte. Manchmal ist das sinnvoll, um Dinge regeln zu können. Oder tatsächlich, um alte Bekannte zu sehen. Du hättest mal Grayson als 65jährigen Rentner erleben sollen. Wir haben uns königlich amüsiert. Ein bisschen schauspielerisches Talent ist dann natürlich gefragt. Aber das mussten wir uns in unserem Leben eh antrainieren. Leider sind diese Art Treffen in Wirklichkeit oft nicht besonders lustig. Die Schmerzen sind einfach zu groß, wenn man weggehen muss, die anderen altern sieht oder sie durch den Tod verliert. Daher halte ich mich eigentlich aus dem Leben der Menschen fern. Aber manchmal… manchmal kommt eben alles anders als man plant. Und das ist ja auch gut so." Logan hob mich zu auf seinen Schoß zog mich mit beiden Armen fest an sich.

Ich grinste ihn an und legte auch meine Arme um seinen Hals. „Soso, ist das so? Von welchen Ausnahmen sprichst du denn da?", neckte ich ihn. Logans Erzählungen hatten mich mehr bedrückt als ich zugeben wollte, doch ich mochte nicht zulassen, dass die traurigen Gedanken wieder Überhand nahmen. Dabei schmiegte ich mich so nah an ihn, dass seine Bartstoppeln mich am Hals kitzelten.

Logan lehnte sich auf dem Sofa zurück, ohne mich loszulassen und knurrte genussvoll. „Nell, du solltest meine Selbstbeherrschung nicht zu sehr auf die Probe stellen. Ich bin auch nur ein Junge…" Weiter kam er nicht, denn meine Hände wanderten seine Brust hinab. Ich versuchte, nicht zu stark zu zittern als ich seine Muskeln unter dem dünnen Stoff fühlte. Ich ließ meine Hände weiter hinunter wandern, strich über die sanften Wellen seiner Bauchmuskeln und hielt an seinem Bauchnabel kurz inne, um Mut zu sammeln. Mein Herz klopfte mir bis zum Hals und durch die geöffneten Lippen atmete ich schnell und unregelmäßig. Dann hob ich den Stoff seines Shirts langsam hoch und strich mit meinem Daumen über seine warme weiche Haut. Die blasse Farbe meiner Finger bildete einen wunderschönen Kontrast zu Logans

240

bronzefarbener Haut. Logan atmete nun auch schneller und ehe ich wusste wie es geschehen war, war er vom Sofa aufgestanden, hatte mich auf seine Arme genommen und mich auf mein Bett gelegt. Keuchend und erschrocken lag ich auf dem Rücken gegen mein Kissen gelehnt, während Logan über mich gebeugt war. Er atmete immer noch schwer und hatte die Augen geschlossen. Seine Augenbrauen hatten sich zusammengezogen und er sah sehr konzentriert aus. Ich legte meine Hand an seine Wange, doch der konzentrierte Ausdruck wich nicht aus seinem Gesicht. Doch ich wollte mich nicht schon wieder so leicht einschüchtern lassen. Er hatte gesagt, dass er mit mir zusammen sein wollte. Warum sollte ich ihn nicht berühren dürfen? Vor allem, weil jede Zelle meines Körpers sich danach sehnte. Ich legte meine Hände um seinen Nacken und zog ihn zu mir herunter. Er schaute irritiert, ließ sich aber zu mir heranziehen. Ich wusste, dass ich ihn bei seiner Stärke keinen Millimeter hätte bewegen können, wenn er es nicht zugelassen hätte. Ich spürte seinen Oberkörper auf meinem, seine Wärme, wie sich sein Brustkorb durch beschleunigte Atmung deutlich hob und senkte. Ich war wie berauscht von seiner Nähe, vergaß Raum und Zeit und ergab mich dem Strudel meines wild pochenden Herzens und meiner überkochenden Gefühle. Noch nie hatte ich jemanden so gewollt wie Logan in dieser Minute. Logan flüsterte meinen Namen. Es klang wie Musik in meinen Ohren und ich schmiegte mich noch näher an ihn.

„Nell!", wiederholte Logan noch einmal und der Klang seiner Stimme passte nicht in meine Versunkenheit. Als er sich in meinen Armen versteifte, schlug ich wiederwillig die Augen auf. „Nell, wir müssen aufpassen, ich…"

Wie durch ein Rauschen hörte ich das Klingeln eines Handys. Hatte es schon mehrfach geklingelt oder gerade das erste Mal? Hatte sich Logan schon vorher von mir gelöst oder durch das Klingeln?

Logan sah besorgt aus: „Es tut mir unendlich leid, aber da muss ich rangehen. Meine Brüder wissen wo ich bin und würden mich nicht anrufen, wenn es kein Notfall wäre."

Sofort war ich wieder hellwach. Die Schatten waren immer noch dort draußen und suchten nach dem Mutanten und Logan wäre auch bei ihnen, wenn ich ihn nicht angerufen hätte. Hatten sie etwa jemanden gefunden?

Das Telefonat war sehr kurz. Logan brummte nur mehrfach mit grimmigem Gesicht, dann legte er auf. „Vincent und Jared haben den Mutanten im Lake District gesehen und verfolgen ihn Richtung Süden. Sie haben uns andere als Verstärkung gerufen, weil sie seine Spur verloren haben. Ich muss ihnen helfen." Angst klammerte sich um mein Herz und als Logan mich noch einmal viel zu kurz an sich zog flüsterte ich nur: „Bitte pass auf dich auf!" und schon war er über den Balkon in die Dunkelheit verschwunden.

Kapitel 32
Die Einschläge rücken näher

Als ich aufwachte war es noch fast komplett dunkel im Zimmer. Nur ein Hauch Morgenröte drang durch den Vorhang vor der Balkontür. Ich schloss die Augen wieder und wunderte mich über das merkwürdig leere und unzufriedene Gefühl in mir, dass mir mit dem Aufwachen ins Bewusstsein trat. Schnell schaute ich auf mein Handy – noch keine Nachricht von Logan. Und sofort war die Angst wieder da, die mich gestern so spät hatte einschlafen lassen. Ich hatte mich noch ewig herumgewälzt, auf ein Lebenszeichen von Logan gewartet. Der unruhige Schlaf war nicht viel erholsamer gewesen. Dass er sich immer noch nicht gemeldet hatte verhieß nichts Gutes.

Nervös stand ich auf. Es war noch viel zu früh, um herunter zu gehen. Die intensive Zeit mit Logan gestern Abend schien etwas bewirkt zu haben, denn ich war für einen „normalen" Menschen zu ausgeschlafen für die paar Stunden Nachtruhe. Ich stand auf und knipste das Licht an meinem Schreibtisch an. Ich musste noch einen Aufsatz für den Literaturunterricht beenden. Wenn ich schon auf übernatürliche Weise kaum Schlaf benötigt hatte, wollte ich dieses Plus an Zeit wenigstens sinnvoll nutzen. Außerdem brauchte ich dringend Ablenkung, sonst würde ich vor Sorge noch durchdrehen. Es tat mir gut, zu arbeiten. Ich vertiefte mich schon nach kurzer Zeit in das Thema, tippte rasend schnell in den Laptop, löschte, korrigierte und schrieb neu und so stand der Aufsatz in fertiger Form, als die inzwischen vollständig aufgegangene Sonne in mein Zimmer schien. Ich war zufrieden und ein wenig stolz auf den fertigen Text. Arbeit war die beste Ablenkung der Welt, dachte ich wie schon häufig. Ich steckte die ausgedruckten Papiere in eine frische Heftmappe und steckte sie in meine Schultasche. Der Abgabetermin war eigentlich erst nächste Woche und ich hoffte heimlich, dass der heutige Tag weitere Hausaufgaben brachte, denn Ablenkung konnte ich bei der Aufregung der letzten Wochen gut brauchen.

Immer noch nervös ging ich hinunter ins Esszimmer. Entgegen meinen Erwartungen waren Granny und Tante Maggy schon unten Bereits in der Eingangshalle hörte ich, wie aufgeregt ihre Stimmen klangen.

„Mad war ziemlich aufgelöst. Ich habe ihn so noch nie erlebt. Er klang am Telefon, als ob er gleich zusammenbrechen würde." Grannys Stimme klang hoch und aufgeregt.

Tante Maggy klang etwas gefasster als sie antwortete: „Das ist auch verständlich. Schließlich hätte es für Janet ganz anders ausgehen können. Nicht auszudenken, was hätte passieren können, wenn es diesen anonymen Tipp nicht gegeben hätte."

Ich runzelte die Stirn. Wovon sprachen die beiden da? Ein ungutes Gefühl überkam mich und ich beeilte mich, ins Esszimmer zu kommen. Tante Maggy und Granny saßen am Tisch und Silvester lehnte völlig un-dienerhaft mit verschränkten Armen an dem antiken Sideboard und versuchte geistesabwesend Schalk zu verscheuchen, der

244

ihm unermüdlich einen verschlissenen Kuschelteddy auf die Fußspitzen legte. Als ich in das Zimmer trat, schauten mich alle drei überrascht an. Ich sah Granny fragend an und nach kurzer Zeit wich ihr distanzierter Blick einer Art Resignation. „Ich kann es dir ja eh nicht verheimlichen, Nelly!", sagte sie seufzend. „Außerdem ist es eh besser, wenn du es weißt! Gestern Abend waren unsere Freunde Janet und Mad noch spazieren. Du kennst ihn, er war vor einigen Tagen hier zum Tee."

Ich erinnerte mich tatsächlich an die beiden. Letzte Wochen war das sympathische junge Ehepaar nachmittags zu Besuch gekommen. Ich hatte mich heimlich ein wenig gewundert, dass die beiden trotz des Altersunterschiedes sehr eng mit Granny und Maggy befreundet waren. Ich hatte besonders Janet gleich gemocht. Ihre offene und herzliche Art war rührend und ihr Lachen ansteckend gewesen, als sie von ihren Reisen in den Süden Europas erzählt hatte. „Ja, ich erinnere mich an Janet und Mad!", sagte ich deshalb besorgt, „Ist ihnen etwas passiert?" Unbewusst hatte ich mich neben Granny auf einen Stuhl gesetzt. Sie sah bekümmert aus und ich vermutete schon das Schlimmste. Daher war ich erleichtert, als sie fortfuhr. „Nein, Liebes, es geht ihnen den Umständen entsprechend gut. Sie sind mit einem Schrecken davongekommen. Als sie nach einem Restaurantbesuch am Auto ankamen, bat Mad Janet, kurz im Auto zu warten. Er hatte seinen Mantel im Restaurant vergessen. Janet saß im Auto, als plötzlich die Tür geöffnet wurde und sie aus dem Wagen gezerrt wurde. Sie schrie und versuchte, sich mit aller Kraft zu wehren, aber der Angreifer schien besonders groß und stark zu sein. Nach ihren Beschreibungen, mindestens drei Köpfe größer als sie selbst und Janet ist schon eine große Frau."

Ich zog geräuschvoll die Luft ein. Diese Beschreibung kam mir nur zu bekannt vor. Mir stockte der Atem.

Maggy schien mein Erkennen zu bemerken und setzte die Erzählung fort: „Zum Glück waren die Polizisten durch einen anonymen Tipp darauf hingewiesen worden, dass an diesem Abend verdächtige Männer durch Wickershan laufen sollten. Deshalb hatten sie Extrastreifen eingesetzt. Eine dieser Streifen war in der Nähe und hörte Janets Hilferufe. Auch Mad kam angelaufen und der Angreifer floh. Leider war er derart schnell, dass man ihn nicht verfolgen konnte. Er ist verschwunden."

Maggy sah mich direkt an. Eindringlich und irgendwie wissend.

Ich fühlte mich merkwürdig ertappt und schaute zu Boden. Ich ahnte, wer diesen erneuten Angriff verübt hatte. Musste ich ihnen erzählen, was ich wusste? Würde es ihnen überhaupt helfen? Und würde es Logan und seine Familie in Gefahr bringen? Mir wurde schwindelig. Logan war in Gefahr. Schließlich hatte eines dieser mutierten Wesen schon einmal versucht, durch mich an ihn herankommen. Ich versuchte, mich zusammenzureißen und mir nichts anmerken zu lassen. In diesem Moment konnte mein Wissen niemandem helfen. Wenn der Mutant wirklich nach Wickershan zurückgekehrt war, würde die Polizei keine Chance haben ihn zu finden, solange er nicht gefunden werden wollte. Ich musste vorher versuchen, Logan zu erreichen. Daher bemühte ich mich, so normal wie möglich zu reagieren: „Das ist furchtbar, Granny, ich hoffe von Herzen, dass Janet und Mad diesen Abend bald vergessen können und dass sie ihr Leben ohne Ängste weiterführen können." Ich schenkte mir eine Tasse Kaffee ein. Der Tisch war schon vollständig gedeckt, bisher aber unberührt gewesen. Meine Hand zitterte leicht, als ich die Milch in die Tasse gab. Über den Rand meiner Tasse blickte ich auf. Maggy musterte mich weiterhin prüfend, wandte sich dann jedoch ab. Silvester gab seine angelehnte Position am Sideboard auf, strich sein Jackett glatt und ging, wieder ganz der vorbildliche Butler, mit einem Tablett aus dem Zimmer. Maggy setzte sich mit einem Seufzer zu uns und gemeinsam machten wir uns über die Brötchen her. Ich hatte keinen Appetit, zwang mich jedoch halbherzig, ein Brötchen zu essen. Ich fühlte mich weiterhin beobachtet. Was ging hier vor? Was wusste Maggy? Und vor allem woher? Das Frühstück zog sich ewig hin, doch endlich standen Granny und Maggy auf und ich hatte das Gefühl, mich jetzt auf mein Zimmer zurückziehen zu können ohne Aufsehen zu erregen. Ich sprintete die Treppen hoch und war somit aus der Puste, als ich meine Zimmertür öffnete. Ich sollte wirklich mehr Sport machen, schimpfte mein Unterbewusstsein mit erhobenem Zeigefinger. Doch ich ignorierte es verärgert. Ein Teil von mir hatte gehofft, dass Logan bereits in meinem Zimmer auf mich warten würde, doch natürlich wusste ich es besser, hatte mir mein Bauchgefühl doch nichts dergleichen angedeutet. Da also sowohl mein Zimmer als auch die Gegend um meinen Bauchnabel sich seltsam leer anfühlten, kramte ich auf meinem Nachttisch nach meinem Handy. Die Bettdecke war noch so zerwühlt, wie ich sie heute Morgen verlassen hatte und sie erinnerte mich erneut daran, dass Logan noch vor einigen Stunden hier gewesen war, in meinem Bett. Ich wählte Logans Nummer und wartete auf das Freizeichen. Doch eine metallische Bandansage teilte mir mit, dass mein Gesprächspartner vorübergehend nicht erreichbar war. Es überraschte mich, dass Logan sein Handy ausgestellt hatte. Bisher war er immer erreichbar gewesen. Hatten die Schatten den Mutanten tatsächlich bis Wickershan verfolgt? Sorge machte sich erneut in mir breit und legte sich wie klebriges Öl über meinen Magen und mein Herz. Ich schickte ein kurzes Stoßgebet Richtung Himmel, dass Logan und seine Brüder sich nicht in Gefahr begaben. Wenn sie zusammen blieben waren sie stark. Mit einem von den Mutanten mochten sie es sicherlich aufnehmen. Aber was war, wenn sie sich trennen mussten? Oder wenn mehrere von diesen Ungeheuern auftauchten?

KAPITEL 33
UNGLÜCKSZAHL

Ich zwang mich, mich fertig zu machen, um in die Schule zu fahren und war froh, dass niemand zu sehen war, als ich meinen Weg die zwei Treppen hinunter und durch die Eingangshalle ging. Nur Enrico hörte ich leise hinter dem Haus pfeifen.

Es tat gut, durch die kühle Morgenluft zur Schule zu radeln und meine Hoffnung, dort auf Logan zu treffen und mit ihm reden zu können sorgte dafür, dass sich meine finstere Laune langsam ein wenig besserte. Als ich schwungvoll in die Auffahrt zur Schule radelte war Lauren gerade von ihrem Rad gestiegen und Annie wickelte nachlässig ein Schloss um ihr Hinterrad. Beide warteten dann auf mich, bis ich soweit war und meine viel zu große Tasche aus dem Korb gehievt hatte. Ich war ihnen dankbar. Solche kleinen Gesten war ich aus London nicht gewohnt und es fühlte sich gut an, endlich echte Freundinnen zu haben. Am liebsten hätte ich sie in diesem Moment und nach dieser Erkenntnis beide spontan in den Arm genommen, doch ich ließ es besser und lächelte sie nur dankbar an.

Annie stöhnte. „Seid ihr gestern Abend auch so verzweifelt? Ich dachte zwischendurch, die Hausaufgaben von Mrs. Snelling wären ein schlechter Scherz! Welcher einigermaßen normale Mensch soll bitte diese Art von Gleichungen lösen können? Nach einer Stunde haben die Zahlen vor meinen Augen nur Samba getanzt. Ich habe Zac angerufen, damit er mir diese ekligen Dinger löst und er hat mir was zugemailt. Ich bin mir aber nicht sicher, ob er dieses Zahlenwirrwarr ernst meint oder ob er seiner kleinen Schwester eins auswischen will." Sie überlegte kurz. „Vielleicht war er auch schlichtweg sturzbetrunken. Seit er in diesem Studentenwohnheim wohnt, scheint er aus dem Feiern nicht mehr herauszukommen. Und dabei ist heute nicht einmal Wochenende!"

Lauren und ich grinsten. Meine Sorgen waren für einen kleinen dankbaren Augenblick ein wenig in den Hintergrund getreten.

„Ich habe Mathe schon am Wochenende erledigt", meinte Lauren. Sie war bei allem, was Zahlen anging ein echtes Genie. „Gestern hatte ich mehr damit zu tun, meine Mutter davon abzuhalten, sich Meerschwein Nummer 13 anzuschaffen. Sie war auf einmal völlig davon überzeugt, dass das Rudel mit einem weiteren Tier ausgeglichener und ruhiger wäre. Als hätten wir nicht so schon genug um die Ohren mit den ganzen Viechern. Im Ernst, welche Familie opfert denn ein ganzes Zimmer einer 60 Quadratmeter-Wohnung für eine Meerschweinchenfarm?"

Ich hatte in den letzten Gesprächen schon mitbekommen, dass Laurens Mutter zwar eine herzensgute Frau war, dass sie jedoch alles was vier Beine und eine Schnauze hatte ohne Nachfragen bei sich aufnahm und damit ihren Mann und ihre Tochter teilweise einer harten Nervenprobe unterzog. „Vielleicht sagst du ihr, dass 13 Meerschweinchen Unglück bringen?", schlug ich wenig hilfreich vor.

„Nee, dann holt sie sich gleich zwei neue. Sowas hatten wir schon mal mit den Vögeln." Lauren verdrehte resigniert die Augen und ich musste lachen.

„Nun muss ich die Lösungswege nur noch in der Mittagspause abschreiben, damit Mrs. Snelling meine Handschrift erkennt. Allerdings… Wäre es verboten, die Ergebnisse auf dem PC getippt abzugeben? Dann könnte ich mir die Mühe sparen. Wenn Zac da irgendeinen Mist geschrieben hat bringe ich ihn um." Annie schien immer noch mit ihren Gedanken bei den Mathehausaufgaben zu sein.

Inzwischen hatten wir das Schulgebäude fast vollständig durchquert und näherten uns dem Raum, in dem der Literaturkurs stattfand, der in dem gleichen Trakt lag, in dem auch Logan seinen Kurs hatte. Ich reckte meinen Hals, um ihn zu finden und spürte in mich hinein, ob das vertraute Kribbeln in der Bauchgegend zu spüren war, doch es blieb aus - sowohl Logans Entdeckung als auch das Ziehen in meinem Bauch.

Lauren bemerkte meine Blicke und zog sofort die richtigen Schlüsse: „Wir haben noch fünf Minuten, bis der Unterricht anfängt. Wir können hier draußen warten, dann siehst du ihn gleich, wenn er kommt."

Ich lächelte sie dankbar an. „Das wäre lieb, ich konnte ihn heute Morgen telefonisch nicht erreichen." Lauren nickte nur und fragte nicht weiter nach, wofür ich ihr ein weiteres Mal dankbar war. Was hätte ich ihr auch erzählen können?

Annie lief beinahe in uns hinein als wir vor der Klassenzimmertür stehen bleiben. Sie schien immer noch ihren Gedanken nachzuhängen und machte dabei inzwischen ein recht grimmiges Gesicht. Zac konnte einem leidtun, falls er wirklich in angetrunkenem Zustand falsche Mathelösungen gemailt hatte. Annie stieß ein überraschtes Grunzen aus, schaute sich um und nickte dann wissend.

„Ah, der dunkelhaarige Engel hat heute Morgen Spanisch in Raum 437. Hat er dir bei den Matheaufgaben geholfen, Nell? Ich wette, er ist auch in diesem Fach ein

Überflieger. Nächstes Mal setze ich mich dazu, wenn er dir hilft, traute Zweisamkeit hin oder her." Sie reckte ihren Hals in alle Richtungen, jedoch ohne Erfolg. Die Tatsache, dass sie fast einen Kopf kleiner war als Lauren und ich half ihr bei ihrer Suche nicht recht weiter.

Ich hingegen war mir aus irgendeinem Grund inzwischen ziemlich sicher, dass Logan heute nicht in die Schule kommen würde und meine Sorge von heute Morgen flammte erneut auf. Verfolgte er wirklich mit seinen Brüdern diesen Mutanten, der Janet angegriffen hatte? „Lasst uns reingehen", sagte ich zu den anderen und versuchte, meine Stimme lässig und unbeteiligt klingen zu lassen, „ich werde Logan ja nachher beim Essen sehen." Dabei war ich mir ziemlich sicher, dass Logan auch in der Mensa nicht auftauchen würde.

Annie schnaubte durch die Nase: „Gut, aber sag ihm, dass ich bei den nächsten sadistischen Anwandlungen von Mrs. Snelling gern seine Hilfe in Anspruch nehmen würde." Sie schaute mich an. „Wenn es dir nichts ausmacht, selbstverständlich", fügte sie hinzu und war schon im Klassenraum verschwunden.

Lauren sah mich nur durchdringend an. Doch ich schaute auf meine Armbanduhr, um ihrem Blick zu entgehen und war froh, dass Mr. Shepherd direkt hinter uns das Klassenzimmer betrat und wir uns auf unsere Plätze setzen mussten.

KAPITEL 34
BESSER ALS SEIN ÄUßERES

Die Spannung in mir baute sich am Vormittag immer mehr auf und ich konnte es kaum erwarten, in die Mensa zur Mittagspause zu kommen. Logan hatte seit wir diese Schule besuchten noch keinen einzigen Tag an unserem Mittagstisch gefehlt wenn er in der Schule gewesen war. Wenn er heute also hier war und ich ihn bisher nur nicht entdeckt hatte, musste ich ihm dort begegnen. Im Literaturunterricht hatte ich ihm heimlich unter dem Tisch eine Nachricht in mein Handy getippt – ohne Erfolg. Ich bekam nicht einmal eine Empfangsbestätigung. Somit hatte er sein Handy weiterhin ausgeschaltet. Und dabei hatte die Aktion meinen Puls nur weiter in die Höhe getrieben. Das heimliche Benutzen verbotener Gegenstände im Unterricht gehörte nicht gerade zu meinen allgemeinen Vorlieben und ich konnte gut darauf verzichten, dass Mr. Shepherd mein Smartphone an sich nehmen und meine Nachricht eventuell sogar lesen könnte, wäre ich aufgeflogen. Zum Glück war Mr. Shepherd aber vielmehr mit Marcus Shilling zwei Tische hinter mir beschäftigt gewesen, der es tatsächlich geschafft hatte, seine Ratte Scittles in seiner Jackentasche mit in den Unterricht zu schmuggeln. Aufgefallen war dies nur durch Marcus` unterdrücktes Fluchen, da Scittles sich in Ermangelung einer angemessenen Rattentoilette in seiner Jackentasche ihres Morgenwassers entledigt hatte. Dagegen war eine heimliche Nachricht unter dem Tisch wohl eine Lappalie, oder?

Als es endlich 12.30 Uhr war und wir auf dem Weg in die Mensa waren musste ich mich zügeln, um nicht ständig zwei Meter vor Annie zu laufen, mit der ich gemeinsam aus dem Geschichtskurs kam. Außerdem schien mein Hals durch das Recken und Strecken heute schon gute zwei Zentimeter länger geworden zu sein.

In der Mensa schaute ich natürlich sofort zu „unserem" Tisch. Er war noch komplett leer. Kein Wunder. So wie ich trotz des Versuches mich zu bremsen durch die Flure gehastet war, hätte ich wohl manch professionellem Geher Konkurrenz gemacht. Bis auf wenige Ausnahmen war der Raum tatsächlich noch vollständig leer. Gut, dass Lauren gerade Spanisch gehabt hatte. Ihr wäre ein übernatürliches Gehetze viel schneller aufgefallen als Annie. Wir stellten uns direkt an die Essensausgabe – noch nicht einmal eine Schlange hatte sich gebildet – und gleichgültig ließ ich mir eine Kelle Brokkoliauflauf (oder was auch immer dieser grüne Brei darstellen sollte) auf den Teller matschen. Annie und ich gingen an unseren Tisch und Annie begann anstandslos, das grüne Gelörre in sich hinein zu stopfen. Dabei fummelte sie mit einer Hand in ihrer Tasche und holte die ausgedruckte Email ihres Bruders und einen Collegeblock heraus. Mit vollem Mund fing sie an, die Mathehausaufgaben abzuschreiben. Dabei schob sie sich immer wieder mit der freien Hand einen Löffel Auflauf in den Mund. Ich hingegen stocherte nur missmutig in meinem Essen herum. Es schmeckte tatsächlich wieder einmal besser, als es

254

aussah. Dennoch hatte ich keinen Appetit. Die Mensa füllte sich zusehends, doch von Logan war nichts zu sehen. So langsam sank meine letzte Hoffnung, dass er heute in der Schule auftauchen würde. Zum gefühlt tausendsten Mal schaute ich auf mein Handy. Nichts. Ich hoffe inständig, dass Logan sein Handy nur ausgeschaltet hatte oder sein Akku leer war und er nicht verletzt irgendwo lag. Ich musste ein Fluchen unterdrücken. Lauren setzte sich an unseren Tisch. Sie war eine der letzten gewesen, die in die Mensa gekommen waren. Skeptisch betrachtete sie ihren Brokkoliauflauf.

„Er ist besser als sein Äußeres erscheinen lässt", machte ich ihr Mut. Dann machte ich mir selbst Mut: „Hast du Logan vielleicht gesehen?" Damit Lauren nicht sehen konnte, wie unruhig ich war, stocherte ich wieder in dem breiigen Essen herum. Ich bemerkte trotzdem, dass sie mich genau ansah. „Nein, ich habe ihn nicht gesehen."

Logan meldete sich bis zum Nachmittag nicht mehr. Meine Nerven waren nach der Ungewissheit des Schultages bis aufs Äußerste gespannt. Lauren und Annie gingen mit mir zurück zu den Fahrrädern. Das schöne Wetter schien sie abzulenken, wofür ich dankbar war, denn ansonsten hätte zumindest Lauren mir angesehen, dass mir der Hals vor Sorge wie zugeschnürt war. Annie freute sich überschwänglich, dass Mrs. Snelling eben in der Mathestunde ihre Hausaufgaben kommentarlos anerkannt hatte und Zac ihr anscheinend wirklich keinen nutzlosen Zahlenhaufen geschickt hatte.

„Sollen wir dich gegen 16 Uhr abholen?", fragte Lauren mich, als wir bei den Fahrradständern angekommen waren. Einen Moment lang wusste ich nicht, wovon sie redete. Meine Gedanken drehten sich nur um gelbe Augen, Verfolgungsjagden, die ich nur erahnen konnte und Gefahr für die Schatten.

„Ich meine, dein Haus liegt auf dem Weg, wir gehen eh dort vorbei und vielleicht könnten wir uns einfach mal ansehen, wie du so wohnst", half Annie mir auf die Sprünge.

Das Picknick. Es war ja Freitag. Um Himmels Willen. Ich konnte auf keinen Fall zulassen, dass die beiden in den Wäldern des Districts herumliefen solange ein Mutant hier irgendwo in der Nähe war. Die Gedanken in meinem Kopf überschlugen sich. Wenn ich sagte, ich hätte keine Zeit würden Annie und Lauren dennoch losziehen – ohne mich. Wenn ich…

„Nell?", fragte mich Lauren, „Ist alles in Ordnung? Dir passt es doch noch, oder?"

„Na klar!", beeilte ich mich zu sagen, auch wenn meine Stimme unnatürlich klang. „Ähm, wir können auch gleich den Abend bei mir verbringen, ich könnte etwas zu Essen organisieren", versuchte ich hoffnungsvoll, die beiden umzustimmen.

„Bei DEM schönen Wetter?", warf Annie fassungslos ein, „Ne, ne, ne, heute ist der bisher wärmste Abend des Jahres vorausgesagt. JEDER wird heute Abend draußen verbringen und die Sonne genießen und ich freue mich schon derart auf den Sommer, dass ich den Sonnenschein quasi inhalieren werde. Wir haben schon lange genug drinnen gesessen heute. Keine Chance, wir holen dich ab."

Und als Lauren grinsend mit den Schultern zuckte, schien die Sache besiegelt.

„Also dann!", antwortete ich möglichst fröhlich. Innerlich hoffte ich, die Mädels später noch umstimmen zu können. Wenn ich doch nur Logan erreichen könnte.

KAPITEL 35
SCHICKI-MICKI UND PLUNDERSTÜCKE

Pünktlich um 16 Uhr klingelten Lauren und Annie an der Tür. Ich hatte schon in der Eingangshalle gewartet, weil ich unbedingt vermeiden wollte, dass Silvester die Tür öffnete. Die ganze Angestellten-Nummer war mir weiterhin ziemlich unangenehm und ich wollte nicht, dass meine Freundinnen gleich mit der Nase darauf gestoßen wurden. Ziemlich nervös öffnete ich die Tür. Ich wollte nicht, dass Lauren und Annie ihre Meinung von mir änderten und mich für einen eingebildeten reichen Schnösel hielten, wenn sie Backingshire Manor kennen lernten. Andererseits kannten sie das Gebäude an sich schon ihr Leben lang und sie konnten sich sicher ausmalen, dass es auch von innen nicht wie eine Durchschnittswohnung aussehen würde.

Dennoch konnte sich Annie ein gepflegtes: „Wow, scheiße, ist das geil hier!" nicht verkneifen, während Schalk wild um ihre Beine hüpfte.

Lauren prustete los. „So viel dazu, dass wir uns mit den Kommentaren zu Nells Zuhause ein wenig zurückhalten wollten."

Annie kicherte mit. „Na aber hallo, hast du etwa nicht diese Hammer-Treppe gesehen? Mit Edelholz, Schicki-Micki-Geschnitze und allem drum und dran? Dagegen ist unsere Treppe in der Schule `ne einfache Feuerleiter."

Die Nervosität fiel von mir ab. Trotz meiner Angst um Logan musste auch ich grinsen.

„Dann warte nur ab, bis du mein Badezimmer siehst, dagegen ist das Braun der Schultoilette auch nur ein müder Abklatsch."

„Du hast ein braunes Badezimmer? Moment, anders: Du hast ein eigenes Badezimmer? Ohhh!", Annie rollte schwärmerisch mit den Augen, „Was hätte ich dafür gegeben, als Zac noch zu Hause gewohnt hat. Der Nervenkitzel, jede Woche seine Fußnägel im Waschbecken zu finden hat mich bestimmt drei Jahre meines Lebens gekostet."

Meine beiden Freundinnen begrüßten Schalk gebührend und gemeinsam gingen wir die „Schicki-Micki-Treppe" nach oben in mein Zimmer. Lauren blickte sofort über den Balkon auf das Grundstück hinaus, während Annie sich mich lautem Plumps in den Sitzsack fallen ließ und verlauten ließ, dass ihre Eltern sich gefälligst ein bisschen mehr anstrengen mussten, wenn sie nicht wollten, dass sie bei meiner Großmutter anfragte, ob sie nicht vielleicht ein Adoptivkind gebrauchen könnte. „Ich kann auch ganz niedlich sein, wirklich!", bekräftigte sie ihre neue Idee. Ich grinste ihr zu, stellte mich dann aber zu Lauren

258

auf den Balkon und versuchte, unauffällig die Gegend abzusuchen, ob ich Logan oder irgendeinen seiner Brüder entdecken konnte. Ich hatte nachmittags sogar an der Hotelrezeption gefragt, ob Logan auf dem Zimmer sei und dann, als der Portier erfolglos versucht hatte, Logan auf dem Zimmer anzurufen, eine Nachricht für ihn hinterlassen. So wusste er zumindest, wo wir waren, wenn er zurückkam. Leider war bis auf den Garten, einen Teil des Wanderweges und den dahinter beginnenden Wald nichts zu erkennen. Beruhigender Weise war aber auch mein Bauch ruhig und krampflos, was hieß, dass der Mutant zumindest nicht wieder in der Nähe aufgetaucht war. Trotzdem wollte ich noch einen Versuch starten, die beiden von dem Picknick abzuhalten. „Wenn ihr wollt, können wir uns auch hier in das Hotelrestaurant setzen und dort essen, es schmeckt da echt nicht schlecht."

Lauren schaute mich fragend an. Ich guckte ein wenig zerknirscht. Ich war wohl doch zu auffällig vorgegangen. Annie jedoch gähnte nur in dem Sitzsack. „Das können wir unmöglich machen, es sei denn, wir wollen Essen für ungefähr 20 Personen wegschmeißen. Laurens Mum hat uns einen Picknickkorb gepackt, der dir die Augen aus dem Kopf fallen lassen wird. Zeig uns nur vorher dein braunes Badezimmer." Sie hievte sich umständlich aus dem Sitzsack und schaute sich im Zimmer nach einer Tür um.

„Es ist auf der anderen Seite des Flurs, geh ruhig vor", sagte ich und holte vom Schreibtisch das Körbchen mit Essen, das ich vorhin bei Anton in der Küche gepackt hatte – für alle Fälle.

Lauren schaute mich noch einmal fragend an und ich lächelte nur zur Bestätigung. Ein Picknick in der Nähe würde schon nicht zu gefährlich werden. Schließlich hatte der Mutant gerade genug damit zu tun, der Verfolgung von fünf Schatten zu entkommen. Da war er höchstwahrscheinlich zu beschäftigt, um sich bei uns zum Picknick einzuladen. Und wieder schaute ich auf mein Handy, nur um festzustellen, dass ich immer noch keine neue Nachricht hatte. Was war dort draußen nur los? Doch in dem Moment wo ich das Handy in meine Tasche stecken wollte, vibrierte es in meiner Hand. Ein aufpoppendes Icon kündigte eine neue Nachricht an und meine Finger flogen nur so über das Display. Doch die Nachricht war nicht von Logan. Sie war von Helen.

> Hallo Nell,
> Logans Handyakku ist leider leer. Ich soll dir schreiben, dass es ihm gut geht. Sie haben den Mutanten über die Schottische Grenze verfolgt und ihn vertrieben, haben jedoch seine Spur verloren. Sie werden noch einige Zeit nach ihm suchen und dann nach Hause kommen. Mach dir keine Sorgen.
> Alles Liebe
> Helen

Augenblicklich löste sich die Anspannung in mir. Es ging ihnen gut. Der Mutant war vertrieben. Ich atmete auf und schloss kurz die Augen.

„Alles in Ordnung?" fragte Lauren vorsichtig. Ich brauchte einen Moment um wieder in der Gegenwart anzukommen.

„Ja!", antwortete ich, „Alles ist gut!"

Nachdem wir mein kleines Bad besichtigt hatten, gingen wir wieder in die Eingangshalle und hinaus, am Hotel vorbei auf den Sandweg Richtung Wald. Die Sonne war noch warm und wir liefen kichernd und scherzend den Sandweg entlang. In der Nähe des Hotels waren einige Spaziergänger unterwegs und der sonnenbeschienene, von sonnenverliebten Menschen bevölkerte Weg hatte keinerlei Ähnlichkeit mit dem dunklen Pfad, auf dem ich dem Mutanten damals begegnet war. Es schien mir eine Ewigkeit her zu sein und die Erleichterung, dass der zweite Mutant meiner Familie und meinen Freunden nichts mehr anhaben konnte und vor allem auch, dass Logan gesund und in Sicherheit war machte mich kribbelig und aufgedreht.

Als wir den Wald erreichten führte ich die beiden auf einen Trampelpfad etwas abseits der Wege. Mein Vater war einige Male diesen Weg mit mir gegangen als ich noch klein gewesen war. Man hatte von einem etwas abgeschiedenen Platz einen wunderschönen Ausblick über den See Grasmere und hatte ein bisschen mehr Ruhe vor umherwandernden Touristen. Ich musste einige Male stehen bleiben und überlegen, um den richtigen Weg wieder zu finden. Die Luft war frisch und eine leichte Brise wehte sanft durch die Wipfel der Bäume. Der Boden unter unseren Füßen war weich und wenn der Weg zu schmal wurde, mussten wir überhängende Zweige zu

Seite biegen. Nach einer halben Stunde hatten wir das kleine Plateau jedoch erreicht. Das Licht der Abendsonne war wunderschön und noch ehe wir unsere Picknickdecke vollständig ausgebreitet hatten, begann Annie schon damit, den reich befüllten Picknickkorb auszuladen. „Mädels, ich bin am Verhungern", sagte sie in klagendem Ton, „Picknicken ist ja gut und schön, aber es ist schon irgendwie tragisch, dass man sich das Essen erst durch so einen Marsch durch die Wildnis erarbeiten muss."

Ich musste lachen. Lauren tat entrüstet: „Willst du etwa sagen, dass dieses Panorama es nicht wert war, ein paar Minuten zu gehen? Ich finde es himmlisch hier. Nell, du bist eine gute Führerin. Ich wohne hier schon mein ganzes Leben, aber diesen Pfad kannte ich noch nicht."

Annie pflichtete ihr mit vollem Mund bei: „Fon klar, daf wollte ich auch nie beftreiten."

Wir lachten gemeinsam und Annie musste ihre Hand vor den Mund halten, um keine Muffinkrümel über die Picknickdecke zu prusten. Annie und Lauren hatten nicht zu viel versprochen. Laurens Mutter hatte sich selbst übertroffen. Unsere Decke quoll über vor Leckereien und ich merkte, dass ich nach dem verschmähten Mittagessen auch großen Hunger hatte. Eine Weile saßen wir schweigend nebeneinander, aßen und genossen den Ausblick. Annie öffnete eine Flasche Rotwein, den sie den weiten Weg hergeschleppt hatte. In Anbetracht der schweren Glasflasche musste der Aufstieg tatsächlich mühselig gewesen sein. Ich trank nicht oft und vor allem nicht gern Alkohol, aber ich wollte die heitere Stimmung nicht

262

trüben und gegen ein Glas sprach wohl auch nichts. Der rote Wein aus dem Plastikbecher schmeckte süß und kräftig und eigentlich passte der Geschmack ziemlich gut zu den Käsespießen. Als es langsam dämmrig wurde sah ich noch einmal auf mein Handy. Logan hatte sich noch nicht wieder gemeldet, aber ich konnte mir vorstellen, dass er und seine Brüder, falls sie denn schon zu Hause angekommen waren, todmüde in ihre Betten gefallen waren nachdem sie den Mutanten die ganze Nacht durch Halbengland verfolgt hatten. Daher versuchte ich, die gelöste Stimmung in mir beizubehalten und mir nicht schon wieder Sorgen zu machen. Als das Abendlicht der langsam sinkenden Sonne lange Schatten auf das Gelände warf, hatte sich Lauren gemütlich auf der Decke ausgestreckt und genoss die letzten Strahlen auf ihrem Gesicht. Ich hatte mir meine Jacke angezogen, denn es war deutlich kühler geworden. Annie lehnte an Laurens angewinkelten Beinen und strich sich über den vollgegessenen Bauch. „Die gute Nachricht ist, „grummelte sie, „dass wir nicht mehr so viel Essen zurückschleppen müssen. Die schlechte Nachricht ist", sie versuchte einen leisen Rülpser zu verheimlichen, „dass ihr mich wohl oder übel den kompletten Weg zurückrollen müsst. Ich denke nicht, dass ich in der Lage bin auch nur noch einen Schritt zu tun."

Ich musste kichern, merkte jedoch auch, wie mir die große Menge Essen schwer im Magen lag. Rollen müsste man mich wohl nicht, aber ich freute mich auf mein Bett und hatte die Hoffnung, dass Logan zu Hause vielleicht schon auf meinem Balkon auf mich warten würde.

Deshalb begann ich langsam, die Überreste des epischen Picknicks zurück in den Korb zu schichten – stets bemüht, alles ordentlich und wiederverwertbar zu verpacken, wir wollten Laurens Mutter ja nicht verärgern, indem wir ihr ihre übriggebliebenen Köstlichkeiten in einem undefinierbaren Haufen aus Sandwiches und Plunderstücken zurückbrachten. Lauren setzte sich gähnend auf und half mir.

„Gute Idee, wir sollten langsam aufbrechen. Ich bin hundemüde. Außerdem ist es sonst stockdunkel bis wir zu Hause sind. Und im Wald hätte ich ehrlich gesagt gern noch etwas Licht."

Ich stimmte ihr nickend zu. Auf einen Rückweg durch den mondfinsteren Wald konnte ich auf jeden Fall auch gut verzichten. Außerdem protestiere mein Magen nun schon vehementer gegen die vor kurzem verschlungenen Essensmassen. Ein Spaziergang zur Verdauung war jetzt wohl die bessere Wahl als noch lange hier auf dem kühler werdenden Boden zu liegen.

Annie stöhnte ergeben. „Na gut, ich merke schon, ich bin überstimmt. Vielleicht hätten wir einfach ein Zelt mitbringen sollen, dann hätten wir uns den Rückweg jetzt sparen können." Unter einer Ladung Schimpfwörter erhob sie sich umständlich von ihrem Platz und zog sich stöhnend ihre pinke Windjacke über. Lauren neckte sie kichernd und drückte ihr die Decke und die Weinflasche in die Hand, noch bevor Annie den Reißverschluss der Jacke schließen konnte. Ich fühlte mich der Szene merkwürdig fremd, als würde ich von einem außenstehenden Standpunkt auf das Geschehen sehen und würde nicht
264

direkt dabeistehen. Ich nahm den Picknickkorb auf und dachte darüber nach, ob das Grummeln im Bauch vielleicht mit dem Glas Wein zusammenhängen könnte – oder ob ich irgendetwas aus dem Picknickkorb nicht so recht vertragen hatte. Da krampfte sich mein Bauch das erste Mal schmerzhaft zusammen. Nein, schoss es mir durch den Kopf. Nein, das konnte nicht sein. Nicht jetzt! Nicht hier! Ich stand stocksteif da und horchte in mich hinein, während sich gleichzeitig meine Gedanken überschlugen. Er konnte nicht hier sein. Logan und seine Brüder hatten den Mutanten vertrieben. Sie hatten ihn bis über die schottische Grenze verfolgt. Das konnte einfach nicht wahr sein. Wieder krampfte sich mein Bauch zusammen und das Ziehen wurde so schmerzhaft, dass ich aufstöhnte und mir die Hände an den Bauch presste. Sofort drehten Lauren und Annie sich um. Ich sah den Schreck auf Laurens Gesicht, als sie sah, dass ich Schmerzen hatte. In nur zwei langen Schritten waren beide bei mir.

„Nell, was ist los? Hast du Schmerzen? Was können wir tun?"

Ich hörte ihre hilfsbereiten Worte kaum und schlug die vor Mitgefühl nach meinen Schultern ausgestreckten Hände fort. Wir mussten hier weg! Sofort! Wenn der Mutant uns hier finden würde waren wir verloren. Wir hätten seiner schier unzähmbaren Stärke nichts entgegen zu setzen. Panik übermannte mich, als das Ziehen wie eine Welle abermals schmerzhaft in meinen Bauch fuhr. Annie und Lauren schauten sich verunsichert an, als ich keuchend aufstand.

„Nell, ist dir das Essen nicht…"

„Weg!", unterbrach ich Annie. „Weg! Wir müssen hier sofort verschwinden. Es ist gefährlich. Wir werden verfolgt, ich kann es spüren!" Meine Stimme überschlug sich. Ich hatte Annie und Lauren in Gefahr gebracht. Wir mussten sofort zu mir nach Hause fliehen. Durch die schweren Türen, die Alarmanlage und die vielen Menschen im Hotelflügel würden wir dort sicher sein. Vielleicht wäre Logan schon dort… All diese Gedanken schossen mir in Sekundenbruchteilen durch den Kopf. In der nächsten Sekunde war ich innerlich alle verfügbaren Wege durch den Wald durchgegangen und zu dem Entschluss gekommen, dass es keinen schnelleren Weg gab als den, den wir gekommen waren. Ich schleuderte den so sorgsam gepackten Picknickkorb achtlos beiseite und zog Annie und Lauren an ihren Jacken, die immer noch regungslos und völlig verblüfft vor mir standen. Eine erneute Panikwelle ergriff mich. Wie sollte ich den beiden nur begreiflich machen, wie ernst die Lage war? Ich konnte die Nähe des Mutanten immer deutlicher spüren, was wohl oder übel bedeutete, dass er sich uns näherte. Ich konnte jedoch nicht spüren, aus welcher Richtung er kam. Und ich konnte auch nicht sagen, ob er wusste, dass wir hier waren. Logan hatte gesagt, dass es nicht üblich war, dass Schatten Mutanten wittern konnten. Vielleicht war es andersherum auch so. Warum hatte ich ihn bloß nicht danach gefragt? Dies wäre unsere einzige Chance zur Flucht. Aber auf der flachen, baumlosen Ebene würden wir sicherlich nicht lange unentdeckt bleiben. Wieder zerrte ich an den Jacken meiner beiden Freundinnen und flehte sie an: „Bitte, vertraut mir! Es ist gefährlich hier. Etwas Böses lauert hier, ich kann es spüren. Ich erkläre es euch später. Versprochen. Aber erst müssen wir hier weg. Schnell! Und leise! Bitte"

Annie schien verwirrt, vielleicht sogar leicht verärgert aber Laurens Blick war voller Angst.

„Gut!", dachte ich. Sie hat es begriffen. Nur leider schien dies doch nicht der Fall zu sein. Lauren hatte keine Angst vor dem abartigen Wesen, welches hier durch die Wälder schlich, sondern schien sich ernsthaft Sorgen um meinen Geisteszustand zu machen. Das wurde mir klar, als sie sich in der nächsten Sekunde ängstlich an Annie wandte. „Schnell, wir müssen sie zu ihrer Großmutter bringen. Sie steht völlig neben sich. Sie ist kalkweiß!"

Doch es war mir völlig egal aus welchem Grund wir nun endlich aufbrachen, es zählte nur, dass die beiden nun meinem Ziehen nachgaben und wir endlich zwischen den ersten Bäumen des Waldes verschwanden. Annie hatte die Decke und die Weinflasche aus der Hand gelegt, um mich zu stützen und ehrlich gesagt war ich froh darum. Jeder Ballast würde uns aufhalten und als die nächste Welle Bauchschmerzen über mich hereinbrach und meine Beine unter mir einknickten war ich dankbar, dass sie mich auffing.

„Himmel, Nell!", flüsterte sie nun ebenfalls voller Angst. Sobald ich wieder auf den Beinen stand, riss ich mich dennoch von ihr los. Wir mussten schneller sein. Jede Sekunde Vorsprung zählte, bevor der Mutant uns entdeckte. Denn wenn er erstmal direkt unsere Verfolgung aufnahm und zu rennen begann hätten wir keine

Chance, ihm zu entkommen. Die Erinnerung an seine stechenden gelben Augen und seinen stinkenden Atem ließ mich nur noch schneller laufen. Schwer atmend hetzte ich über den schmalen Fußweg und drehte mich nur immer wieder um, um zu sehen, ob Lauren und Annie mir folgten. Sie liefen ebenso schnell hinter mir her. Ob nun aus Furcht vor der Gefahr, vor der ich sie gewarnt hatte oder nur, um mich in der Dunkelheit nicht zu verlieren, wusste ich nicht.

KAPITEL 36

LAUFT!

Er kam aus dem Nichts. Es gab keine weitere Vorwarnung. Keine unmenschlich starke Welle des Schmerzes, keine Vorahnung, einfach nichts. Auf einmal stand er vor mir auf dem Weg und hätte ich nicht während des Laufes panisch nach allen Seiten geblickt und in die immer dunkler werdenden Schatten gestiert, wäre ich wohl mit voller Wucht in ihn hineingelaufen. So wurde ich durch mein abruptes Bremsen nur unsanft von Lauren gerammt, die mit meiner Vollbremsung nicht gerechnet hatte. Ich merkte, dass Annie gerade ihre Atemnot überwinden und zu einer Standpauke ansetzen wollte, als Lauren aufschrie, sie hatte den Mann vor uns auf dem Weg nun auch entdeckt. Annie stieß nur ein leises Wimmern aus. Der Mann stand vollkommen reglos da. Auch im Dämmerlicht der untergehenden Sonne, das
268

weitestgehend von den Schatten der Bäume geschluckt wurde, war zu erkennen, wie unmenschlich groß und breit der Hüne war. Ich breitete die Arme neben mir aus, um Annie und Lauren daran zu hindern weiterzulaufen. Eine überflüssige Geste. Die beiden waren hinter mir wie zu Eis erstarrt. „Lauft weg!", flüsterte ich ihnen zu, ohne mich umzudrehen und ohne den Mutanten aus den Augen zu lassen. „Ich glaube, er will nur mich, er wird euch laufen lassen. Schlagt euch rechts durch die Bäume, wenn ihr noch einige hundert Meter lauft müsstet ihr auf dem Feld neben dem Hauptweg herauskommen. Lauft zum Manor und ruft von dort aus Logan an. Sagt ihm einfach, was passiert ist, er weiß dann, was er tun muss." Unsere Handys lagen sicher und trocken in unserem Picknickkorb, oben auf dem Hang. Wie hatte ich so doof sein können, sie dort zusammen mit dem Korb so achtlos wegzuwerfen? „Los!", zischte ich, als die beiden hinter mir sich immer noch um keinen Zentimeter bewegt hatten. Ich fühlte mich seltsam ruhig und das Ziehen in meinem Bauch war mit dem Anblick des Mutanten zu einem gleichbleibenden Schmerz geworden, der besser auszuhalten war als die wellenförmigen Krämpfe von vorhin. Als Lauren mit vor Grauen verzerrter Stimme zu einem „Nein, du kannst nicht…!" ansetzte, unterbrach ich sie. „Bitte!" flehte ich sie an, „Logan ist unsere einzige Chance! Wenn ich ihn so lange beschäftigen kann bis er hier ist, ist das die einzige Möglichkeit hier heil heraus zu kommen. Nun los! Bitte!" Mein flehender Ton löste sie aus ihrer Starre und Lauren zog Annie, die weiterhin nur leise wimmerte, an der Hand nach rechts in die Büsche.

Ich war von meinem Plan nicht einmal annähernd überzeugt, aber mein einziges Ziel war es gewesen, Lauren
und Annie von mir zu trennen, denn ich wollte sie um
jeden Preis in Sicherheit bringen. Und meine Vermutung,
dass der Mutant es ausschließlich auf mich abgesehen
hatte bewahrheitete sich, als er meinen beiden Freundinnen nur einen Blick hinterherwarf, jedoch weiter reglos
auf dem Weg stehen blieb.

Als die beiden sich einige Meter entfernt hatten, fing er
an zu sprechen. Seine Stimme war laut und rau. „Schade,
dass deine beiden Freundinnen nicht an unser Party teil-
haben wollen! Ich schätze, sie wissen gar nicht, was sie
verpassen. Andererseits..." Er machte eine kurze, bedeu-
tungsschwere Pause. „Andererseits habe ich dich eigentlich auch ganz gern für mich allein!"

Ein eiskalter Schauer lief mir über den Rücken. Fieberhaft ging ich alle meine Möglichkeiten im Kopf durch.
Wegrennen war zwecklos. Das hatte ich schon einmal
versucht und war gescheitert. Wo sollte ich auch hinren-
nen? Hinter mir lag das Plateau und der Abhang dahinter war derart steil, das an einen Abstieg ohne Ausrüs-
tung nicht zu denken war. Wenn ich nach Hause rannte,
brachte ich den Mutanten nur wieder in die Nähe von
Lauren und Annie, die sicherlich noch einige Zeit brauchen würden, bis sie das Manor erreicht hatten. Kämpfen
war eine Idee, die mein Kopf nicht einmal in Erwägung
zog. Während der Mutant vor mir meine Starre förmlich
auszukosten schien, kam mir der vielleicht einzig ret-
tende Gedanke. Nein, rettend war wohl der falsche Ausdruck. Retten konnte ich mich damit nicht, aber vielleicht

konnte ich Zeit schinden. Ich wusste nicht viel von den mutierten Schatten. Es gab unwahrscheinlich wenige von ihnen und sie schienen alle etwas gemein zu haben. Sie waren einmal wie Logan gewesen und hatten das Ziel gehabt, sich durch eine Partnerin zu verwandeln. Da sie aber nie die Frau fanden, für die sie bestimmt waren, hatten sie versucht, über einen anderen Weg an dieselbe Stärke zu kommen. Sie hatten sich Frauen genommen. Was durchaus auch zu mehr Kraft geführt hatte – das Resultat war anhand der baumstammartigen Beine und der breiten Schultern vor mir kaum zu übersehen – es hatte jedoch auch seine Schattenseiten mit sich gebracht. Offensichtlich war jedoch, dass jeder der Mutanten sich eine wahre Partnerin gewünscht hätte – ob nun um der Partnerin Willen oder nur um mehr Macht zu haben sei einmal dahingestellt. Ich war eine Frau. Vielleicht war dies der einzige Punkt, an dem ich ansetzen konnte. Nicht um mich zu retten, aber vielleicht doch um etwas Zeit herauszuschlagen, damit Lauren und Annie sich in die Stadt retten konnten.

Ich schluckte und versuchte, ruhig zu atmen, meine Angst auf ein Maß zu regeln, das es mir erlaubte, klar zu denken. Vielleicht würde es alles nur noch schlimmer machen, aber ich setzte alles auf diese eine Karte. Meine Stimme klang krächzend als ich sprach und ich hoffte, dass der Mutant zu sehr mit der Vorfreude auf das was er sich sicherlich gerade in seinem Kopf ausmalte beschäftigt war, um die Unsicherheit in meiner Stimme zu hören. „Allein sein? Ja, eigentlich wäre mir das auch recht", brachte ich krächzend hervor.

Der Mutant rührte sich weiterhin nicht. Ich konnte in der dunkler werdenden Umgebung sein Gesicht nicht sehen und wusste daher nicht, was meine unerwartete Reaktion bei ihm auslöste. Also machte ich einfach weiter: „Ehrlich gesagt, habe ich gehofft, einen von euch zu treffen. Ich habe genug von ihm. Ich habe genug von dieser ganzen neuen perfekten Welt, von Stärke und Schönheit. Ich möchte nicht mehr sein Mittel sein, um sich zu verwandeln. Ich habe genug davon, dass alle Mädchen hinter ihm herrennen. Er soll auch einmal sehen, wie es ist, wenn andere an mir interessiert sind." Ich schluckte. Doch ich merkte, dass meine Worte den Mutanten auf der richtigen Ebene erreichten.

Knurrend antwortete er mir: „Du willst ihn nicht mehr? Du willst ihm … sogar wehtun?" Die letzten Worte hatte er knurrend gesprochen und er fing an, langsam auf mich zuzugehen.

Die Angst in mir wurde unmenschlich stark. Der Fluchtreflex war kaum zu unterdrücken. Doch ich versuchte mit aller Kraft, ruhig zu bleiben, auch wenn mich das Ziehen in meinem Magen fast um den Verstand brachte. „Ja!", schluckte ich. Es war so schwer, diese Worte zu sagen. „Ja, ich will ihn nicht mehr. Er hat mir wehgetan und das möchte ich jetzt auch tun."

Der Mutant war inzwischen so nah bei mir, dass ich ihn hätte berühren können, wenn ich meinen Arm ausgesteckt hätte. Mein Atem ging schnell und zu flach, aber der Mutant schien sich daran nicht zu stören.

„Soso", knurrte er und als ich mich zwang, meinen Kopf in den Nacken zu legen, um ihm in die Augen sehen zu können, hätte ich fast gedacht, dass er versuchte zu grinsen. Doch sicher war ich mir nicht.

„Und wie kann ich dir dabei helfen, Weib?" Seine Stimme klang noch ebenso bedrohlich wie zu Beginn unserer kleinen Unterhaltung. Hatte er den Köder etwa noch nicht geschluckt? Doch ich war über jede Sekunde froh, in der ich ihn hinhalten konnte und noch nicht tot auf dem Waldboden lag. Daher war mir jede Verzögerung nur recht. Wie weit mochten Annie und Lauren wohl schon gekommen sein? Hatten sie vielleicht schon so eine große Strecke des Weges geschafft, dass sie eine Chance hatten, unversehrt im Manor anzukommen? Ich versuchte ein weiteres Mal, meine sich überschlagenden Gedanken zu kontrollieren, als der Mutant mich erneut und leicht ungeduldig ansprach: „Was soll mich daran hindern, dir hier und jetzt dein mickriges Genick zu brechen und deinen Mann damit bis in die Unendlichkeit zu zerstören? Denn auch wenn du sagst, dass du ihn nicht mehr willst. Ich kenne die andere Seite nur zu gut. Er wird dich niemals aufgeben. Und wenn ich dich töte wird er das niemals überwinden. Und trauernde Männer sind ja leider so verwundbar."

Bei seinen Worten stieg erneut Panik in mir auf. Nein, das durfte niemals passieren. Doch vielleicht überschätzte er meine Rolle da auch einfach? Ich konnte mir vorstellen, dass Logan um mich trauern würde. Aber so etwas Besonderes war ich ja nun auch nicht. Ich schluckte erneut. Ich durfte mir meine Sorge nicht anmerken lassen, schließlich versuchte ich gerade, den Mutanten davon zu überzeugen, dass ich mit Logan nichts mehr zu tun haben wollte: „Nein, töte mich nicht. Ich weiß, wie wir ihn gemeinsam viel schwerer treffen können. Damit werde ich mich für all seine Überheblichkeiten revanchieren." Die folgenden Worte zu sagen schien unendlich schwer und bei jedem Wort stach mein Herz vor Scham und Reue: „Er hält sich für etwas Besseres. Er denkt, dass er jede haben kann. Wir können ihn gemeinsam zerstören, indem ich dich stark mache."

Ein Zucken ging durch den Körper des riesenhaften Mannes vor mir und ich merkte, dass ich genau auf dem richtigen Weg war. Daher sprach ich hastig weiter: „Ich habe gespürt, wie er durch mich stärker wurde, wie er angefangen hat, sich durch mich zu verwandeln, noch mächtiger zu werden. Warum sollte es bei dir nicht auch funktionieren, wenn…" Nun musste ich all meine Kraft zusammennehmen: „Wenn ich mich dir freiwillig hingebe."

Der Mutant starrte mich einen Moment ungläubig an, dann durchbrach er mit nur einem Schritt die verbliebene Distanz zwischen uns. Sein Bauch berührte nun meine Brust und er griff mir unsanft an die Kehle. Beinahe hätte ich aufgeschrien.

„Du willst dich mir hingeben? Und wer sagt mir, dass das auch nur irgendeine andere Wirkung auf mich hätte als jedes Weib, das ich mir auf der Straße nehmen könnte?"

Ich schauderte ob dieser fürchterlichen Vorstellung. „Hast du jemals eine Frau gehabt, die eine Auserwählte war? Eine Partnerin eines Schattens? Es macht jeden Unterschied, den du dir nur denken kannst. Außerdem

274

wird er es fühlen. Es wird ihn schier umbringen, wenn er davon erfährt." Ich stachelte die Gier des Riesen immer mehr an und wusste, dass ich ihn endgültig in der Hand hatte als er meine Kehle losließ und einen winzigen Schritt zurücktrat. Meine Erleichterung, dass er mich nicht sofort getötet hatte und dass mein Plan funktioniert hatte schwang schnell in eine neue Panikattacke um. Mein Plan hatte bis genau zu diesem Moment gereicht. Doch was sich der Mutant nun für die nächsten Stunden mit mir ausmalen würde, ließ mir übel werden. Säure stieg mir aus dem Magen in den Hals und ich musste all meine Konzentration aufbringen, um nicht auf den Waldboden zu erbrechen. Eines war klar, lange würde ich es nicht mehr schaffen, den Mutanten auf Abstand zu halten. Und dieses Spiel tatsächlich mitzuspielen war undenkbar. Da müsste er mich vorher schon tatsächlich umbringen.

Ob Annie und Lauren wohl endlich in Sicherheit waren? Doch ich kam nicht mehr dazu, weiter über die beiden nachzudenken, denn nun packte mich der Hüne unsanft am Arm und riss mich an seine Brust.

„Ich hoffe, du magst es hart!", knurrte er mir ins Ohr und mit einer einzigen schnellen Bewegung riss er meine Jacke und meinen Pullover vorne auseinander. In diesem Moment wusste ich, dass ich den Abend nicht überleben würde. Meine Selbstbeherrschung war am Ende. Mein Fluchtinstinkt schrillte wie eine Alarmglocke in meinem Kopf und der Verstand verlor gegen den Instinkt. Noch bevor seine Hand unter mein zerrissenes Shirt greifen konnte, spannten sich all meine Muskeln an, lehnte sich jede Zelle meines Körpers gegen ihn auf und mit einer einzelnen schnellen Drehung wand ich mich in seinen Armen herum. Überraschung ließ den Mutanten kurz den Halt um meinen Arm lockern doch der Moment war so kurz, dass ich es nicht schaffte, mich zu befreien.

Stattdessen drückte er sich nun von hinten an mich und voller Abscheu stellte ich fest, dass ihn dies nur noch mehr zu erregen schien. „Nicht so schnell, Püppchen! Du bist also doch nicht so ganz bei der Sache, wie du mir erzählt hast. Nun ja, wie soll ich sagen, so macht es mir doch tatsächlich viel mehr Spaß. Ob du mir nun die ultimative Kraft gibst oder nicht, das ist mir scheißegal, aber gegen eine Runde Spaß habe ich nichts einzuwenden. Und die Vorstellung, dass er es wissen wird macht mich nur noch heißer."

Ich wand mich mit aller Kraft gegen seine Arme, trat um mich, versuchte, ihn zu beißen. Doch nichts half. Ich konnte mich nicht um einen Zentimeter aus seinen Schraubstockarmen befreien. Er hatte seinen linken Arm so eng um meinen Bauch gelegt, dass mir kaum Luft zum Atmen blieb. Meine verzweifelten Versuche, mich zu befreien schienen ihn eher zu amüsieren als anzustrengen. Ich verausgabte mich bei meinen Versuchen, mich seinem Griff zu entwinden, bis ich Sterne vor meinen Augen sah. Warum nur hatte Logan sich geweigert mir so nahe zu kommen, dass ich mich verwandeln konnte? Wenn ich so stark hätte werden dürfen wie Helen, hätte ich vielleicht eine Chance gegen diese Bestie gehabt. Aber nun würde es nie so weit kommen.

Als dem Mutanten mein Gezappel langweilig zu werden schien, verstärkte er nur noch den Druck seines Armes. „Komm schon, Süße, du willst es doch auch!" knurrte er mir voller Hohn ins Ohr und als seine rechte Hand nach vorne Griff und, trotz meiner heftigen Versuche mich zu wehren, unter mein Shirt griff, konnte ich der Übelkeit nichts mehr entgegensetzen und erbrach mich nun doch geräuschvoll auf den Waldboden. Tränen schossen mir in die Augen und ließen mich hilflos in mich zusammensinken. Völlig verausgabt spürte ich wie durch einen Nebel, dass der Riese meinen Oberkörper nach hinten zu sich an die Brust zog, um mich besser berühren zu können. „Du fühlst dich gar nicht mal so schlecht an, Weib, ich wette, so wurdest du vorher noch nicht oft berührt. Ja, das gefällt dir."

Mein Magen stülpte sich erneut um, doch er hatte kaum noch etwas, was er zu Tage bringen konnte. Ich konnte nicht richtig atmen. Der Klammergriff um meinen Bauch schnürte mir noch immer die Luft ab und ich schien durch die Panik viel zu schnell zu atmen. Die Sterne um mein Blickfeld wurden immer heller und der Rest immer dunkler. Ich konnte nur noch schemenhaft die dunkle Umgebung wahrnehmen als ich spürte, wie der Reise meine Brüste freigab und seine Hand hinter meinen Rücken wanderte. Einen seligen kurzen Moment dachte ich, er würde von mir ablassen, doch dann spürte ich, dass er mich nur losgelassen hatte, um hinter meinem Rücken seine Hose zu öffnen.

Mein Atem wurde in seinem Schraubzwingengriff immer flacher und ich dachte, dass eine Ohnmacht aus Sauerstoffmangel vielleicht die einzige Erlösung wäre. Plötzlich ging alles so schnell, dass ich später nicht mehr rekonstruieren konnte, was genau passiert war.

Ein Ruck ging durch meinen Körper und ich hatte kurz das Gefühl, in der Mitte zerreißen zu müssen. Schreie ertönten, ein Brüllen. Dann wurde ich herumgerissen und unsanft zu Boden geworfen. Mein Kopf schlug gegen einen Baumstamm. Der Aufprall war hart und schmerzhaft. Wieder hörte ich diese Schreie. Was war passiert? Auf einmal beugte sich eine große Gestalt über mich. Ich erschrak und versuchte panisch, rückwärts zu robben, weg von diesem Schatten.

„Nell, es ist alles gut. Wir haben dich gefunden. Ich bin es, Vinc!"

Vinc? Ich konnte kaum einen klaren Gedanken fassen. Wenn doch bloß diese furchtbaren Schreie aufhören würden. Ja, ich konnte sein Gesicht erkennen, seine langen Haare, seine braunen Augen. Er sah wild aus. Und ziemlich wütend. Da fing Vinc wieder an zu sprechen, doch diesmal anscheinend nicht zu mir: „Hol Logan da weg, er wird ihn noch zerfleischen, wenn er so weitermacht, ich will die Sauerei nachher nicht wegmachen. Nell steht völlig neben sich, wir brauchen ihn hier."

Eine zweite Gestalt tauchte kurz neben mir auf, huschte dann aber sofort wieder weg. Der Krach ließ einfach nicht nach. Nach einigen Sekunden sah ich Logan über mir. Sein wunderschönes Gesicht war verzerrt vor gegeneinander ankämpfenden Gefühlen – Mitgefühl und

278

Sorge kämpften mit Wut und Raserei um seine Mimik. Seine Augen leuchteten so stark, dass ihr Licht Schatten warfen. Seine Anwesenheit drehte in mir einen Schalter um. Endlich wurde es ruhiger, die Schreie verstummten und erst da begriff ich, dass ich es gewesen war, die geschrien hatte. Logan schien sich ernsthaft beherrschen zu müssen, doch ich nahm es nur wie durch einen Schleier wahr. Seine Augen waren das einzige, was mich im Hier und Jetzt hielt. Ich sah, dass er sich sein Shirt über den Kopf zog und meinen Oberkörper damit bedeckte. Doch sein Blick löste sich kaum eine Sekunde von meinem. Ich spürte nur, wie er mich vorsichtig aufhob und an sich zog.

Nur verschwommen hörte ich die Stimmen der beiden Jungen neben mir. „Du musst jetzt bei ihr bleiben. Sie hyperventiliert noch. Sie muss sich unbedingt beruhigen, sonst blutet sie zu stark."

Logan stieß als Antwort nur ein Knurren aus. Ich wurde wieder unruhig. Wir waren hier nicht sicher. Wie konnten die beiden so ruhig neben mir auf dem Waldboden hocken? Der Mutant war hier, wir mussten uns in Sicherheit bringen. Mühsam versuchte ich aufzustehen, doch mein Kopf fühlte sich so an, als wolle er zerspringen und stöhnend sackte ich wieder zu Boden. Mir wurde übel und schwarz vor Augen und ich versuchte krampfhaft, mich zu erinnern, warum ich so starke Kopfschmerzen hatte.

Logans sanfte Hand hielt mich an der Schulter fest. „Nell, du bist in Sicherheit. Kendrit und Grayson haben den Kerl besiegt. Er wird nie wieder jemandem wehtun können." Bei diesen Worten leuchteten seine Augen noch stärker und ein beinahe animalisches Knurren entfuhr seiner Kehle. Er kniff seine Lippen fest zusammen und schien sich abermals stark zusammenreißen zu müssen.

Erschöpft ließ ich mich zurücksinken. Ich wollte so viel erzählen, mich bedanken, stattdessen kam nur ein trockenes Schluchzen aus meinem wunden Hals: „Sind Lauren und Annie heil in die Stadt gekommen? Sie sind…!"

„Schht!", unterbrach mich Logan, „Mache dir keine Sorgen, sie sind sicher im Manor." Er machte eine kurze Pause. „Es scheint nur, als würden wir einiges zu erklären haben, wenn wir nach Hause kommen."

Ich wunderte mich über diese Aussage, hatte aber nicht die Kraft, mir weitere Gedanken darüber zu machen.

„Wir sollten sie nach Hause bringen", hörte ich eine dritte Stimme über mir. Ich blickte hoch und sah einen riesenhaften Umriss und kurz bevor mein Körper wieder in Panik verfallen konnte begriff ich, dass es Kendrit war, der mit seinem breiten Rücken das letzte Licht, das durch die Zweige der Bäume fiel, abschirmte. Kurz fielen die drei in ein Gespräch, das viel leise und zu schnell für meine Ohren war und ich merkte, wie mir alles zu viel wurde. Erschöpft ließ ich meinen Kopf gegen Logans Arm sinken und schloss die Augen. Ich wollte die Übelkeit nicht mehr spüren, die Schmerzen beim Atmen, den Schmerz in meinem Kopf. Logan zog mich fester in seine Arme und ich hörte Stoff reißen. Nur einige Sekunden später fühlte ich, wie Logan sanft seine Hand an meine

Wange hielt. „Sieh mich an!", bat er mich. Wir verbinden jetzt die Wunde an deinem Kopf. Das könnte etwas weh-tun."

Wunde? Doch wie auf Kommando spürte ich einen ste-chenden Schmerz, als etwas gegen meine rechte Kopf-seite gedrückt wurde. Ich zuckte zurück, doch Logans Hand an meiner Wange ließ mich stillhalten. Er hielt mei-nen Blick fest und hob mich dann langsam hoch, als er mit mir im Arm aufstand. Wieder sprach er kurz mit sei-nen Brüdern, dann ging er los. Ich sah, dass Vincent uns begleitete, Kendrit blieb zurück. Logan machte ruhige und lange Schritte, wohl um mich möglichst sanft zu tra-gen. Ich ließ es geschehen. All meine Kraft schien mich verlassen zu haben. Ich schloss die Augen und lehnte meinen Kopf wieder an Logans Schulter. Ein Gefühl ab-soluter Sicherheit umhüllte mich. Als wäre ohne mein Wissen ein essenzieller Entschluss gefasst worden. Ich war in meinem Hafen angekommen.

KAPITEL 37
DÄMMERZUSTAND

Ich versuchte, mich in meinem Dämmerzustand zu hal-ten, um mich den Bildern in meinem Kopf nicht stellen zu müssen. Und ich vermutete, dass es bisher nur funk-tionierte, weil Logan in meiner Nähe war. Vielleicht heil-ten in seiner Gegenwart nicht nur meine körperlichen Wunden schneller? Logans Geruch und seine Nähe wirkten wie ein Beruhigungsmittel auf mich. Ich vergrub mein Gesicht tief in die Beuge zwischen seiner Schulter und seinem Hals und sog seinen Duft förmlich in mich hinein. Zum Glück schien er ausnahmsweise nicht auf Abstand bedacht, denn er hatte seine Wange an meine Stirn gelegt und ich genoss diese Berührung umso mehr, wohl wissend, wie selten diese innigen Berührungen mit ihm waren. Ich wurde erst etwas aufmerksamer als ich realisierte, dass wir beim Manor angekommen waren und Logan nicht den Weg am Hotel entlang zur Vorderseite des Hauses einschlug, sondern sich an der Mauer hielt, die das Grundstücksende entlanglief. Anscheinend wollte er unentdeckt und nicht durch den Vordereingang in das Manor eindringen. Ich war dankbar für diese Entscheidung. In diesem Zustand hatte ich nicht die Kraft, mich den besorgten, gar hysterischen Fragen meiner Großmutter und den strengen und undeutbaren Blicken meiner Großtante zu stellen. Das konnte noch bis morgen warten, falls ich mich dann ein wenig lebendiger fühlen würde. Außerdem war mir bewusst, dass ein Einschalten der Polizei in diesem Fall wenig aussichtsreich wäre. Und darauf würde ein Gespräch mit meiner Großmutter sicherlich hinauslaufen. Außerdem wurde mir in Erinnerung an die Kampfgeräusche im Wald und deren wahrscheinlichen Ausgang bewusst, dass es wohl auch nicht mehr nötig sein würde. Wieder stieg Übelkeit in mir hoch und ich zwang mich konzentriert, meine Gedanken in der Gegenwart zu halten. Als sich der Schleier in meinem Kopf ein Stück lüftete kamen die Sorgen um meine Freundinnen wieder. „Bist du sicher, dass es

282

Lauren und Annie gut geht? Ich muss zu ihnen und erklären…" Meine Stimme war dünn, aber ich war fest entschlossen, von Logans Arm herunter zu steigen, so schwer es mir auch fiel. Leider schien mein Körper nicht auf mich zu hören. Bis auf ein komisches Zucken in meinen Armen schien nicht viel zu passieren.

„Schht…", Logan drückte mich fester an sich und seine beruhigende Geste brachte meinen zaghaften Versuch abzusteigen zum Erliegen. Doch meine Angst ließ sich nicht so einfach beruhigen.

„Logan, ich muss wissen, ob es ihnen gut geht, was sie sich alles zusammengereimt haben…"

„Es geht ihnen gut. Sie sind bei Lauren zu Hause." Logan seufzte. „Jared ist bei ihnen. Sie waren auf dem Weg in die Stadt als wir ihnen entgegenkamen. Sie haben uns erzählt was passiert ist." Logan stockte kurz. „Sagen wir mal, dass ich nachdem, was sie erzählt haben nicht ganz an mich halten konnte. Sie haben zu viel gesehen, von dem Mutanten, von meiner Reaktion und sie wollten die Polizei rufen. Sie haben gemerkt, dass etwas nicht in Ordnung ist, dass etwas mit uns nicht stimmt. Jared hat sie nach Hause gebracht und all ihre Fragen beantwortet – ehrlich. Was sie sich zusammen gereimt hätten wäre noch schlimmer gewesen. Nun wissen sie alles und wir müssen sehen, wie wir damit umgehen werden."

Angst durchfuhr mich erneut. Wenn noch mehr Menschen ihr Geheimnis kannten würden die Schatten sicherlich fortgehen. Zumindest für die nächsten Jahrzehnte, bis Gras über die Sache gewachsen war. Ich begann zu zittern und mir wurde wieder übel. Ich zwang mich erneut, im Hier und Jetzt zu bleiben, um nicht vollständig den Verstand zu verlieren und drückte mein Gesicht noch fester an Logan. Ich würde es nicht verkraften, wenn er fortgehen würde. Dann würde ich eher mitgehen. Egal für wie lange. Doch meine Gedanken wurden erneut unterbrochen. Wir waren an der Mauer um unser Grundstück angekommen. Was jedoch die nächste Frage aufwarf: Wie um Himmels Willen wollte Logan über diese Mauer oder gar hoch zu meinem Balkon kommen, wenn er mich im Arm trug? Auch wenn die Aussicht auf eigenen Beinen stehen zu müssen wenig verlockend war, machte ich einen etwas stümperhaften zweiten Versuch, von seinem Arm herunter zu steigen.

„Du bleibst schön, wo du bist", gab mir Logan sanft, aber sehr bestimmt zu verstehen. Er verstärkte seinen Griff um meinen Rücken leicht, so dass ich wusste, dass ein Versuch abzusteigen wohl sinnlos wäre. Auch gut! Sollte er sich doch den Kopf zerbrechen, wie er diese doofe Mauer... Hoppla! Bevor ich recht realisieren konnte, was geschah, war Logan mit mir auf dem Arm aus dem Stand über die Mauer gesprungen, als wäre sie ein unbedeutender Ast auf seinem Weg. Er landete lautlos und geschmeidig wie eine Katze. Ich spürte das Aufkommen auf dem Boden kaum. Fast zeitgleich landete Vincent ebenso leise neben uns. Die beiden schienen unser Grundstück recht gut zu kennen, denn wir landeten im dunklen Bereich des Gartens, im Schatten der hohen Bäume. An der Innenseite der Mauer folgten sie nun der Grundstücksgrenze und ich kam mir vor wie ein Einbrecher.

„Halt dich fest!", flüsterte mir Logan ins Ohr, als wir unter den Balkonen angekommen waren und ich zog meine Arme fester um seinen Hals. Ich war neugierig, wie er den Aufstieg in den dritten Stock bewerkstelligen wollte, wusste aber instinktiv, dass ich bei ihm vollkommen sicher war. Aus den Augenwinkeln sah ich, wie Vincent geschmeidig und in einer fließenden Bewegung auf dem Balkon im ersten Stock landete. Erschrocken dachte ich, dass Silvester hinter dieser Tür schlief, doch Vinc machte nicht das leiseste Geräusch. Ich spürte kaum, wie Logan absprang und auf der Balustrade landete. Vincent fasste ihn am Arm, doch er stand ruhig und sicher. Zeitgleich sprangen sie ab zum nächsten Balkon. Sie bewegten sich wie eine Einheit, als wären sie Artisten, die einer einstudierten Choreografie folgten, die sie elegant und kraftvoll bis direkt vor meine Zimmertür lotste. Bewundert schaute ich die beiden jungen Männer an, die von ihrer unglaublichen Leistung eben nicht im Mindesten beeindruckt schienen. Logan stand völlig ruhig da, die Arme immer noch fest um mich geschlossen. Sein Atem hatte sich nicht einmal beschleunigt. Vincent holte einen kleinen Gegenstand und irgendein undefinierbares elektrisches Gerät aus seiner Tasche. Ein paar Eingaben auf dem Gerät und die kleine Kontrollleuchte der Alarmanlage verlosch, einen Wimpernschlag später hatte er die Tür mit dem kleinen Gegenstand, offenbar einem Dietrich, geöffnet. Wieder war ich beeindruckt. Diesmal aber auf eine ziemlich unangenehme Weise.

Vincent schaute mich schuldbewusst an. „Mach` dir keine Gedanken, so ein Gerät gibt es nicht an jeder Ecke.

Grayson hat ein Händchen für elektronischen Schnickschnack. Er hat uns das gebaut. Und keine Sorge", fügte er grinsend hinzu, „du hast den besten Wächter der Welt vor eurem Haus. Ich möchte denjenigen sehen, der an Logan vorbeikommt, um dir etwas anzutun." Kichernd ging er voraus und betrat mit voller Selbstverständlichkeit mein Zimmer. Ich hörte Logan grummeln und wunderte mich, wie die beiden so schnell in einen unbekümmerten, neckenden Tonfall verfallen konnten, nach dem, was noch nicht einmal vor einer Stunde passiert war.

Doch schon als wir durch die Balkontür traten spürte ich, wie Logan sich abrupt versteifte. Vincent stand nur Zentimeter vor ihm und war offensichtlich ebenso unvorhersehbar stehen geblieben. Und dann wurde das Licht angeschaltet. Doch nicht von einem der Jungs. Neben meinem Deckenfluter stand Großtante Maggy. Und es sah nicht so aus, als wäre sie gerade erst in das Zimmer getreten, sondern mehr, als würde sie hier schon eine Weile auf uns warten. Der Schreck wischte den Schleier des Dämmerlichtes vollends von meinen Gedanken, die sich augenblicklich überschlugen. Was war das heute für eine Nacht? Wurden heute alle Regeln gebrochen? Wie sollte ich meiner Großtante erklären, wie wir über den Balkon hereingekommen waren, wie Vincent das Alarmsystem umgangen hatte, und vor allem warum? Tante Maggy schienen diese Umstände aber nicht einmal zu verwirren. Sie blickte uns drei an. Ruhig, ernst und ... wissend. Sie schaute Logan direkt in die Augen.

„Dann ist es also wahr. Ich habe es von der ersten Minute an gewusst. Ich hatte dich erkannt, Logan. Fünfzig Jahre sind eine lange Zeit und ich bin eine alte Frau. Aber es gibt Dinge, die man nie vergessen wird. Auch wenn ich erst an meinem Verstand gezweifelt habe."

Logans angespannte Haltung lockerte sich, während Vincent unbeweglich und wachsam stehen blieb. Logan setzte sich in Bewegung und im Gehen blickte er Vincent an. „Vinc, du kennst Maggy, Maggy, das ist Vincent, mein Bruder. Es freut mich, dass ich euch endlich offiziell miteinander bekannt machen kann."

Ich traute meinen Ohren kaum und wusste nicht, wie ich die unwirkliche Situation zwischen den dreien deuten sollte. Ich schien meine Stimme noch nicht wiedergefunden zu haben, doch um mich schien es hier auch gar nicht zu gehen. Daran, dass Logan mich nicht auf dem Bett oder dem Sofa absetzte, um wie gewohnt Abstand zu gewinnen, sondern sich mit mir auf dem Schoß auf das Sofa setzte merkte ich, dass auch an ihm der Abend nicht spurlos vorüber gegangen war. Kaum waren wir am Sofa angekommen, schien Maggy mich das erste Mal zu bemerken und eilte zu mir.

„Was ist mit ihr passiert?"

Logan wandte den Blick nicht von mir als er antwortete: „Sie ist einem Mutanten begegnet. Sie ist verletzt, aber sie heilt bereits. Doch es wird dauern, bis sie es innerlich verarbeitet hat."

Was redete er da? Er konnte Maggy doch nicht von einem Mutanten erzählen. Sie würde es nie verstehen. Doch da schien ich mich getäuscht zu haben. Maggy stellte keine Fragen, sie wirkte auch nicht verwirrt, sie blieb gefasst wie immer, kniete sich aber neben mich auf den Boden und nahm meine Hand. Logan sah sie immer noch nicht an.

Er umfasste mein Gesicht mit seiner warmen Hand, so dass er mir in die Augen sehen konnte. „Was kann ich nur für dich tun? Brauchst du ein Glas Wasser? Vincent, hol ihr eine Decke?"

Vincent verschwand für kurz aus meinem Blickfeld und legte dann eine schwere Wolldecke über meinen Körper, streng darauf bedacht, keinen Zentimeter meines Körpers unbedeckt zu lassen. Dann kniete er sich vor uns und machte den Anschein, dass er alles besorgen würde wonach ich verlangte. Die Fürsorge der beiden rührte mich, doch etwas in mir weigerte sich, sich schon jetzt mit meinem Körper zu befassen. Ich wollte mich dem Geschehenen noch nicht stellen müssen, die Fragen zurückhalten, die sich mir aufdrängten. Am liebsten hätte ich mich wieder an Logans Schulter verkrochen und wäre dort die nächsten Stunden, oder besser Tage, nicht wieder hervorgekommen. Doch Logans Blick war prüfend und ich spürte, dass er noch immer stark mit der Wut in sich kämpfte, dass es ihn viel Kraft kostete, hier still auf meinem Sofa zu sitzen und nicht wieder loszuziehen in irgendeinen Kampf. Daher wollte ich ihm das Gefühl geben, dass er etwas tun konnte, indem er bei mir blieb und mir half.

„Ja!", sagte ich deshalb und meine Stimme klang krächzend und fremd „Mir ist wirklich kalt. Ich will in mein Bett."

288

Das stimmte, ich spürte meine Füße gar nicht mehr vor Kälte und meine Nieren waren eiskalt, da das notdürftig um meinen Oberkörper gewickelte Shirt nicht weit über meinen Rücken reichte. „Aber vorher muss ich unbedingt duschen!" Ich hatte das Gefühl, nur eine gnadenlos heiße Dusche könnte die Spuren des Abends von mir abwaschen. Äußerlich. Aber auch für meine Seele war es essenziell notwendig, mich auf diese Art zu reinigen.

Vincent legte seine Hand auf meinen Arm und blickte mich mit seinen warmen braunen Augen an. „Dann werde ich jetzt besser gehen. Mache dir keine Sorgen. Jared und ich bleiben heute die ganze Nacht vor eurem Haus. Du bist so sicher, wie in Abrahams Schoß." Er stockte kurz. Dann grinste er. „Nein, besser! Wie im Schoß eines Schattens."

Ich zuckte zusammen, als er so offen sprach, aber Vincent nickte Maggy nur kurz zu, die immer noch vor dem Sofa kniete. Eine Welle von Dankbarkeit überrollte mich und ich setzte mich auf Logans Schoß auf und schlang Vincent, der gerade aufstehen wollte, meine Arme um den Hals. Sie hatten mich gerettet. Sie waren alle gekommen, um mich zu retten und hatten für mich gekämpft. „Danke!" flüsterte ich in sein Ohr und ich konnte nicht verhindern, dass eine Träne seine Wange benetzte. „Danke für alles!" Verstohlen wischte ich die Träne von seiner Wange fort.

„Immer, Nell!" antwortete er ernst und ich wusste, dass er es auch wirklich so meinte. Er drückte meine Hand lange und fest und ich wusste in diesem Moment, dass er mein bester Freund werden würde. Ich wollte ihn in meinem Leben nicht mehr missen. Doch bevor ich noch zu sentimental werden konnte, strubbelte er mir durchs Haar und stand auf.

„Schließ ab und schalte die Anlage wieder ein, wenn du gehst!", warf Logan ihm hinterher.

„Klar, für wie blöd hältst du mich eigentlich, Bruder!" entgegnete Vincent gespielt entrüstet und warf das nächstbeste Stück Stoff das er greifen konnte nach Logan, der es geschickt auffing. Es war mein Schlafshirt. Ohne sich noch einmal umzudrehen ging Vincent auf den Balkon und schloss die Tür. Kurz darauf hörte man ein Klicken und ein Piepen.

KAPITEL 38
WÄRME

Ich saß noch immer wie benommen auf Logans Schoß und war mir nicht sicher, ob ich träumte oder wach war. Ich blickte zu Tante Maggy, die fast betreten zu Boden sah, mir dann aber in die Augen blickte. „Was…", ich wollte sie fragen, was das alles bedeutete, warum sie Logan kannte, wollte mich entschuldigen, ihr versichern, dass ich ihre Gastfreundschaft nicht verletzten wollte indem ich Jungs mit auf mein Zimmer nahm, dass es mir bald wieder gut gehen würde. Und vor allem wollte ich sie anflehen, dass sie Logan nicht wegschickte, denn ich spürte, nein wusste, dass ich ohne seine Hilfe bei der Heilung, ohne seine Nähe, in dieser Nacht durch die Hölle würde gehen müssen. Nur seine Nähe schien mich vor dem kompletten Zusammenbruch zu bewahren. Doch ich kam gar nicht dazu.

„Ich weiß!", murmelte Maggy in mein Ohr und bedeutete mir, ruhig zu sein. Dann wandte sie sich an Logan. „Gibt es etwas, was ich tun kann?"

Nun sah Logan sie endlich an. „Nein, ich danke dir. Wir müssen uns keine Sorge mehr um den Mutanten machen."

Maggy schloss kurz die Augen, dann hatte sie sich wieder in ihrer Gewalt. Sie räusperte sich. „Ich wollte dir nicht hinterherspionieren, Nell. Ich habe gesehen, wie Lauren und Annie zusammen mit einem anderen Jungen in Richtung Stadt rannten. Ich habe mir Sorgen gemacht, weil du nicht bei ihnen warst. Außerdem waren deine Freundinnen ziemlich aufgelöst. Erst habe ich gedacht, ihr hättet euch vielleicht gestritten. Ich habe versucht, dich auf dem Handy zu erreichen, bin ein Stück um das Haus gegangen, um dich zu suchen und wollte schließlich in deinem Zimmer nachsehen, ob du vielleicht zwischenzeitlich nach Hause gekommen bist. Doch ehrlich gesagt hatte ich so eine Ahnung… Gerade als ich das Licht anmachen wollte habe ich etwas im Garten gehört." Dann nahm sie wieder meine Hand. „Wir werden morgen darüber reden. Ich weiß, dass du ihn jetzt brauchst", flüsterte sie. Sie stand auf und straffte die Schultern. Mit ihrer gewohnt selbstsicheren Art wandte sie sich an Logan. „Wenn ihr in dieser Nacht auch nur noch ein Haar gekrümmt wird, dann wird es dir leidtun. Ich werde euch finden, noch einmal lasse ich mich nicht hinhalten.

Ich will, dass du nicht von ihr weichst bis es ihr wieder gut geht. Und wir werden uns morgen unterhalten. Über alles – die Gegenwart und die Vergangenheit. Ich habe fünfzig Jahre auf Antworten gewartet. Glaube mir, der einzige Grund, warum ich mich auch nur noch eine einzige weitere Minute hinhalten lasse ist, dass ich weiß, dass Nell jetzt Ruhe braucht – und dich!" Dann wurde ihr Blick wieder milder und sie sah traurig aus. „Und ich werde nun das tun, was ich schon vor vielen Jahren hätte tun sollen. Ich habe deiner Großmutter viel zu erzählen. Nicht von dir – das musst du morgen selbst tun – aber von mir." Und ohne sich noch einmal umzudrehen ging sie und schloss die Tür hinter sich.

Ich blinzelte und atmete aus. Ich schien bei Maggys letzten Sätzen die Luft angehalten zu haben. „Logan, was hat das alles zu bedeuten?" Logan blickte zerknirscht. „Es bedeutet, dass deine Tante mehr weiß als meine Brüder und ich viele Jahre lang vermutet haben. Und es bedeutet, dass heute Abend noch mehr Menschen von unserer Existenz erfahren werden. Aber Maggy hat Recht, jetzt geht es erst einmal um dich. Ich werde dir alles erzählen. Aber erst einmal müssen wir dich aufwärmen. Eine warme Dusche wird dir guttun." Ich war verwirrt, doch fühlte ich mich zu schwach, um noch länger nachzufragen. Ich wusste nicht, ob ich überhaupt aufstehen könnte – geschweige denn zum Bad gehen. Ich hatte immer noch Schmerzen beim Atmen und meine Beine fühlten sich taub und schwach an. Außerdem dröhnte mir der Schädel. Wie um eine Bestandsaufnahme zu machen tastete

292

ich meinen Kopf ab. Als ich an der Schläfe vorne links ankam zuckte ich zusammen.

„Lass mich das machen!" Logan hielt sanft meine Hände fest und hob mich dann neben sich aufs Sofa. Mit geschickten Händen löste er den provisorischen Verband. Ich wappnete mich gegen den Schmerz, wenn der blutverkrustete Stoff von der Wunde gezogen würde, doch bis auf ein kurzes Ziepen war kaum etwas zu spüren. Logan lächelte mich warm an. „Es blutet nicht mehr und ich wette, wenn du das getrocknete Blut unter der Dusche abwäschst, sieht es gar nicht mehr so schlimm aus. Wo tut es noch weh?"

„An der rechten unteren Rippe", antwortete ich heiser.

„Darf ich?", fragte er sanft. Ich nickte. Ich wollte wissen, wie der Stand der Dinge war. Außerdem konnte er besser einschätzen, ob ich in ein Krankenhaus musste oder nicht.

„Ich bin vorsichtig!" flüsterte er. Und ich wusste, dass er nicht nur die Intensität des Abtastens meinte, sondern auch, dass er vorsichtig sein würde, wohin er tastete. Ich hielt die Luft an, als seine Hand langsam unter den Stoff seines eigenen Shirts wanderte, das er mir im Wald um den Oberkörper gewickelt hatte. Doch seine Berührungen waren professionell und analytisch, wie die eines Arztes. Er hatte konzentriert die Augen geschlossen und nach einiger Zeit zogen sich seine Augenbrauen grimmig zusammen.

„Deine Rippe ist gebrochen!", brachte er mit zusammengekniffenem Kiefer hervor. Er atmete tief durch und seine Lippe zitterte. Dann sah er zu mir auf. „Es ist ein glatter Bruch. Es muss nicht gerichtet werden und es heilt schon wieder." Er schluckte und schon wieder spürte ich, wie er gegen seine Wut ankämpfte. Es tat mir leid, dass er wegen mir litt.

„Es geht schon." Beeilte ich mich daher zu sagen. Er rang immer noch mit seinen Gefühlen und schaute zu Boden. „Ich bereite im Badezimmer alles vor. Bleib hier, ich trage dich gleich rüber."

Und ehe ich blinzeln konnte, war er verschwunden. Ich schloss die Augen und lehnte mich vorsichtig auf dem Sofa zurück. Da spürte ich schon seine Hände unter Rücken und Beinen. Doch da zögerte er. „Darf ich?"

Ich war hundemüde und dankbar für seine Hilfe. „Na klar!" murmelte ich deshalb nur. Logan trug mich wie ein Kleinkind ins Badezimmer. Er hatte die Dusche schon aufgedreht und in der Mitte des Zimmers stand der Stuhl, der sonst in einer Ecke meine Kleider beherbergte. Logan setzte mich ab und ich fragte mich, wie das hier weiterlaufen würde. Doch bevor ich mir darüber weiter Gedanken machen konnte war Logan schon wieder an der Tür. „Bleibst du noch?" rutschte es mir ängstlich heraus. Ich wollte auf keinen Fall allein sein. Er lächelte das erste Mal an diesem Abend. „Ja, natürlich!", sagte er sanft. „Ich bleibe solange du willst. Außerdem ist es heute wohl medizinisch notwendig, dass ich in deiner Nähe bleibe. Ruf mich, wenn du Hilfe brauchst." Er lächelte mir noch einmal zu, dann schloss er die Tür.

Ich blieb einen Moment auf dem Stuhl inmitten des kleinen Raumes sitzen und fühlte mich ähnlich fehl am Platz wie das hölzerne Möbelstück. Das Alleinsein fühlte sich nicht gut an. Ohne Logan sah der Raum düsterer aus, als er mir eben vorgekommen war. Daher seufzte ich noch einmal und stand zittrig auf. Ich wollte so schnell wie möglich zurück in mein Zimmer um nicht lange allein sein zu müssen. Ich hielt mich auf dem kurzen Weg zur Toilette an der Wand fest. Zwar fiel mir die Bewegung nicht so schwer wie gedacht, aber das Abstützen gab mir Sicherheit. Ich erledigte schnell mein menschliches Bedürfnis und ging dann, mich auf die bewährte Weise abstützend, wieder zurück zum Stuhl. Ich wollte die Dusche nicht zu lange unnütz laufen lassen, daher überwand ich mich, das Shirt, das um meinen Oberkörper gewickelt war, zu lösen und mich auszuziehen. Ich vermied einen Blick in den Spiegel. Ich wusste schon so, dass ich furchtbar aussehen musste. Auf eine visuelle Bestätigung konnte ich gern verzichten. Nackt fühlte ich mich noch verletzlicher als ich schließlich unter die Dusche stieg. Und trotz meiner Nacktheit war ich froh, Logan direkt vor meiner Tür zu wissen. Das Wasser fühlte sich auf meinem durchgefrorenen Körper viel zu heiß an und ich musste die Temperatur herunterregeln, um die Wärme ertragen zu können, doch die Tropfen prasselnd auf meinem Körper zu spüren war eine Erleichterung. Ich schloss die Augen und spürte, wie das Wasser den Dreck des Waldbodens, das geronnene Blut und die Scham von mir abspülte. Logan hatte mir mein Duschgel und mein Shampoo bereitgestellt. Der unschuldige Kräuterduft des Duschgels war eine Wohltat. Schwerer war es allerdings, die Blutkruste aus meinen Haaren zu waschen. Ich brauchte drei Gänge Shampoo und einen

mit Spülung bis ich das Gefühl hatte, dass aus dem ver-
filzten Nest wieder normale Haare werden könnten. Als
ich die Dusche abgestellt hatte kam das Gefühl der Einsamkeit schlagartig zurück. Ich war äußerlich aufge-
wärmt, das Zittern kamen von einer inneren Kälte. Ich
beeilte mich, mir die Zähne zu putzen und verzichtete
darauf, mir die Haare zu föhnen. Als ich mir die Well-
nesshose und das Shirt anzog, das Logan auf dem Weg
ins Bad aus meiner Kommode geschnappt hatte, fühlte
ich mich wieder so lebendig, dass ich mich nicht mehr
abzustützen brauchte, als ich die Badezimmertür öffnete.
Logan saß auf dem Fußboden, mit dem Rücken an die
Wand gelehnt und sah zu mir hoch. Es tat so gut, ihn anzusehen. Es war, als wäre er das Medikament, die Heilung, die ich benötigte. Als er mich warm anlächelte und
Anstalten machte aufzustehen bedeutete ich ihm sitzen
zu bleiben und ließ mich neben ihm an der Wand herun-
tergleiten bis ich in derselben Haltung saß wie er. Logan
hatte seine Handgelenke auf die Knie gelegt und blickte
auf seine Füße. Da ich das erste Mal in dieser Nacht zu
klaren Gedanken fähig zu sein schien stellte ich die Fragen, die schon so lange überfällig waren.
„Woher kennst du meine Großtante? Und was hat sie da
vorhin von der Vergangenheit angedeutet?"
Logan schwieg einen Moment und ich sah, dass er unter
seiner oberflächlich lockeren Haltung angespannt war.
Seine Schultermuskeln waren verkrampft und er begann,
seine Finger ineinander zu haken und wieder zu lösen.
Dann hielt er wieder still und seine Schultern sackten
herab, als ob er etwas aufgeben würde, sich mit etwas
296

abfinden würde. „Ich wollte es dir eh in den nächsten Tagen erzählen. Ich habe schon mit Kendrit gesprochen, weil ich es eigentlich nicht darf. Aber aus einem gegebenen Anlass, von dem ich dir später noch erzählen werde, hat er zugestimmt." Logan seufzte und ich merkte, dass es ihm schwer fiel darüber zu sprechen. „Ich habe dir doch von meinem Mentor erzählt. Als ich allein war und niemanden mehr hatte hat er mich aufgenommen und mir gezeigt, wer ich bin. Er hat mir alles über uns Schatten erzählt was er wusste. Was leider nicht so viel ist, wie du vielleicht denken wirst. Leider wissen wir sehr wenig von uns. Wo wir herkommen, warum wir so sind wie wir sind. Aber er hat nicht aufgehört weiter nach Antworten zu suchen. Daher zog es ihn in verschiedene Teile der Welt und es überraschte ihn, dass er nur Schatten fand, die in England geboren wurden. Also konzentrierte er seine Suche auf unser Land. Er reiste weiter und begleitete auch Kendrit und Helen, die, nachdem Helen von deinen Urgroßeltern so herzlich aufgenommen wurde, immer wieder nach Wickershan kamen und aus der Entfernung nach deiner Familie sahen. Im Frühjahr 1965 sah er Backingshire Manor das erste Mal – und dort auch eine junge Frau."

Die Erkenntnis traf mich wie ein Schlag und mir wurde schwindelig. „Maggy!", flüsterte ich.

Logan nickte. „Es war bei ihm, wie es war als ich dich das erste Mal sah. Er wusste sofort, was passiert war, dass er eben seiner einzig wahren Partnerin begegnet war. Er war vollkommen verwandelt, ja bezaubert. Er schien nur noch an sie zu denken, sein ganzes Handeln war nur

noch auf sie ausgerichtet. Er kam jede Nacht hierher, stand stundenlang im Garten, nur um in ihrer Nähe zu sein und sie ab und zu sehen zu können. Und so kam es, dass Margret eines Tages auf ihn aufmerksam wurde und sie Eric ansprach. Sie schien ebenso fasziniert von ihm zu sein und so trafen sie sich heimlich nachts im Garten. Übrigens gab es schon damals so eine große Schaukel hier. Margret stand abends vor ihrem Fenster und schaute hinaus, bis sie ihn kommen sah. Dann schlich sie sich hinaus. Du musst wissen, dass die Zeiten damals erheblich strenger waren als heute. Dass Jungen und Mädchen sich ohne die Anwesenheit Dritter trafen war noch nicht erlaubt. Daher war ich auch zwei Mal dabei, als die beiden offiziell ein Kino besucht haben." Logan hatte während seiner Erzählung an die Flurwand gesehen, als würde dort die Vergangenheit wie ein Film vor seinem inneren Auge sichtbar werden. Er schwieg erneut. Ich wollte unbedingt mehr erfahren, war aber vorsichtig genug, um ihn nicht zu drängen. Schließlich fuhr Logan fort, doch seine Stimme war leiser geworden. „Gegen Ende des Sommers kam Eric das letzte Mal aus dem Manor zurück. Ich erkannte ihn kaum wieder. Er war verschlossen, todtraurig und innerlich zerbrochen. Er sagte mir, dass er Margret gehen lassen würde, da er sie nicht in unsere Welt hineinziehen wollte. Er wünschte ihr Glück, Liebe, Sicherheit und eine Familie, in die sie hineinheiraten konnte. Doch er war überzeugt davon, ihr all das nicht geben zu können. Er gab sie frei, um ihr ein besseres Leben zu ermöglichen. Er zerbrach daran und er war danach nie wieder derselbe. Er floh vor diesem Ort
298

und wandte sich von uns ab. Ich sah ihn immer seltener und es war schmerzhaft, ihn so leiden zu sehen. Ich versuchte, an ihn heran zu kommen, doch er konnte unsere Nähe kaum ertragen. Schließlich versammelte er ein letztes Mal unsere Brüder und Helen um sich und teilte uns mit, dass er uns für immer verlassen würde. Er ließ uns mit einer einzigen Bitte zurück. Er wollte, dass wir auf Magret aufpassten, dass wir sie beschützten und bewachten mit all unseren Möglichkeiten. Sie sollte nie etwas davon merken und wir sollten nie in ihr Leben eingreifen. Es war das letzte Mal, dass ich ihn sah." Mein Mitgefühl für Logan brannte in mir. Ich wusste, wie nah ihm sein Mentor gestanden hatte und ich sah den Schmerz in seinen Augen als er weitersprach. „Drei Monate später erfuhren wir, dass er in Italien verstorben war. Die Umstände seines Todes konnten nie ganz aufgeklärt werden." Logan senkte den Kopf und schloss die Augen.

„Es tut mir sehr leid!", ich wusste nicht was ich sonst hätte sagen können. Erst jetzt verstand ich wirklich, warum er das Band zwischen uns am Anfang so gehasst hatte, warum er mich bei unserer ersten Begegnung im Café so hasserfüllt angesehen hatte. Für ihn war die Bindung zwischen einem Schatten und seiner Partnerin der Grund für den Tod seines Mentors gewesen. Ich wusste, dass Worte ihm nicht helfen konnten und so rutschte ich näher an ihn heran und hakte meinen Arm bei ihm unter und legte meinen Kopf an seine Schulter. Wir saßen eine Weile schweigend nebeneinander und ich spürte, wie

Logan sich an meiner Seite wieder mehr entspannte. Schließlich küsste er mir auf meine Haare.

„Hast du noch mehr Fragen oder war es das schon", neckte er mich.

Nun seufzte ich. „Was erzähle ich bloß meiner Großmutter?"

Logan schwieg einen Augenblick. Dann schaute er mich zerknirscht an. „Es scheint, als würdest du ihr ab morgen die Wahrheit erzählen können. Maggy wird morgen früh mit ihr sprechen und ihr einiges erzählen. Das hat sie auf dem Weg nach unten gesagt. Sie wusste, dass ich es hören werde." Ich nickte.

„Was genau ist nun mit Annie und Lauren passiert?"

Wieder zögerte Logan seine Antwort einen Moment heraus. „Es ist typisch für dich, dass du dich – selbst jetzt – nur um die anderen sorgst. Ich habe gespürt, dass du in Gefahr bist, als ich nur in die Nähe des Ortes kam. Ich habe versucht, dich zu orten. Grayson, Kendrit, Vinc, Jared und ich haben uns auf dem schnellsten Weg Richtung Wald begeben, wo ich dich spüren konnte. Ich konnte fühlen, wie du gelitten hast." Er schauderte. „Wir waren schnell, sehr schnell, wenn du verstehst, was ich meine. Meine Angst um dich hat mich… unvorsichtig gemacht. Annie und Lauren haben gesehen, dass wir uns nicht auf normale Weise bewegt haben. Sie waren schon fast am Manor angekommen. Jared hat sich um sie gekümmert und sie nach Hause gebracht. Er ist bei ihnen geblieben und hat sie beruhigt. Später hat er ihnen berichtet, dass du außer Gefahr warst. Er musste ihnen von uns erzählen, damit sie es verstehen konnten und er sie davon abhalten konnte, die Polizei einzuschalten. Es war schwer, aber ich glaube, der Anblick des Mutanten und deine Reaktion auf seine Anwesenheit haben ihnen eh schon klar gemacht, dass etwas nicht mit rechten Dingen zugegangen ist." Er seufzte. „Es tut mir leid, Nell. Ich wollte dich niemals da hineinziehen. Und deine Freunde natürlich auch nicht." Er blickte wieder betreten zu Boden.

Ich wusste nicht recht, was ich darauf sagen sollte. Ein Teil von mir war besorgt um meine beiden Freundinnen, der größere und vermutlich viel zu egoistische Teil war unsagbar erleichtert, dass ich Annie und Lauren nicht mehr anlügen musste. Wir saßen ein paar Minuten im Flur, bis mir wieder kalt wurde und meine Beine zu zittern anfingen. „Ich trage dich in dein Bett", sagte Logan und er hob mich sanft in seine Arme.

KAPITEL 39
GESCHEITERTE PLÄNE

Logan trug mich in mein Zimmer und legte mich aufs Bett. Ich hätte inzwischen leicht allein laufen können, genoss aber seine Nähe so sehr, dass ich seine Hilfe noch einmal zuließ. Ich war dankbar für die warme Decke, die er um mich legte, doch wenn ich ehrlich war, versetzte es mir einen Stich, dass er sich nicht mit unter meine Decke legte. Stattdessen ging er außen um das Bett herum und legte sich neben mich – auf die Decke, angelehnt an die

Wand. Ich wusste, dass er mir, nachdem was heute Abend passiert war, nicht zu nahetreten wollte, doch mein Körper und meine Seele schienen seine Anwesenheit zu benötigen wie Luft zum Atmen. Sein Einfluss auf meine körperliche Heilung lag fast schon greifbar zwischen uns. Und dass seine Anwesenheit ebenso mein Innerstes von den furchtbaren Erlebnissen heilte war ebenso offensichtlich.

Auf einmal kam mir ein furchtbarer Gedanke. „Bist du eigentlich verletzt?" fragte ich erschrocken und setze mich auf. Warum hatte ich ihn bloß noch nicht vorher gefragt? Schuldbewusst blickte ich ihn an.

Logan grinste. „Nein, keine Sorge. Ich bin nicht verletzt." Dann wurde er wieder ernst. „Zumindest nicht körperlich!" fügte er hinzu. So leise, dass ich nicht sicher war, ob ich es hatte hören sollen. Eine Weile lagen wir still nebeneinander und ich spürte, wie das Zittern nachließ und mir wieder wärmer wurde. Ich wollte am liebsten in diesem Augenblick verweilen, wollte, dass die Nacht nie zu Ende ging, damit ich mich dem neuen Tag nie stellen musste.

„Hast du Angst?" Logan rutschte im Bett tiefer und legte sich auf die Seite, den Kopf auf die Hand gestützt, damit er mich besser ansehen konnte.

Ich überlegte kurz. „Nein!" Ich war selbst verwundert. „Ich fühle mich absolut sicher bei dir! Ich habe mich noch gar nicht bei dir bedankt!" Ich strich ihm sanft über das wunderschöne Gesicht. „Danke… Du hast mir schon das zweite Mal das Leben gerettet. Ich kann nicht in Worte fassen, wie dankbar ich dir bin!"

Logan schloss die Augen. Doch sein Blick war nicht ruhig. Seine Augenbrauen waren wie unter Schmerz zusammengezogen und seine Kiefermuskeln waren angespannt.

„Das einzige was mir Angst macht, ist, dass du noch so voller Wut steckst. Der Mutant ist tot, ich habe es mitbekommen, auch wenn ihr es mir nicht direkt gesagt habt. Ihr habt mich gerettet, es ist alles gut gegangen." Ich verstand ihn nicht. Müsste er sich nicht freuen?

„Nell!", seine Stimme klang gequält und er schlug seine Augen wieder auf. Das Blau leuchtete erneut von innen heraus. „Wie könntest du mir dankbar sein. Ich war zu spät. Er hat dir weh getan!" Seine Stimme brach und er ballte seine Hände zu Fäusten und kämpfte um Beherrschung. „Ich war nicht rechtzeitig bei dir, um dir Schutz zu gewähren. Ich hätte dich nie verlassen dürfen. Ich hätte dort sein müssen. Ich…"

„Stopp!" Nun war ich einmal diejenige, die ihn unterbrach. Ich hatte genug. Schon wieder suchte er die Schuld für meine Probleme nur bei sich. Und damit entfernte er sich wieder von mir. „Hörst du wohl auf damit?" Ich sah ihn eindringlich an. „Hör auf, immer alle Schuld nur bei dir zu suchen. Ja, ich war in Gefahr. Aber du kannst mich nicht immer beschützen. Ich bin zweimal einem Mutanten begegnet. Aber das sind andere Mädchen und Frauen auch schon. Und viele wurden nicht vor ihnen gerettet, sonst wären die Mutanten nicht so geworden, wie sie es jetzt sind. Du bist nicht schuld daran. Du kannst nicht alles von mir fernhalten. Auch nicht, dass wir uns nahekommen. Die letzten Tage haben gezeigt, dass wir beide ohne einander nicht sonderlich gut auskommen. Vielleicht sollten wir uns auf der Hotelterrasse begegnen. Vielleicht hatte es einen Grund, dass ich mich vorher nie so richtig in einen anderen Jungen verlieben konnte, dass ich nie das Gefühl hatte, am richtigen Ort zu sein, angekommen zu sein. Du gibst mir dieses Gefühl. Und du sagst, du wärst auch auf deine Art an mich gebunden. Warum willst du es unbedingt verhindern? Warum soll das alles so falsch sein? Sind das alles nicht Zeichen genug, dass wir keinen Abstand mehr zueinander halten sollten?" Ich hatte mich in Rage geredet und merkte, dass es guttat, all das loszuwerden, was mich schon lange beschäftigte.

Logan lag neben mir und schaute mich eindringlich an. Ich merkte, dass seine Mauer zu fallen schien, er aber immer noch mit sich kämpfte.

Ich atmete tief durch. „Außerdem habe ich mich eh in dich verliebt. Ich liebe dich, Logan und das ist etwas, was du nicht verhindern kannst."

Eine Sekunde lang passierte gar nichts, dann war Logan plötzlich über mir und küsste mich. Dieser Kuss war leidenschaftlicher und fordernder als die bisherigen und meine Rippe protestierte leicht ob seiner Nähe, doch das war mir nur recht. Ich wollte keinen einzigen Zentimeter zwischen uns haben.

„Himmel, Nell!" flüsterte er zwischen den Küssen. „Du glaubst gar nicht, wie schlimm es war, dich dort im Wald zu sehen, zu spüren wie du leidest. Ich habe von der Kraft des Bandes zwischen einem Schatten und seiner

Partnerin gehört, aber ich habe noch nie diese Wut gefühlt."

Ich nahm sein schmerzverzerrtes Gesicht zwischen meine Hände und versiegelte seine Lippen mit einem Kuss. „Ich bin hier. Ich bin hier, weil du mich gerettet hast. Bitte lass uns jetzt nicht mehr davon reden."

Logan sprach nicht weiter und das erste Mal an diesem Abend spürte ich, dass er innerlich ruhig wurde.

„Du hast Recht! Ich danke allen guten Mächten, dass ich dich hier bei mir habe. In Sicherheit. Denn…" Nun war er es, der mein Gesicht in seine Hände nahm. „Ich habe mich auch in dich verliebt. Schon als ich dich das erste Mal sah und mit jedem Tag, an dem ich dich besser kennen lerne noch mehr. Und als gebundener Schatten wird sich das für mich auch niemals ändern. Das war mir schon immer klar."

Mein Herz schien bei jedem seiner Worte immer stärker zu wachsen, bis es fast zu zerspringen schien. Doch ich traute mich nicht, mir vollends Hoffnung zu machen. Ich spürte, dass er die Wahrheit sagte, doch bisher hatte immer eine unsichtbare Mauer zwischen uns gestanden. Er hatte immer auf einen Restabstand zwischen uns bestanden, hatte immer verhindern wollen, dass ich mich verwandelte.

Logan schien meine Zurückhaltung zu bemerken. „Es ist vorbei, Nell. Ich habe aufgegeben. Ich schaffe es einfach nicht, mich von dir fern zu halten. Ich gebe zu, dass ich genau das vorhatte. Ich wollte fort von hier. Schon an dem ersten Abend nach unserem Treffen. Doch dann bist du in Gefahr geraten, ich wollte bei dir bleiben, bis du geheilt bist und ich dich in Sicherheit wissen konnte. Das alles wollte ich tun, um dich zu schützen und aus meinem Leben heraus zu halten."

Ich keuchte. Er hatte weggehen wollen. All das hatte ich die ganze Zeit gespürt. Seine Distanz, seine Zurückhaltung.

„Warte!", sagte er, „ich bin noch nicht fertig. All das waren meine Pläne. Ziemlich dumm und unausgereift, das muss ich zugeben. Aber immer nur mit dem Gedanken, dich zu beschützen. Aber es wurde immer schwerer, dir fern zu bleiben. Ich habe eingesehen, dass ich es nicht schaffe. Ich bin nicht stark genug, dich aus meinem Leben zu halten. Schon gestern Abend habe ich mit meinen Brüdern und Helen gesprochen. Es ist egoistisch, aber ich möchte dich an meiner Seite haben. Für immer. Ich möchte dich als meine gebundene Partnerin annehmen."

Ich keuchte erneut. Ich konnte meinen Ohren kaum trauen. „Und was haben deine Brüder gesagt?"

Logan kicherte und strich mir die Haare hinter die Ohren. „Sie sind begeistert, was glaubst du denn? Sie haben mich eh für völlig bescheuert gehalten, weil ich gegen meine Natur angekämpft haben. Außerdem lieben sie dich jetzt schon wie eine Schwester. Sie können es kaum erwarten, bis du endgültig zu uns gehörst. Es liegt nun in deiner Hand, Nell. Du weißt besser als jeder andere, wie mein Leben aussieht, was für Gefahren es mit sich bringt. Lass dir Zeit solange du brauchst. Denk in Ruhe darüber nach. Ich will dich. Ich will dich so sehr, dass ich manchmal das Gefühl habe, wegen dir den Verstand zu verlieren."

Das war es. Das hatte gefehlt. Nun zersprang mein Herz in meiner Brust und hinterließ ein Feuerwerk der Gefühle. Ich drückte Logan an mich und küsste ihn. Immer und immer wieder.

„Darüber muss ich nicht mehr nachdenken. Ich weiß es schon lange. Ich will dich auch. Mit allem was dazu gehört. Ich könnte gar nicht anders." Und schon zum wiederholten Male heute liefen Tränen über meine Wange. Logan küsste mich und wischte mir zärtlich die Tränen von der Wange. Ich fühlte mich so unendlich glücklich. Und die Nähe zu Logan, die sich durch die eingerissene Mauer nun endlich ganz und ehrlich anfühlte, spülte die Leere in mir fort und heilte mich innerlich, wie nichts anderes es vermocht hätte.

KAPITEL 40
BESTIMMUNG

Vier Wochen später

„Das ist nicht euer Ernst!" Ich schaute Granny und Tante Maggy mit großen Augen an. „Ein Ticket nach Portland? Wahnsinn, ich glaube das nicht! Ich danke euch!" Ich sprang auf und nahm meine Großmutter und meine Großtante in die Arme – was bedeutete, dass ich mich halb verbiegen musste, um den Größenunterschied der beiden auszugleichen. Schalk sprang wild bellend um uns herum, er war von der großen Besucherzahl zu meinem Geburtstag hellauf begeistert, fand jedoch anscheinend, dass ihm mehr Aufmerksamkeit zuteilwerden sollte. Ich musste lachen und nahm den quirligen kleinen Pudel auf den Arm, woraufhin er mir augenblicklich wild über das Kinn leckte. Ich verzog das Gesicht und hielt Schalk etwas weiter entfernt, darauf bedacht, dass er mir mein Kleid nicht versaute, das ich mir extra für meinen Geburtstag gekauft hatte. Ich konnte mich nicht erinnern, wann ich das letzte Mal ein Kleid und hohe Schuhe getragen hatte.

Logan trat hinter mich und legte mir die Hände auf die Schultern. „Ich werde dich begleiten, wenn du zu deiner Mutter fliegst. Schließlich möchte ich sie auch endlich kennen lernen. Wenn du mich denn dabeihaben möchtest. Und danach fahren wir zu deinem Vater nach Southhampton." Er küsste mich auf meine Haare.

Endlich? Wir waren seit vier Wochen offiziell zusammen und er fand, dass ein Vorstellen bei meinen Eltern längst überfällig war? Ich musste grinsen. Es war mir nur recht, dass meine Eltern Logan kennen lernten. Schließlich konnten sie nicht früh genug erfahren, wer der Mann für den Rest meines Lebens war. Wieder musste ich grinsen und gluckste leise vor mich hin.

„Woran denkst du?" fragte Logan dicht an meinem Ohr.

Granny und Maggy sahen sich an, lächelten und setzten sich dann wieder zu den anderen an den Tisch. Ich schaute hinüber zu meinen Gästen und konnte nicht in Worte fassen, wie glücklich ich war. Als ich vor einigen Wochen nach Wickershan gekommen war, voller Angst vor dem Neubeginn und mit der festen Absicht, hier nur meine Zeit abzusitzen, hätte ich mir nie erträumt, wie reich ich mich jetzt fühlte. An der langen Tafel im Esszimmer saßen alle Menschen, die mir wichtig waren. Nur meine Eltern fehlten mir. Dad war noch bis zum Ende des Monats auf Dienstreise in Frankreich. Danach wollte ich in meinen Ferien zu ihm fahren. Aber dank der Tickets, die ich eben geschenkt bekommen hatte, würde ein Wiedersehen mit meiner Mutter nicht mehr so lange auf sich warten lassen.

Alle Schatten waren gekommen, Annie und Lauren unterhielten sich angeregt mit Jared über irgendeine angesagte Rockband, deren Namen ich nicht einmal aussprechen konnte, Maggy hatte sich zu Helen gesetzt, den Arm um sie geschlungen und legte den Kopf an ihre Schulter. Helen und sie hatten in den letzten Tagen stundenlang im Kaminzimmer miteinander geredet. Ich wusste, dass sie sich von ihrer Kindheit erzählt hatten. Auch wenn Helen 16 Jahre älter war – was grotesk erschien, wenn man die beiden Frauen nebeneinander sah – so waren sie doch in gewisser Weise Stiefgeschwister, waren sie doch bei den gleichen Eltern aufgewachsen.

Es war schön, Tante Maggy so gelöst und glücklich zu sehen. Sie hatte nicht nur mit Helen lange Gespräche geführt, sondern auch mit Grayson. Er hatte ihr alles über Eric erzählt was die Schatten wussten. Ich ahnte, wie schwer es Tante Maggy gefallen sein musste, über die Umstände von Erics Tod zu erfahren. Dennoch schienen die Informationen über die Vergangenheit viele Dinge ins rechte Licht gerückt zu haben. Vielleicht war es ein Trost für sie zu wissen, dass Eric sie immer geliebt hatte.

Es schien jedenfalls, als könnte Tante Maggy nach all den Jahren endlich mit der Geschichte abschließen, denn wie ich von Granny erfahren hatte, hatte sie am letzten Wochenende ein Date mit dem Postboten gehabt, der die Briefe nur falsch zugestellt hatte, um einen Grund zu haben, Maggy anzusprechen.

Es gab noch so viele Rätsel zu lösen, Zum Beispiel das Geheimnis der Schatten und deren unerklärliche Verbindung zu diesem Haus. Doch ich wusste, dass sich all die Antworten einmal finden würden. Und nun würden wir sie gemeinsam finden.

Granny saß bei Kendrit. Ihre zierliche Gestalt betonte sein hünenhaftes Äußeres noch stärker als es der unter seinem Gewicht ächzende Kirschholzstuhl schon tat.

Um meine Geschenke auszupacken war ich aufgestanden und nun konnte ich mich an dem Anblick der Menschen in diesem Raum nicht satt sehen.

„Was denkst du?", wiederholte Logan seine Frage und drehte mich zu sich um.

Ich sah in sein wunderschönes Gesicht und seine unwahrscheinlich blauen Augen, die endlich alle Distanz verloren hatten. Ich schlang meine Arme um seinen Bauch und flüsterte: „Ich denke, dass du das Beste bist, was mir je passieren konnte. Du gibst mir so viel. Freundschaft, Mut, Kraft und Liebe. Vor dir hatte ich all das nicht."

Logan schüttelte den Kopf. „Nein, Nell! Das alles bist du. Du bist es schon immer gewesen. Das war alles in dir. Und du hast es ganz allein entdeckt." Dann grinste er und ich fragte mich, was seinen plötzlichen

Stimmungsumschwung bewirkt hatte. „Ich möchte dir noch etwas zeigen, was du entdecken kannst." Er ließ seinen Blick kurz über die sich unterhaltende und lachende Gruppe am Tisch wandern. Er traf Vincents Blick und nickte ihm zu. „Ich glaube, wir können deine Gäste für ein paar Minuten allein lassen. Länger brauchen wir nicht und es wird ihnen gar nicht auffallen, dass wir weg sind." Er schaute mich noch einmal verschmitzt grinsend an und zog mich dann an der Hand hinter sich her Richtung Treppe und ich fragte mich, ob ihm eigentlich bewusst war, wie man seine letzten Worte hätte verstehen können. Doch Logans jungenhaft aufgekratzte Stimmung passte nicht zu den Gedanken, die sich kurzfristig in meinen Kopf geschlichen hatten. Was hatte er vor? Logan zog mich in mein Zimmer. Dort blieb er stehen und blickte mich erwartungsvoll an.

Ich musste bei seinem Anblick lachen und schüttelte den Kopf. „Logan, was willst du von mir."

Er ging ein paar Schritte rückwärts und öffnete hinter seinem Rücken die Balkontür. Ich folgte ihm und gemeinsam traten wir in die kühle Abendluft. Die Sonne war im Begriff unterzugehen und der Himmel hatte sich bereits rosa verfärbt. Es war eine wunderschöne Abendstimmung. Dennoch kam ich noch nicht darauf, was Logan von mir wollte. Er nahm meine Hände in seine. „Wir sind nun schon seit vier Wochen offiziell zusammen und verbringen quasi jede freie Minute miteinander, oder?"

„Ähm, ja!", erwiderte ich verständnislos.

Logan schwieg einen Moment, zog die Augenbrauen hoch und sah mich bedeutungsschwer an.

Ich machte seine Geste nach. „Und? Was möchtest du mir damit sagen?"

Nun musste Logan wirklich lachen und ich spürte, wie sehr ich dieses Geräusch liebte. „Nell, wenn wir Schatten uns mit unserem ganzen Herzen auf unseren Partner einlassen, ihm nahe sind und Zeit mit ihm verbringen, was passiert dann?"

Ich erinnerte mich an unser Gespräch in seinem Hotelzimmer, an seine bedachten Versuche immer genug Abstand zwischen uns zu bringen – bis vor einem Monat - und begriff: „Du meinst.... Du meinst, ich habe mich jetzt auch verändert und habe Superkräfte."

Logan lachte erneut. „Superkräfte. Ein sehr schönes Wort!", neckte er mich. Doch dann versuchte er, ein wenig ernster zu sein. „Es wird eine lange Zeit dauern, bis die Veränderung abgeschlossen ist. Aber einige grundlegende Dinge ändern sich schon nach Tagen. Ich wollte nur bis zu deinem Geburtstag warten, um es gemeinsam mit dir auszuprobieren."

„Du meinst, ich kann jetzt testen, ob ich irgendwas aufregendes kann?" Ich zweifelte stark daran, dass ich auch nur ein einziges Kilo Gewicht mehr würde stemmen können als noch vor vier Wochen. Dennoch gefiel mir die Vorstellung und ich spürte ein aufgeregtes Kribbeln im Bauch. „Wie können wir das austesten?", fragte ich daher und warf einen Blick in mein Zimmer, um abzuschätzen, wie schwer mein Schreibtisch wohl sein könnte und ob ich wohl in der Lage wäre, ihn vor mein Sofa zu stellen.

„Mh-mh!", verneinte Logan und schüttelte den Kopf, als hätte er meine Gedanken erraten, „Viel zu einfach!" und dann deutete er mit einem Kopfnicken über die Balkonbrüstung in den Garten.

Scharf sog ich die Luft ein.

„Doch!", sagte er, erneut mit dem verschmitzten Grinsen im Gesicht und wiegelte meine Bedenken ab, bevor ich sie überhaupt aussprechen konnte. „Vertrau mir!" flüsterte er mir ins Ohr und ehe ich ihm mit den Augen folgen konnte, war er mit einem Satz über das Geländer gesprungen und setzte einen Augenblick später fast lautlos auf dem abendfeuchten Rasen auf. Ich keuchte und drehte mich zum Geländer. Von hier bis zum Boden waren es mindestens fünf Meter. Ich konnte unmöglich…

„Vertrau mir!", sagte Logan von unten erneut und ich verstand jedes Wort, obwohl er flüsterte. Ich schloss die Augen, atmete tief durch, streifte die hohen Schuhe ab – und dann sprang ich. Sekundenbruchteile rauschte die Luft an meinen Ohren vorbei und als ich auf dem Rasen aufkam ging ich federnd in die Hocke. Ich sah zu Logan hoch und konnte kaum fassen, was gerade passiert war. Ich atmete schnell und aufgeregt und ein Grinsen schob sich auf mein Gesicht. Ich sah mich um. Die Bäume warfen schon dunkle Schatten auf den feuchten Rasen und meine Schaukel war kaum noch zu erkennen. Ohne darüber nachzudenken rannte ich los. Ich schoss auf die Mauer zu und hatte sie bereits erklommen, bevor ich überhaupt Zeit hatte, mir Gedanken darüber zu machen. Ich sprang auf der anderen Seite herunter. Logan landete nur einen Augenblick später neben mir. Ich sah ihn an und wir beide grinsten über das ganze Gesicht. Ich konnte nicht anders, ich musste laut lachen und rannte los über die Felder. Der Fahrtwind peitschte über mein Gesicht, meine Füße trommelten über den Untergrund, machten dabei aber kaum ein Geräusch. Ich spürte Logan neben mir. Tief aus meiner Brust erhob sich ein lauter Jubelschrei in den dunkler werdenden Abendhimmel.